1939년 명성아파트

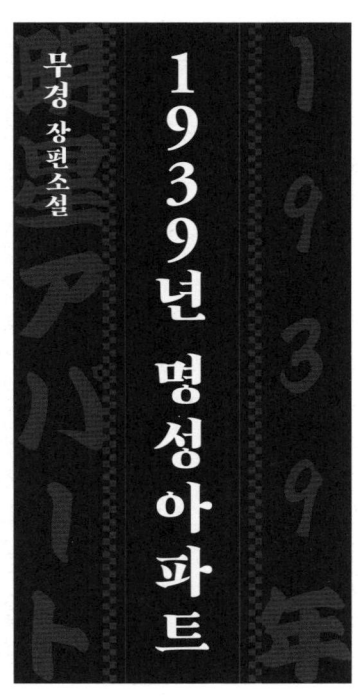

무경 장편소설

1939년 명성아파트

래빗홀
RABBIT HOLE

차
례

프롤로그 ― 1938년 12월

양갱과 캐러멜 11

1장 ― 1939년 7월

부채와 선풍기 25

일본어와 조선어 35

고무신과 하이힐 49

돌멩이와 보석 59

집주인과 관리인 72

은팔찌와 수갑 80

영화와 소설 93

배우와 구경꾼 108

소음과 적막 119

2장 — 1939년 8월

간첩과 경찰 139

부탁과 명령 158

파란색과 빨간색 — 402호 이유진 164

흰색과 황금색 — 202호 히로타 교수 174

연회색과 진회색 — 203호 정 작가 182

은색과 암갈색 — 204호 마쓰 감독, 조감독 김 군, 주연 사토 씨 192

경찰과 마님 200

해방과 초대 208

가능성과 의심 224

3장 — 1939년 8월

절망과 분노 247

마무리와 자투리 256

헛수고와 실마리 269

긴 낮과 짧은 밤 278

과정과 목표 288

구덩이와 무더기 300

실타래와 매듭 312

에필로그 — 1939년 8월

어둠과 빛 327

작가의 말 344

추천의 말 347

명성아파트 도면

〈1층 도면〉

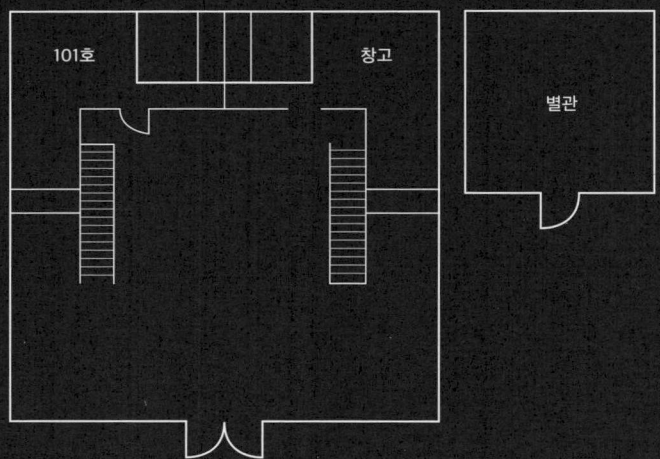

101호   창고   별관

〈2층 도면〉 2, 3, 4층은 같은 모습

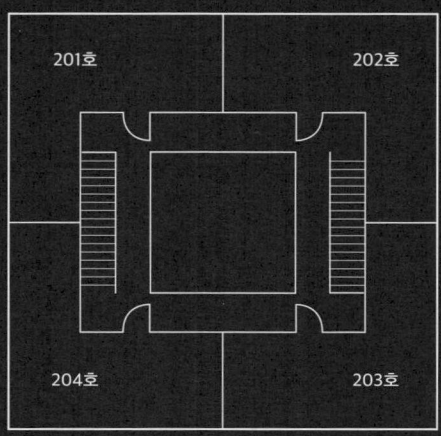

201호   202호   204호   203호

〈집의 구조〉

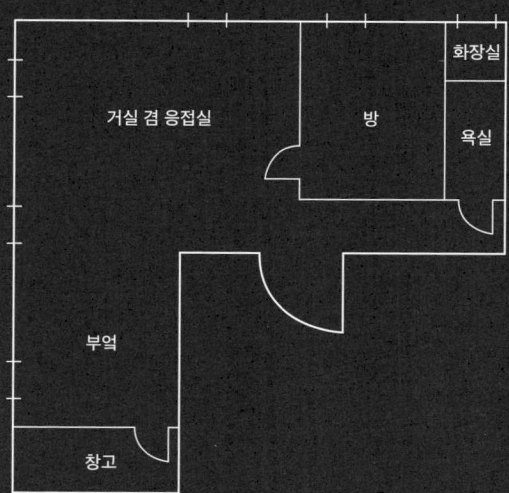

입주민

1층
별관—관리인 우에다

2층
202호—히로타 교수
203호—정 작가
204호—마쓰 감독, 조감독 김 군, 주연 사토 씨

3층
301호—최연자(가야마 렌코), 이입분
303호—미우라

4층
402호—이유진

明星アパート

프롤로그

1938년 12월

1939年

양갱과 캐러멜

추운 날이었습니다.

입에서 흘러나오는 뿌얀 김은 금세 흐트러졌습니다. 철제 대문에 등을 기댄 채 입분은 거리를 보았습니다.

사람들이 저마다 바삐 움직였습니다. 두꺼운 검은 모직 코트를 입은 남자가 앞을 스쳐 지나갔습니다. 옆구리에 선물 꾸러미를 잔뜩 낀 걸 보면 여러 아이를 거느린 집의 아버지일 것 같았습니다. 기모노와 가죽 외투를 차려입고 느리게 걷는 여자는, 입술에 진하게 바른 연지를 보면 그럴듯한 가게의 여급이나 주인일 터였습니다.

카페에 가는 걸까? 아니면 청요릿집?

갑자기 배가 고파져서 입분은 고개를 푹 숙였습니다.

추운 날이었습니다. 하지만 갈 곳이 없었습니다. 한 시간 전, 입분은 등 뒤 야마자키 씨의 집에서 쫓겨났습니다.

예정대로라면 손님맞이가 곧 끝날 터였습니다. 손님을 배웅한 뒤 정리를 마치고 나면 입분도 미리 따로 남겨둔 음식으로 끼니를 해결했을 겁니다. 손님상을 내면서 이런저런 음식도 조금씩 챙겼고 달콤한 팥양갱 자투리도 약간 챙겨두었습니다. 양갱의 달콤한 맛을 볼 수 있으리라는 기대에 가득 차 가슴이 두근거렸습니다. 1년에 몇 차례 없을 기쁜 일이었습니다. 부인이 좋아하는 양갱은 다른 과자보다도 무척 다디달았습니다. 내지 음식은 입분이 그리 좋아하는 맛이 아니었지만, 달콤한 건 언제 먹어도 좋았습니다.

기쁨은 순식간에 절망으로 곤두박질쳤습니다.

손님의 식사 상을 거두고 다과상을 낸 뒤 식모 방에서 쉬고 있는데 갑작스레 야마자키 부인이 큰 소리로 자신을 불렀습니다. 입분은 달콤한 양갱 맛을 상상하느라 너무 마음 놓고 있었습니다. 손님맞이 중인 부인이 화를 내는 게 보통 일이 아니라는 걸 얼른 알아채야 했는데.

"네, 부인."

응접실의 여닫이문을 열고 공손히 말하는데, 갑자기 눈에 불꽃이 번쩍 일었습니다.

"이 도둑년이!"

입분은 영문도 모른 채 나동그라졌습니다. 뺨이 얼얼해졌고 뒤늦게 눈물이 차올랐습니다. 뺨을 감싸 쥔 채 야마자키 부인을 올려다보았습니다. 손님을 맞을 때 입는 과하게 화려한 기모노를 꽁꽁 몸에 감싸고서 부인은 괴물처럼 얼굴을 일그러뜨린 채 소리쳤습니다.

"네년이 손님 드실 귀한 요깡을 훔쳐 먹은 게지?"

아찔했습니다.

응접실 너머가 보였습니다. 거기 앉은 진녹색 양장을 입은 손님은 놀란 얼굴로 입분을 보았습니다. 스물몇일지 서른몇일지 짐작할 수 없는, 예쁘장한 얼굴을 한 여자였습니다. 손님 앞에 놓인 다과상에는 진한 녹차를 담은 찻잔과 함께 작은 미루쿠, 이 집 사람들이 '캬라메루'라고 부르는 과자들이 유산지로 감싸인 채 놓여 있었습니다.

아직 뜯지도 않은 미루쿠를 본 순간 입분은 알아차렸습니다.

저것 때문이구나!

"이 못된 년이! 손님께 낼 요깡을 훔쳐 먹고는 싸구려 캬라메루를 슬쩍 올려놨겠다?"

"아니에요, 그건……."

"네가 먹으려고 음식을 따로 빼돌리는 걸 모를 줄 알아? 손님 드실 요깡도 훔친 게지!"

입분은 아무 말도 할 수 없었습니다. 자투리 양갱을 가져간 건 사실이었지만 손님 몫으로 낼 것을 훔친 적은 없었습니다. 아니, 애초에 야마자키 부인이 먹을 것만 잘라서 냈을 뿐, 손님 접시에는 양갱을 올릴 생각조차 하지 않았습니다.

"요 조센징 도둑년! 요새 도둑이 여기저기를 털고 다닌다고 동네에 소문이 자자해! 네년도 이런 식으로 슬쩍, 내 금반지와 진주 목걸이를 훔칠 생각이었지? 응? 응?"

부인의 험한 말이 이어졌습니다. 혼란스러운 와중에도 입분은 다행이라고 생각했습니다. 부인이 입은 기모노가 비대한 몸에 꽉 끼어 몸가짐을 조여서였습니다. 만약 부인이 평소처럼 성질을 부렸다면 몇 번을 더 걷어차였을 테고 뺨도 더 맞았을 겁니다.

"그쯤 하시지요, 야마자키 부인."

단정한 국어가 들렸습니다. 손님이 야마자키 부인에게 우아하게 손짓하자 손에 낀 검은 장갑이 그럴듯하게 흔들렸습니다.

"내 앞접시에 양갱이 올라갔는지 캐러멜이 올라갔는지를 굳이 지금 확인해야 할까요? 중요한 이야기를 하던 중입니다. 부인과 함께 할 일을 의논할 시간도 부족한데, 불쾌한 꼴을 보는 데까지 낭비하고 싶지 않군요."

"그, 그렇지요. 가야마 씨의 말대로네요."

야마자키 부인이 급히 부드러운 목소리를 냈습니다. 중요한 손님인 듯했습니다. 부인이 목소리를 얌전하게 내려 애쓰는 건 그만큼 얻어낼 게 있는 사람이라는 뜻이었습니다. 입분은 안도했습니다. 손님이 돌아가기 전까지는 부인이 혼내지 않을 것 같았습니다. 하지만 이어진 말은 갑작스러웠습니다.

"도둑년아, 당장 집에서 나가!"

입분은 급히 엎드렸습니다.

"부인, 쫓아내지 말아주세요. 겨울이잖아요. 제가 갈 곳이 없어요. 그러니 제발······."

"내가 아무리 착한 사람이라도 도둑년을 우리 집에 붙여 줄 만큼 너그러운 줄 알아? 나가거라! 당장!"

야마자키 부인은 쿵쿵 발소리를 내며 복도 어딘가로 가버렸습니다. 엎드린 채 멍하니 있던 입분은 응접실의 손님과 눈이 마주쳤습니다. 놀람도 멸시하는 기색도 없는, 그저 입분을 자세히 살피는 눈빛이었습니다. 하지만 손님이 왜 그렇게 보는지 생각해볼 겨를은 없었습니다. 부인이 향한 곳이 입분이 얹혀사는 식모 방이라는 걸 알아차리고, 뒤늦게 부인을 쫓아 갔습니다.

야마자키 부인은 식모 방에 놓인 물건을 마구 집어 던졌습니다. 입분은 정신없이 바닥에 던져지는 것들을 그러모았습니다. 간신히 제 것을 다 모았지만, 작은 보따리 하나에 들어 갈 만큼이 고작이었습니다. 깨질 게 없어서 그나마 다행이었습니다.

"그거 싹 다 들고 당장 나가!"

야마자키 부인이 소리쳤습니다. 부인은 하소연할 틈조차
주지 않고 입분의 팔을 잡아 질질 끌고 대문 밖으로 내던지
듯 쫓아냈습니다. 엎드려 빌어보기도 전에 눈앞에서 새카만
철제 대문이 쾅 소리를 내며 닫혔습니다.

그렇게 입분은 다시 세상에서 혼자가 되었습니다.

추위가 몸의 온기를 갉아먹었습니다. 입에서 나오는 하얀
김이 서러웠습니다. 덜덜 떨며 입분은 생각했습니다.

여기서 야마자키 씨가 올 때까지 기다릴까?

가망이 없었습니다. 야마자키 씨는 부인 못잖게 심술궂고
거친 사람인 데다가, 그런 그조차 지금은 출장을 나가서 며
칠 뒤에나 돌아올 예정이었습니다.

야마자키 부인이 나오면 잘못했다고 빌까?

하지만 야마자키 부인은 평소에도 입분이 눈엣가시인 듯
굴었습니다. 최근 근처에 퍼지는 흉흉한 소문을 들으며 의심
하는 눈치였는데, 이참에 확실히 쫓아내야겠다는 결심을 굳
힌 듯했습니다. 그런 부인이 입분의 말을 들을 리 없었습니다.

그러면 어디로 가지?

입분을 식모로 써줄 집은 없을 터였습니다. 열두 살인 입분
이 카페니 다방이니 하는 곳에서 일할 수 있을지도 알 수 없

었습니다.

넝마주이가 등에 커다란 망태기를 진 채 터덜터덜 걷는 게 보였습니다. 누더기 차림을 한 그의 풀린 눈과 마주치자 저도 모르게 몸을 움츠렸습니다. 부랑자들이 모인다는 토막촌이 떠올랐습니다. 이제는 그런 곳으로 갈 수밖에 없었습니다. 하지만 빈민들이 과연 자기를 받아줄지 알 수 없었습니다.

난 정말로 혼자야.

눈물이 글썽거리려는 걸 겨우 참았습니다. 아직 울 수 없었습니다.

야마자키 부인께 다시 사정해보자. 적어도 이번 겨울만은 넘기고 쫓아내달라고 부탁하면 어떻게든 되지 않을까?

그때 등 뒤에서 철문이 열리는 소리가 났습니다. 입분은 저도 모르게 벌떡 일어났습니다.

진녹색 양장 위에 갈색 털외투를 입은 손님이 우아한 걸음으로 집 밖으로 나왔습니다. 그 뒤로 야마자키 부인이 웃는 얼굴로 손님을 배웅했습니다. 마치 그곳엔 아무것도 없다는 듯 부인은 입분을 쳐다보지조차 않았습니다. 인사가 오간 뒤, 입분이 뭐라고 말 붙이기도 전에 대문이 닫혔습니다. 입분은 멍하니 커다란 철제 대문을 쳐다보았습니다.

어쩌지? 어쩌면 좋지?

뒤에서 구두 소리가 났습니다. 굽 높은 양장 구두가 내는 또각거리는 소리. 순간 입분은 저도 모르게 외쳤습니다.

"마님! 저를 데려가주세요!"

손님의 걸음이 멈췄습니다. 갈색 털외투의 등을 보며 입분은 몸을 떨었습니다.

과연 이래도 되는 걸까?

천천히 몸을 돌린 손님이 입분을 쳐다보았습니다. 붉게 연지를 바른 입술과 하얗게 분칠한 얼굴에는 표정이 전혀 없었습니다. 차갑기만 한 그 얼굴을 똑바로 마주 보며, 주먹을 꽉 쥔 채 입분은 다시 외쳤습니다.

"혼자 사시지요? 제가 마님을 거들 수 있어요! 마님의 옷을 깨끗이 세탁하고 다리고 개어 정돈할 수 있고요, 조선 음식도 차릴 수 있습니다! 내지 음식도 여기서 배웠고요! 양식은 아직 서툴지만, 그것도 금방 배울게요! 그러니……."

손님이 손을 들어 말을 멈추게 했습니다. 입분은 까만 장갑을 낀 손을 주시했습니다.

"네가 야마자키 씨 댁에서 도둑질했다고 들었다. 내게 낼 양갱을 훔쳤다지?"

몸을 덜덜 떨면서도 입분은 고개를 저었습니다.

"아닙니다! 훔치지 않았어요! 마님의 접시에는 처음부터 미루쿠를 올렸던걸요!"

"밀크캐러멜을? 왜?"

"그, 그건⋯⋯."

이어진 물음에 입분은 망설였습니다.

뭐라고 대답해야 할까?

바람이 불었습니다. 차가운 바람이 몸에 약간 남은 온기를 마저 뺏어가려는 듯 사납게 때렸습니다. 입분은 몸을 덜덜 떨며 말했습니다.

"마님께서 단맛을 좋아하시지 않는 것 같아서요."

손님의 눈길을 마주 보자 목소리가 작아졌습니다.

"마님이 남긴 음식들이 단맛을 잔뜩 쓴 것들이어서, 마님이 단것을 싫어하시는구나 싶었어요. 야마자키 부인은 단 걸 무척 좋아하셔서, 양갱도 가장 단 걸로 골라서 사 오시니까요. 양갱을 내면 이번에도 남기실 것 같아서 그나마 덜 단 간식인 미루쿠를 낸 겁니다⋯⋯."

손님은 아무 말 없이 입분을 보았습니다.

과연 내 말을 믿어줄까?

"참말이니?"

손님의 말은 여전히 차갑게 들렸습니다. 입분은 고개만 끄덕였습니다.

"재미있구나."

이어진 말은 뜻밖이었습니다. 손님이 고개를 살짝 기울인 채 입분을 보고 있었습니다. 재미있는 사냥감을 발견한 고양이 같은 모습이라고, 엉뚱한 생각을 하고 말았습니다.

하지만 상상은 거기서 끝났습니다. 손님이 몸을 돌려 거침없이 걸음을 옮겨서였습니다. 황망하게 그 등을 보는데 손님이 우뚝 걸음을 멈췄습니다.

"뭐 하니? 따라오지 않고."

"……네, 네?"

"내가 사는 독신자아파트에 창고로 쓰는 빈방이 있다. 아무것도 들인 적 없어 깨끗하니 거기를 네가 쓰면 되겠지."

마치 길고양이라도 주워 온 것처럼 여기는 말투였습니다. 입분은 그제야 손님이 자신을 거둬가겠다고 승낙한 걸 알아차렸습니다.

"네, 마님!"

입분은 얼른 마님 뒤에 따라붙었습니다. 새로 마님이 된 손님이 입분을 내려다보았습니다.

"얼른 가자꾸나. 날이 춥다."

안도하는 마음 때문에 눈물이 차올라 마님의 얼굴이 제대로 보이지 않았습니다. 입분이 입술을 꼭 깨물고 울음을 참는데 마님이 말했습니다.

"나는 최연자라고 한다. 너는 이름이 뭐니?"

야마자키 부인 앞에서는 '가야마'라고 자신을 소개한 마님의 입에서, 뜻밖에 조선 이름이 나왔습니다. 입분은 주저하며 대답했습니다.

"……이입분이라고 해요."

"어여쁜 이름이구나."

마님은 입분의 머리를 쓱 쓰다듬어준 뒤 걸음을 옮겼습니다.

이 사람을 따라가도 좋은 걸까?

하지만 어쩔 수 없잖아. 이제 갈 곳은 없으니까.

망설임은 짧았습니다. 입분은 서둘러 마님의 뒤를 따라갔습니다. 마님의 걸음걸이는 빨라서, 그 뒤를 따라가느라 종종걸음을 해야 했습니다. 갑작스레 새 주인이 된 사람이 어떤 사람인지, 큰 두려움과 미약한 기대를 품고서 입분은 마님의 등을 쫓아갔습니다. 경성의 차가운 바람이 조금 누그러든 듯했습니다.

1장

1939년 7월

부채와 선풍기

"더워……."

입분은 힘없이 중얼거렸습니다. 삼베 적삼에 온통 땀이 축
축하게 배었습니다. 손에 든 합죽선을 팔랑거렸지만, 종이에
그려진 새카만 나비의 움직임도 기분 탓인지 맥없어 보였습
니다.

"덥구나."

마님의 목소리에도 기운이 없었습니다.

위잉.

나직한 소리를 따라 바람이 불었습니다. 입분은 몸을 슬쩍
옆으로 당겼습니다. 마님이 쐬고 있는 전기부채, 마님은 선풍
기라고 부르는 신통한 물건에서 나오는 바람을 좀 더 쐬고 싶

어서였습니다. 하지만 무작정 몸을 들이밀었다가는 마님이 언짢아할지도 몰랐습니다.

선풍기에서 나오는 바람조차 뜨뜻했지만 지금은 그런 거라도 있는 게 나았습니다. 바람을 쏘이는 입분을 멀거니 보며 마님이 나른히 중얼거렸습니다.

"시원한 걸 먹고 싶구나."

"냉장기에 오미자 우린 물을 넣어놨어요."

"되었다. 차갑지 않을 게 아니냐. 냉장기에 채울 얼음은 아직 오지 않았지?"

"네. 그래도 새콤한 걸 입에 넣으면 기분이 나아지지 않을까요?"

"난 시원한 게 먹고 싶다니까. 가키고리(かき氷) 같은 거."

"간 얼음으로 만든 빙수를 먹으면 시원해서 좋기야 하겠지요. 하지만 지금은 얼음 가는 기계는커녕 얼음조차 없는 걸요. 나가서 사 먹으려 해도 아파트 문밖을 나서자마자 질색하실걸요? 한낮 외출은 하기 싫다고, 바깥이 화탕지옥 같다고 마님이 손사래 치신 게 바로 어제였어요."

"네 말을 들으니 더더욱 가키고리가 먹고 싶다."

응접실에서 입분과 마님은 별다른 이유도 없이 시시한 말을 주고받았습니다. 마님이 내리는 심부름 지시를 빼면 두 사람은 늘 그런 만담조차 되지 못할 것들을 중얼거리곤 했습니다.

열린 창문 너머로 매미 소리가 시끄러웠습니다. 아이스께끼 판다고 돌아다니는 사람이라도 지나가지 않을까 싶어서 입분은 바깥으로 귀 기울였습니다. 하지만 사람 소리는 나지 않았습니다. 마님이 다시 중얼거렸습니다.

"이렇게 더운 날은 평생 처음이다."

입분도 그렇게 생각했습니다. 어릴 적 기억은 이미 희미해졌지만, 열두 해 동안 남은 기억 속 여름 가운데 이렇게 더운 날은 없었습니다. 입분보다 곱절은 넘게 산 마님도 저렇게 말하는 걸 보니, 이번 여름이 유독 혹독한 게 분명했습니다.

마님이 몸을 움직이자 얇고 흰 아사 블라우스가 하늘거렸습니다. 옷 너머로 맨살이 비쳐 보인다고 말하고 싶은 걸 꾹 참고, 입분은 마님의 헐렁한 블라우스와 통 큰 흰색 바지를 지켜보았습니다. 바깥을 나설 때는 언제나 맵시 있게 꾸미는 마님이지만, 아파트의 집 안에서는 저렇게 흐트러진 모습을 보이기 일쑤였습니다.

저런 옷을 입으면 편하겠다. 시원해 보이기도 하고.

마님이 입은 양장이 부러운 건 아니었습니다. 예전에 마님과 함께 백화점 나들이를 할 때 마님이 시키는 대로 입분도 양장을 입어본 적이 있었습니다. 하지만 몸에 붙는 느낌이 조선 옷 입을 때와는 전혀 다르고 낯선 데다 가격표가 눈을 의심할 만큼 비싸기까지 했습니다. 입고 있는 잠깐 사이에도 도무지 마음이 진정되지 않았습니다. 기어드는 목소리로 조선옷이 더 좋다고 말한 입분을 보며 마님이 킥킥 웃었습니다.

입분이 마님의 식모로 들어간 지도 어느덧 반년이 지났습니다. 마님은 야마자키 부인과는 달랐습니다. 까다롭게 고집을 피울 때도 있었지만 심술궂은 주인은 아니었고, 무엇보다도 봉급을 제때 챙겨주었습니다.

"돈을 조금밖에 주지 못해서 어쩌니?"

매달 7원을 건네줄 때마다 마님이 말했지만, 입분은 상관하지 않았습니다. 야마자키 부인이 봉급을 미루고 미루었다가 겨우, 그것도 밥을 많이 먹는다는 둥 물건을 험하게 써서 손해를 입혔다는 둥 온갖 트집을 들며 5원밖에 주지 않았다는 걸 굳이 말할 필요가 없었습니다.

마님은 입분의 끼니를 챙기는 것은 물론 옷 입는 것에도 관심을 보였습니다. 심지어 아파트의 창고로 쓴다는 방에 머문 날 밤에는 방이 춥지는 않은지, 외풍은 들지 않는지를 물어볼 정도였습니다. 오히려 그런 마음 씀씀이 때문에 더욱 신경이 쓰였습니다.

마님은 식모를 들여본 적 없었던 것 같아.

물론 입분은 생각을 입 밖으로 내지 않았습니다. 생각은 생각으로만 그치는 게 좋았습니다. 괜한 말을 했다가 마님의 눈 밖에 나서 쫓겨나는 건 싫었습니다.

마님을 따라온 뒤 놀란 것 중 하나가 집이었습니다.

마님은 독신자아파트에 살았습니다. '명성아파트'라는 이름이 붙은, 산 중턱 절벽 바로 아래를 평평하게 다져서 만든 4층짜리 건물이었습니다. 처음 우뚝 선 건물을 보고 입분은 저도 모르게 놀란 소리를 내뱉었습니다.

이런 성 같은 곳에 내가 산다고?

믿을 수 없었습니다.

물론 아파트 전부가 마님의 것은 아니었습니다. 마님은 3층의 '三〇一'이라는 문패가 달린 집에 살고 있었습니다.

명성아파트는 2층부터 4층까지 한 층당 각각 네 가구가 살 수 있었고, 1층은 공동으로 쓰는 공간이며 창고 따위를 만들어둔 곳이었습니다. 1층을 뺀 나머지 층은 복도가 입 구(口)자로 나 있었습니다. 아파트의 가운데는 텅 비어 천장까지 뚫려 있었습니다. 처음 아파트에 와서 여기저기를 구경하며 신기해하다가, 3층 복도 난간에서 아래를 내려다보다 아찔한 기분이 들어 몸을 얼른 뒤로 뺀 기억이 생생했습니다.

3층에서도 이토록 까마득한데, 4층에서 내려다보면 오죽할까?

입분은 계단을 오르내리고 복도를 다닐 때마다 더욱 조심했습니다.

명성아파트를 오르내리는 계단은 1층 입구에서 보면 오른쪽과 왼쪽 벽에 하나씩 붙어 있었습니다. 입분이 오르기엔 단이 높았는데, 다른 집보다 천장이 훌쩍 높게 지어진 탓인 것 같았습니다. 처음 명성아파트에 왔을 때 계단을 겨우 따라 올라오는 입분을 돌아보며 마님이 말했습니다.

"네 키가 부쩍 자라면 쉬이 올라갈 수 있을 거다."

입분은 얼른 키가 커지고 싶었습니다. 마님은 굽 높은 신발을 신으면서도 위태롭게 휘청이기는커녕 재주 좋게 계단을 올랐습니다. 다리가 길어서 그럴 수 있는 모양이었습니다.

키가 커지면 잘 걸을 수 있겠지? 마님보다 더욱 빠르게 올라갈 수도 있을 거야.

갑자기 문 두드리는 소리가 났습니다. 입분은 벌떡 일어났습니다.

"손님이 오셨나 봐요."

마님은 이미 자리에서 일어났습니다. 마님이 방으로 획 들어가고 방문이 닫히는 걸 확인한 뒤 입분은 문을 빼꼼히 열었습니다.

"누구신가요?"

"가야마 여사를 찾아왔소. 소개를 받고 왔는데……."

주저하는 심약한 남자 목소리였습니다. 입분이 고개를 돌리자, 방에서 마님의 팔이 나와 엄지와 검지로 동그라미를 만들어 보였습니다. 마님이 하는 '오케이'라는 외국말 표현, 괜찮다는 신호였습니다. 입분이 문 너머를 향해 말했습니다.

"잠시만 기다려주시겠습니까? 집이 어수선하여 정리를 해야 합니다."

입분은 다시 문을 닫고 걸쇠를 잠근 뒤 얼른 마님 방으로 갔습니다. 마님은 거울 달린 화장대 앞에 선 채 입고 있던 헐렁한 블라우스와 바지를 벗고, 하늘하늘한 레이스 장식이 붙은 블라우스를 챙겼습니다. 입분이 검정색 치마와 진갈색 치마를 들어 보이자 마님이 진갈색 쪽을 가리켰습니다. 입분은 서둘러 마님이 옷 입고 머리 만지는 걸 거들었습니다.

몸단장을 끝내는 데는 언제나처럼 5분이면 충분했습니다. 입분 스스로 생각해도 썩 일을 잘하는 것 같았습니다. 마님이 불평한 적은 한 번도 없었기 때문입니다.

마님과 살면서 가장 놀란 건, 혼자 사는 마님에게 찾아오는 낯선 사람이 많다는 것이었습니다. 처음에는 마님의 남편이나 연인분이신가 하고 지레짐작하여 실수한 적도 있었지만, 따끔하게 혼난 뒤 손님 맞는 법을 제대로 배웠습니다.

하나, 손님이 오면 밖에서 기다리라고 지시하고 몸치장을 빠르게 도울 것.

둘, 손님에게 접대에 필요한 것 말고는 아무것도 묻지 말 것.

셋, 손님에 대한 건 아무것도 궁금해하지 말 것.

그게 마님에게 배운 손님 맞는 요령이었습니다.

마님이 다시 거실로 나와 책상 앞에 앉았습니다. 하얀 블라우스와 진갈색 치마를 단정하게 입고 목에는 하늘색 스카프를 가볍게 둘렀고, 얼굴에는 그새 펴 바른 분이 뽀얗고 은은하게 빛나고 입술에 바른 연지가 우아한 붉은색을 뿜내어 퍽 근사해 보였습니다. 어른스럽고 믿음직스러워 보이는 모습이었습니다. 마님이 선풍기를 끄지 않아 기껏 잘 빗은 머리카락이 흔들리는 게 흠이었지만, 바람을 맞아 단발머리가 찰랑거리는 모습도 고와 보였습니다.

눈에 띄는 것들을 얼른 정리한 뒤 마님을 보자, 마님이 고개를 끄덕이고는 책상에 올려놓은 황갈색 모자를 머리에 썼습니다. 불룩하게 튀어나왔고 양 귀를 덮는 듯 천이 늘어진, 문살과 같은 무늬가 새겨진 기묘한 모자였습니다. 지금까지 공들여 꾸민 모습은 모자 때문에 죄다 묻혀버리고 말았습니다. 마님의 어여쁜 모습에서 그저 모자만이 눈에 띄었습니다.

저 모자만은 쓰지 않으셨으면 했는데.

물론 식모가 주인에게 불만을 함부로 말할 수는 없었습니다. 속으로 한 생각을 말하지 않고 입분은 문을 열었습니다. 문 너머에는 깡마른, 얼굴빛이 나빠 보이는 남자가 여전히 불안한 눈빛으로 우왕좌왕하고 있었습니다. 입분은 놀라지 않았습니다. 마님을 찾는 이들은 늘 무언가 초조해하는 기색을 숨기지 않았습니다.

"마님께서 기다리십니다."

입분은 그렇게 말하고 나서 남자를 자기가 앉아 있던 의자로 안내했습니다. 부엌에서 오미자 우린 물을 가져와 잔을 내려놓자마자 손님이 급히 물을 마셨습니다. 어지간히 목이 말랐던 것 같지만, 단지 더워서만은 아닌 듯했습니다. 손님이 손수건으로 땀 닦는 걸 입분이 지켜보는데, 마님이 말했습니다.

"너는 한 시간 정도 나가 있으렴."

이번에도 나는 듣지 못하게 하는구나.

입분은 실망했습니다. 마님을 자주 찾아오는 손님도 있었고, 한 번만 온 뒤 다시는 오지 않는 이도 더러 있었습니다. 하지만 손님이 찾아올 때마다 마님은 늘, 나가 있으라고 지시했습니다.

대체 무슨 이야기를 나누길래?

궁금해하는 티는 내지 않고 입분은 얼른 바깥으로 나갔습니다. 손님이 입을 열고 마님이 나른한 듯 듣는 게 마지막으로 본 모습이었습니다. 언제나처럼 닫힌 문에 귀를 갖다 대고 말소리를 들어보려 했습니다. 하지만 들을 수 없었습니다.

"그게 우리 명성아파트의 몇 안 되는 좋은 점이야. 문이 두꺼워서 안에서 뭘 해도 바깥에는 소리가 잘 새어 나가지 않거든? 안에서 누가 칼에 찔려 비명을 질러도 밖에서는 못 들을걸?"

4층에 사는 유진 언니가 언젠가 짓궂은 말을 한 적이 있었습니다. 무섭다고 생각하면서도 입분은 고개만 끄덕였습니다. 명성아파트의 다른 집에서도 문을 닫으면 너머의 소리가 들리지 않을 것 같았습니다.

귀를 뗀 입분은 잠시 망설였습니다.

어디에 가 있지?

이럴 때, 한 시간 정도 머물 만한 곳이 있었습니다. 입분은 얼른 303호 쪽으로 가서 평소 잘 쓰지 않는 그쪽 계단을 내려갔습니다.

일본어와 조선어

"'이 아파트에서는 누가 칼에 찔려 비명을 질러도 밖에서는 못 듣는다'라? 그것참 그럴싸하구나. 유진 양도 퍽 그로한 말을 할 줄 아는군. 써먹을 만한데."

타자기를 노려보던 작가님이 그렇게 말하며 키득거렸습니다. 늘 단정하게 양복을 갖춰 입어서 멋져 보이는 차림새는 킥킥거리는 웃음소리와 영 어울리지 않았습니다. 작가님의 성은 정씨라고 하는데, 이름은 들은 적 없었습니다.

"그로, 그로. 이상한 말이네요. 일본어인가요?"

맞은편에 앉은 입분이 낯선 단어를 몇 번이나 중얼거렸습니다.

"'끔찍하다'라는 뜻을 가진 '그로테스크'라는 서양 말에서 따온 거다. 그걸 툭 잘라 뭔가 그럴듯하게 말하는 척하는 거지. 일본 사람도 조선 사람도 멀쩡한 말 줄여 쓰길 좋아하잖느냐?"

작가님이 빈정거렸습니다. 서른은 넘지 않았을 작가님은 언제나 단정하게 빗어 넘긴 머리카락, 깔끔하게 면도한 얼굴, 퍽 단정한 이목구비를 보였고 늘 웃음을 잃지 않는 멋진 어른이었습니다. 실제로 유진 언니는 작가님과 마주칠 때마다 얼굴을 붉히며 수줍어하는 기색이었습니다. 하지만 정작 작가님은 늘 심술궂게 말해서 마치 영감님이 투덜거리는 것 같았습니다.

"그로를 어떻게 쓰는지가 궁금한 게냐?"

입분이 한 엉뚱한 생각을 작가님은 눈치채지 못한 모양이었습니다. 작가님이 옆에 아무렇게나 팽개쳐놓은 종이 뒷면에 만년필로 쓱쓱 글자를 쓴 뒤 입분에게 내밀었습니다.

グロ 그로

종이에 쓰인 국어와 조선어를 적힌 대로 읽자 작가님이 고개를 끄덕였습니다.

"이제 글자는 곧잘 읽는구나. 한자도 읽을 수 있지?"

"많이는 몰라요. 아직 배우는 중이니까요."

그렇게 대답하며 입분은 괜히 주위를 보았습니다. 작가님을 둘러싼 책장에 책이 빽빽하게 꽂혀 있었습니다. 저 수많은 책 중 아직도 제목을 제대로 읽지 못하는 게 많았습니다.

"좀 더 배우게 되면 신문도 한번 읽혀봐야겠구나. 글을 읽을 수 있다는 건 여러모로 유리하거든. 게다가 글자를 쓸 수 있다면 더더욱 남들보다 나아질 수 있다. 학식은 세상에서 남보다 몇 곱절이나 우월하도록 이끄는 능력이니까."

글자를 읽고 쓰는 게 도움이 된다는 건 입분도 작가님과 같은 생각이었습니다. 글자를 제대로 배운 건 명성아파트에 들어온 뒤부터였습니다. 작가님이 국어와 조선어 글자를 가르쳐주었고, 그걸 알고 난 뒤로는 작가님이 준 교본을 열심히 배우고 익혔습니다. 어느 순간 글자가 사방에 보이면서 세상이 전혀 다르게 보여서 깜짝 놀라기도 했습니다.

홀로 창고에 누워 잠을 청할 때마다 입분은 야마자키 씨 집에서 쫓겨난 게 오히려 행운이었다고 생각하곤 했습니다. 그렇지 않았다면 마님처럼 근사하고도 신기한 사람과 살 일도, 작가님 같은 멋진 사람에게 글자를 배울 일도 없었을 겁니다.

작가님의 집은 아파트 2층에 있었습니다. 우연히 밖에서 만난 작가님의 초대로 그분 집에 처음 갔을 때의 기억이 생생했습니다. '二○三', 작가님이 '203'이라고 가르쳐준 숫자가 달린 문 너머에는 한 번도 본 적 없는 세계가 펼쳐져 있었습니다. 응접실 한쪽 벽에 선 높다란 장을 빽빽하게 채운 책을 보고 입분은 놀라서 얼어붙었습니다.

야마자키 씨 집에도 위풍당당하게 모습을 뽐내는 세계문학전집이 책장에 꽂혀 있었습니다. 하지만 그건 장식으로 놔둔 것이나 다름없어서 책장을 벗어난 적은 없었습니다. 하지만 작가님의 책들은 달랐습니다. 책등에는 손때가 번들거렸고 책 여기저기 줄이 그어져 있거나 점이 찍혀 있었습니다. 한쪽 귀퉁이에는 알아볼 수 없는 글씨로 뭔가를 써놓기도 했습니다. 작가님은 책에 파묻혀 살아가는 것 같았습니다.

작가님 집 이야기를 했더니 마님이 '독서가'라는 단어를 가르쳐주었습니다. 책을 많이 가졌을 뿐만 아니라 매일 읽어야 직성이 풀리는 사람이라는 뜻이었습니다.

이렇게 많은 책이 왜 필요한 걸까?

그게 궁금해서 물은 적이 있었는데, 작가님이 마구 웃어댔습니다. 킥킥거리는 웃음이 한참 이어졌습니다.

"작가 노릇 하려면 책을 많이 읽어야 하거든. 글이란 게 말이다, 냉면 면발처럼 짓누르는 대로 쭉쭉 뽑혀 나오는 게 아니야. 책이며 신문이며 온갖 활자로 찍힌 것들을 마구 읽어대면서 머릿속에 꾸역꾸역 집어넣어야 그럭저럭 써먹을 만한 게 나온단 말이다. 그것도 고작 한두 줄! 참으로 해먹지 못할 일이지 않느냐? 이놈의 작가라는 직업이."

작가님은 매일 조간신문과 석간신문을 받아 보았습니다.

배달하러 오는 윤기 녀석은 입분과 마주칠 때마다 히죽 웃으며 신문을 내밀었습니다. 자기 대신 신문을 건네주라는 얄은 수작이었습니다. 그럴 때마다 직접 가서 건네라고 잔소리했지만 윤기는 막무가내였습니다.

입분이 신문을 가져가면 작가님은 반갑게 받아 펼친 뒤, '만주의 정세가 어떻다더라', '구라파에서 팥인지 낙지인지 하는 게 득세한다더라' 하는 어려운 말을 중얼거렸습니다. 기사를 읽어달라고 조르면 작가님은 청을 들어주었고, 그 뒤에 퉁명스러운 말 한두 마디를 꼭 덧붙였습니다. 작가님이 별다른 일이 없을 때는 신문 말고도 재미난 이야기책도 읽어주곤 했습니다. 퍽 신기하고도 놀라운 이야기들을 들으며 입분도 여러 재미있는 상상을 해보았습니다.

탄식 같은 한숨 소리에 입분은 생각에서 깨어났습니다. 작가님이 낸 소리였습니다. 이마에 맺힌 땀을 보니 어지간히 더운 모양이었습니다.

"많이 더우시죠?"

"덥다마다. 이번 여름은 왜 이다지도 덥단 말이냐. 이제 곧 세상이 불지옥이 되어 망하려나 보다. 어디 공기만 불타오르겠느냐? 저 구라파에서 언제 전쟁이 벌어질지 모르지. 게다가 일본은 이미 중국과 전쟁을 치르는 중 아니냐. 그러다가 다른 나라에 시비 걸어서 더 크게 싸울 수도 있다. 그게 소련

이 될 수도 있고, 어쩌면 정말로 더위를 크게 먹어 미국에게
덤벼들지도 몰라. 그러면 그들도 우리도 죄다 망해버리고 말
게다."

재수 없는 소리는 하지 마세요.

입분은 그렇게 말하는 대신 자리에서 일어났습니다.

"냉장기에 물 넣어두셨나요? 찬물이라도 가져올게요."

"일을 참 잘하는구나. 최 여사 집에서 쫓겨나면 우리 집에
식모로 들어오거라. 내가 잘해주마."

작가님의 실없는 말을 못 들은 척하고 입분은 부엌으로 갔
습니다.

명성아파트는 2층부터 4층까지의 모든 집이 똑같이 생겼
습니다. 거실로 쓰이는 곳 옆에 방이 하나 있었고 그 옆 가장
구석에 화장실이 덧붙어 있었습니다. 부엌 안쪽에는 작은 창
고도 있었습니다. 집의 모양만이 아니라 들여놓은 가구들도,
심지어 거울까지 똑같은 걸로 넣어두었습니다. 작가님의 말
로는 명성아파트가 경성 변두리에 지어진 것치고 고급이라고
했습니다. 어떤 아파트는 부엌과 화장실을 주민들이 함께 써
야 하기도 하고, 방 한 칸만 달랑 주는 곳도 있다고 합니다.
입분은 그런 곳의 생김새가 궁금했지만, 상상으로 그려볼 뿐
이었습니다.

203호의 부엌 역시 301호와 똑같이 생겼습니다. 하지만 그

룻이나 수저 따위가 흐트러져 있었고, 생긴 것이나 개수 또한 제각각이었습니다. 평소 책을 깔끔하게 정리하는 데 반해 집 안은 너저분한 모습이었습니다. 작가님은 책과 글쓰기 외의 다른 것은 대충대충 하는 무심한 성격인 듯했습니다.

집의 모습을 보면 거기 사는 사람의 성격이 드러난다고, 마님이 말씀하셨지?

입분은 괜한 생각을 하며 냉장고에서 유리병을 꺼냈습니다. 아직 이 냉장고에 얼음이 좀 남아 있는 건지, 차가운 기운을 머금은 병의 느낌이 기분 좋았습니다.

"고맙다. 음, 여기는 어떻게 한다……."

입분이 가져온 물잔을 보지도 않고 짧게 인사한 뒤 작가님은 다시 끙끙거렸습니다. 작가님은 늘 타자기를 노려볼 뿐, 정작 타자를 치는 때는 드물었습니다. 입분은 궁금했습니다.

저렇게 노려보기만 하면서 어떻게 글을 쓸 수 있는 거지?

"'내 마음속에 불안이……. 이를 어떻게 하면 좋을까요. 내가 어찌해야 할까요?'……음, 조금 더 고치면 될 거 같은데."

작가님이 혼잣말을 중얼거렸습니다. 목소리는 남자였지만 말투는 퍽 여자다워서 무척 이상해 보였습니다. 타자기를 노려보며 끙끙거리던 작가님이 문득 물었습니다.

"최 여사를 찾아온 손님이 있어서 이리 왔다고 했지? 그 손님은 어떤 것 같더냐?"

"불안해 보이는 남자 손님이셨어요. 물을 급히 마시는 모습이 더워서만은 아닌 것 같았거든요. 또 낮에 바깥일하시는 분 같지 않았어요. 햇볕에 그을린 티가 거의 없었거든요."

"또?"

"잘 모르겠어요. 잠깐 본 게 다였으니까요."

"거참, 너 대신 내가 최 여사 시중을 들었으면 좋았을걸. 수상한 사람도 마음껏 관찰할 수 있고, 작품에 써먹을 만한 이야기도 쉬이 주워들었을 거 같은데 말이다."

작가님이 늘 투덜거리는 말에 신경 쓰지 않고 입분은 책장에 아는 글자가 보이는지 살폈습니다.

작가님에게 국어와 조선어, 한자, 간단한 셈 따위를 배우게 된 건 우연이었습니다. 마님의 첫 손님을 맞아서 301호에서 나가 아파트 1층에 우두커니 서 있을 때, 2층 난간으로 내려다보는 작가님과 눈이 마주쳤습니다. 작가님은 입분을 203호에 불러 무슨 일인지를 묻더니, 일이 없을 때는 찾아와서 글자나 셈 같은 걸 배우라고 말해주었습니다. 하지만 그 대신 작가님은 마님을 찾는 손님들이 어떤 사람인지를 계속 물었습니다. 함부로 말하면 안 되는 게 아닐까 싶었지만, 학교에 다니며 내는 수업료 같은 것이라고 여기기로 했습니다.

하지만 이번에는 문득 이유가 궁금해져서 입분이 물었습니다.

"작가님은 마님에게 어떤 사람이 찾아오는지를 왜 물어보
시는 건가요?"

"작품에 써먹을 새로운 소재를 얻으려는 거지. 사람을 관
찰하고 그가 감춘 본성을 알아내는 훈련을 하면서 말이다.
너는 셜록 홈스라는 탐정을 아느냐?"

입분은 고개를 저었습니다. 외국인 이름도, 탐정이라는 단
어도 낯설었습니다. 작가님이 타자기 옆에 놓아둔 책을 들어
보였습니다. 책 표지에는 모자 쓴 사람의 옆얼굴이 그려져 있
고, 위에 영어라는 외국 글자와 국어와 한자 섞인 글자가 쓰
여 있었습니다.

The Adventures of Sherlock Holmes
シャーロック·ホームズの冒険

"'샤로쿠 호무스의……' 뒤의 한자는 모르겠어요. 뭐라고
쓴 거죠?"

"'모험'이라는 단어다."

작가님이 종이에 다시 조선어로 썼습니다.

'셜록 홈스의 모험'. 조선어로는 책 제목을 그렇게 읽는 모
양이었습니다.

샤로쿠 호무스, 셜록 홈스. 어느 쪽이 제대로 된 이름일까?

글자를 많이 배워서 작가님 집의 책을 다 읽을 수 있게 되면 알 수도 있을 것 같았습니다. 작가님은 표지에 그려진 검은 사람 얼굴 그림자를 가리켰습니다.

"이 사람이 셜록 홈스다. 모자를 쓰고 파이프…… 곰방대처럼 짤막한 담뱃대를 물고 있지. 이 사람이 참으로 신통방통하단다. 셜록 홈스는 사람을 날카롭게 관찰할 줄 아는 사람이거든."

"점쟁이인가요? 관상을 잘 보는 거라면……."

"그런 미신 따위와는 전혀 다르다. 초인적인 지성을 발휘하여 제 눈으로 본 것이 왜 그러할지 그 이유를 추리해낸 것이지. 생각해보아라. 물질이 모든 것을 지배하는 이 대 자본주의, 대 모던의 시대에 무슨 미신이 발붙일 수 있단 말이냐?"

어려운 단어들에 입분이 갸웃거리는데, 작가님이 좀 더 설명해주었습니다. 셜록 홈스 씨는 사람을 볼 때 얼굴 생김새와 입은 옷의 구김이나 신발의 얼룩 따위를 보고 그게 왜 그렇게 되었을지를 궁리하여 정체를 알아낸다고 했습니다. 그것도 보자마자 순식간에! 그 뒤 작가님이 들려준 홈스 씨 이야기에 입분은 홀딱 빠졌습니다. 누군가를 보는 것만으로 뭘 하는지를 알아맞힐 수가 있다니! 그런 놀라운 힘으로 악당들과 맞서 싸우는 탐정 홈스 씨 이야기를 들으며 가슴 두근거렸습니다.

그야말로 족집게 점쟁이 같아.

입분은 생각을 말로 꺼내지는 않았습니다. 작가님이 '점쟁이'란 말을 들으면 수다스러워질 게 분명해서였습니다. 작가님은 미신 이야기가 나오면 그게 얼마나 우습고도 맹랑한 일인지 열심히 외쳐서 재미없었습니다. 긴 이야기가 끝나고 작가님이 말했습니다.

"네가 일본어와 한자를 잘 읽게 되면 셜록 홈스 이야기책을 빌려주마. 너도 재미있게 읽을 수 있을 거다."

입분도 얼른 그런 날이 오길 바랐습니다. 범죄를 저지르는 무서운 악당들과 싸우는 이야기가 무척 재미있을 것 같았습니다.

"작가님은 지금 홈스 씨 같은 사람이 나오는 이야기를 쓰고 계신 건가요?"

입분이 물었습니다. 작가님은 작품을 쓸 때 도움이 될 책을 타자기 옆에 둔다고 했었는데, 셜록 홈스 씨 책이 지금 거기 있으니 작가님이 쓰는 것도 그런 이야기일 것 같았습니다. 그런데 작가님이 웬일로 앓는 소리를 냈습니다.

"탐정이 나오는 이야기를 이번 주까지 써야 하거든. 그럴듯하게 대본을 만들어주기로 했는데, 마땅한 게 영 나오지 않아 고생이다."

"대본이라면, 영화를 찍는 건가요?"

입분은 저도 모르게 되묻고 말았습니다. 예전에 부모님에게, 영화라는 건 대본에 적힌 이야기를 사람들이 연기하면 이를 찍는 것이라고 어려운 말을 들은 기억이 남아 있었습니다.

작가님은 타자기를 노려본 채 다시 끙 소리를 냈습니다.

"내가 아니라 아는 감독이 찍을 거다. 얼마 전 내가 그 친구 앞에서 호기롭게, 조선에도 우연과 관습에 기댄 하찮은 삼류 통속극이 아니라 이성과 논리로 진행되는 범죄극이 만들어져야 한다고 말했었다. 그 친구가 관심을 보이더니 이번 주까지 그럴듯한 범죄극을 한 편 써달라고 했지. 술김에 그러겠다고 외치고 돈도 받았는데, 막상 어떻게 써야 할지 모르겠다. 무엇보다도 사건이 벌어질 장소가 떠오르지 않는단 말이다. 추리소설가들이 쓴 작품을 보면 오래된 저택이나 전설이 깃든 여관 따위의 이상한 곳에서 사건이 벌어지는데, 이 경성에 그럴 만한 곳이 도무지 떠오르지 않으니……."

어려운 소리가 섞여 있어 잘 알지는 못해도 작가님이 무척 고민하고 있다는 건 분명했습니다. 입분은 무심코 중얼거렸습니다.

"사건이 꼭 이상한 곳에서 일어나야 하나요? 평범한 집에서도 무서운 일들이 벌어지잖아요. 도둑이 물건을 훔친다거나, 강도가 칼을 휘두르며 겁준다거나요. 명성아파트 같은 곳에서 사건이 일어나도 될 거 같은데요……."

"그거다!"

"엄마야!"

갑자기 작가님이 소리쳐서 놀라고 말았습니다. 작가님이 벌떡 일어나 집 안을 마구 돌아다니는가 싶더니 출입문 옆에 우뚝 멈춰 섰습니다. 301호와 마찬가지로 여기에도 아파트에서 제공하는 거울이 걸려 있었습니다. 그 앞에서 작가님이 연극이라도 하듯 몸을 움직이며 외쳤습니다.

"새로 지어진 근사한 아파트! 입주민 모두가 모여 벌이는 입주 기념 파티! 거기서 갑자기 피를 토하며 쓰러지는 입주민! 순사가 아무리 수사해도 범인을 찾지 못하고, 모두 우왕좌왕한다! 그래! 바로 이거다!"

여전히 눈만 동그랗게 뜬 입분을 본체만체 작가님은 다시 자리에 앉더니 마구 타자기를 쳤습니다. 타닥타닥 소리가 시끄럽게 울렸습니다. 작가님이 입꼬리를 올린 채 계속 킥킥거렸습니다.

시계를 보니 마님이 말한 한 시간이 되려면 멀었습니다. 하지만 지금 작가님에게 말을 걸면 안 되었습니다. 이럴 때 작가님을 부르면 방해하지 말라고 화낼 터였습니다. 입분은 머뭇머뭇 자리에서 일어나 여전히 타자기를 치느라 정신없는 작가님에게 인사했습니다.

"저, 가볼게요."

"단독범의 소행? 아니야, 범죄 조직이 나오는 게 요즘 유행에 맞지? ……아, 그래, 잘 가거라. 다음에 또 글자를 가르쳐주마. 범죄 조직이라, 그러면 어떤 사람들을 나오게 해야……."

작가님이 건성으로 인사를 건넸습니다. 입분은 민망해져서 셜록 홈스 책을 보았습니다.

그때 이상한 걸 알아챘습니다.

"어, 이거……."

입분은 급히 말을 멈췄습니다. 다행히 작가님은 타자 치는데 골몰하느라 신경 쓰지 않는 눈치였습니다. 입분은 다시 책 표지를 살펴보았습니다.

틀림없었습니다. 탐정 셜록 홈스 씨가 쓰고 있는 모자는, 마님이 손님을 만날 때 쓰는 모자를 닮아 있었습니다.

고무신과 하이힐

작가님의 집에서 나온 입분은 3층에 올라가 301호 문에
귀를 붙였습니다. 뭐라고 말하는지는 몰라도 사람 말소리가
웅웅 울리는 걸 보니 아직 마님이 용무를 마친 것 같지 않았
습니다. 마님은 혼자 있을 때 노래를 부르거나 혼잣말하는
취미는 없었고, 집에는 전축 또한 없었습니다. 입분은 얼른
물러났습니다.

이럴 때는 1층에 가 있는 게 좋았습니다.

1층에는 아파트 주민들이 함께 쓰게끔 마련한 공간이 있었
습니다. 아파트 관리인 우에다 씨의 말로는, 원래 1층에도 사
람을 받으려고 다른 층의 집과 똑같이 만들었지만, 여러 문
제가 생겨서 다른 용도로 쓰는 공간이나 창고 따위로 고쳤

다고 했습니다. 그래서 1층의 두 집 중 하나는 주민들이 함께 쓰는 응접실이 되었습니다. 심지어 옆집은 문조차 달지 않은 채였습니다. 아무것도 없는 텅 빈 집은 휑하고 삭막할 뿐이었습니다.

입분은 응접실로 갔습니다. 집 앞에는 '一 ○ 一'이라는 문패가 붙어 있었습니다.

명성아파트에 살면서 입분은 궁금한 게 많았습니다. 1층 응접실에 부엌이 붙은 까닭도 궁금한 것 중 하나였습니다. 집마다 부엌이 있는데 굳이 왜? 그 이유를 가르쳐준 것도 우에다 씨였습니다. 아파트 주민들의 친목을 다지려고 공용으로 쓸 장소를 만들면서, 그때 간단한 음식을 만들 수 있도록 설비도 갖춰놓았다고 합니다. 하지만 정작 아파트 주민들이 모두 모인 적은 단 한 번도 없었다고도 했습니다.

응접실에는 먼저 온 사람이 있었습니다. 402호에 사는, 언제나 멋지게 치장하고 외국어를 섞어 쓰며 늘 입분을 '이쁜'이라고 부르는 유진 언니였습니다. 새카만 합죽선을 신경질적으로 파닥거리던 언니가 곧장 알은체했습니다.

"이쁜아, 너는 왜 여기 왔어? 아, 또 너네 마님이 비즈니스 중이라 비지한 거지? 그분도 참 부지런하다. 이런 더위에 손님을 맞이하다니."

언니의 말은 성격처럼 빨랐습니다. 입분이 고개 숙여 인사하자 언니가 손을 흔들어주며 투덜거렸습니다.

"난 또, 너도 너무 핫한 날씨라 피신해왔나 했다. 글쎄, 내 집은 바람이 전혀 안 들지 뭐니? 창문이란 창문은 다 열어두었는데도 말이야."

"바람이 불어도 시원하지가 않던걸요. 밖이 워낙 뜨거운가 봐요."

"내 포켓의 돈이 언제나 해브 노라서 문제야. 집값 싸다는 이유로 북향인 집을 고른 게 큰 실수였어. 너도 402호에 며칠만 살아보면 금방 알게 될걸? 여름에는 덥고, 겨울에는 춥고, 햇빛은 들지도 않고. 겨우 들라치면 창 너머 산이 가로막는다니까? 집세 2원을 아끼려다가 20원은 넘게 손해 보는 기분이야. 돈이 해브 노라도 삶까지 해브 노가 될 순 없잖아? 지금이라도 집주인에게 부탁해서 바꿔달라고 해야 할까? 어차피 명성아파트 안에 빈집도 여럿 있으니까. 그런데 아래층은 집값이 더 비쌀 텐데……."

입분은 웃으며 듣기만 했습니다. 언니는 '해브 노' 같은 외국어를 섞어가며 돈이 없어 북향으로 난 집을 잡았다고 언제나 투덜거렸습니다. 하지만 마님과 입분이 사는 301호도 북향인 건 마찬가지였고, 덥지만 어떻게든 견딜 수는 있어서 언니의 불만이 잘 와닿지 않는 것도 사실이었습니다.

"이렇게 무더운 여름이라니! 살다 살다 처음이야. 우리 집에서도 이만큼이나 더운 적은……."

언니가 말꼬리를 흐렸습니다. 입분은 괜히 하품하며 이야기를 듣지 못한 척했습니다.

유진 언니는 입분보다 곱절은 넘게 나이가 많았습니다. 마님보다는 나이를 적게 먹은 것 같지만, 늘 화사하게 화장해서 그리 보이는 것뿐인지도 몰랐습니다. 처음에 입분이 유진 언니를 '마님'이라고 불렀다가 정말로 호되게 야단맞은 뒤로는 '언니'라고 부르고 있었습니다.

친언니가 있다면 이런 느낌일까?

유진 언니는 경성에서 나고 자란 사람이 아니었습니다. 홀로 경성에 올라와서 이런저런 일을 하다가 지금은 백화점 점원이 되었습니다. 경성에 오기 전에 어디서 살았는지를 묻자 언니는 그런 건 몰라도 된다고 짜증을 내었습니다. 옛날 일을 떠올리기 싫은 듯했습니다. 입분도 명성아파트에 오기 전까지 힘들고 고통스러운 기억만 가득해서 그 마음을 알 수 있었습니다.

"이쁜아, 안 덥니? 가만있자, 부엌에 콜드 워터가 있을까?"

유진 언니가 부엌으로 휙 가버렸습니다. 또각또각 소리가 걸음 따라 났습니다. 언니는 늘 하이힐이라는 굽 높은 서양 신발을 신고 다녔습니다. 용케 넘어지지 않고 걷는다고 생각하면서 입분은 언니를 따라갔습니다. 입분이 신은 고무신은 타박거리는 소리를 낼 뿐이었습니다.

"혹시나 했지만 역시나네. 아이스가 안 들어가 있으니 있으나 마나잖아. 여기가 공용 부엌이니 아파트 주인이 전기냉장고 정도는 넣어줄 수도 있는 거 아닐까? 우리가 매달 내는 돈이 얼만데. 이쁜아, 너도 그렇게 생각하지?"

언니는 투덜거리면서도 부지런히 찬장을 뒤졌습니다. 냉장기 문이 활짝 열려 있는 걸 보면 안에 신통한 것이 들어 있기는커녕 냉기조차 감돌지 않았던 게 분명했습니다. 언니가 찬장에서 투박한 잔을 둘 꺼냈습니다.

"물이라도 마셔야지. 이쁜아, 너도 마실래?"

입분은 고개를 끄덕였습니다. 언니는 수도에서 나오는 물로 잔을 몇 번이나 헹구고 난 뒤 물을 받아 입분에게 건넸습니다. 두 사람은 응접실에 돌아가 의자에 앉았습니다. 언니는 물이 미지근하다고 계속 투덜거렸습니다.

"아이스고히가 마시고 싶구나. 아니, 이럴 때는 라무네나 사이다가 더 좋을까? 이쁜아, 너는 마셔본 적 있니?"

입분이 고개를 젓자 언니가 웃었습니다.

"그럴 줄 알았다. 너네 마님이 그런 거 사주지 않지? 너는 식모니까 물도 눈치 보며 제대로 못 마셨을 거 아니니? 안 되겠다. 다음에 백화점에서 폐기하는 게 있다면 꼭 한 병 가져다주마. 너 같은 애가 언제 그런 거 맛볼 수나 있겠니?"

언제나처럼 심술궂은 말과 챙겨주는 말이 섞였습니다.

둘은 잠시 조용히 있었습니다. 더워서 합죽선을 하느작거리는 유진 언니의 손놀림만 바빴습니다. 입분은 바깥으로 귀기울였습니다. 손님이 나가는 발소리가 들리면 얼른 돌아갈 생각이었습니다. 무료하게 입분을 지켜보던 언니가 문득 말했습니다.

"이쁜아, 너, 아직도 그 고무신을 신는구나?"

"네. 마님이 사주신 거니까요. 아껴서 신어야죠."

입분은 그때를 잊을 수 없었습니다. 이전에 신던 신은 길에 버려진 작고 다 떨어져가는 가죽신이었습니다. 넝마주이가 줍기 전에 용케 가져올 수 있었지만, 몸이 자라면서 신은 점점 발을 죄어왔습니다.

야마자키 씨 집에서 명성아파트로 온 다음 날이었습니다. 제대로 걷지 못하는 입분을 이상하게 여긴 마님의 독촉에 맨발을 보여야 했습니다. 오래 걷느라 새빨갛게 벗겨진 발을 본 마님이 신음을 흘렸습니다. 그냥 두면 낫는다고 말했지만, 마님은 곧장 약을 사 와서 손수 발라주었습니다. 다음 날 입분은 마님의 손에 이끌려 상점가에 갔고, 마님은 입고 신을 고무신과 새 옷 등을 잔뜩 사주었습니다. 살 돈이 없다며 고개를 젓는 입분에게 마님이 엄하게 말했습니다.

"내가 거두어 쓰는 식모의 꼴이 엉망이면 손님들 보기에 좋지 않다."

그 뒤 손님을 맞이하면서 입분도 마님의 말뜻을 알게 되었습니다. 마님은 다른 사람을 만날 때만큼은 그럴듯하게 꾸민 모습을 보여야 한다고 했습니다.

"사람은 다른 이의 겉모습을 중요하게 여길 뿐, 본질이 어떤지는 중요하게 생각하지 않는다. 겉이 그럴듯하게 보이면 속도 그럴듯하다고 여기는 게지. 그런데 네가 꾀죄죄한 모습을 한 걸 보면 다른 사람이 어떻게 여길까?"

마님이 흐트러진 모습을 보이는 건 입분 앞에서만이었습니다. 입분에게는 겉모습을 꾸밀 필요가 없다고 여겨서인 듯했습니다. 입분이 어려서인지 식모라서인지는 알 수 없었습니다.

괜한 생각을 하던 입분은 정신을 차렸습니다.

유진 언니가 입은 옷은 윗도리와 치마가 하나인 '원피스'라는 것이었습니다. 짧은 소매며 하늘색 치맛자락이 하늘거렸고 옷깃은 새하얗게 레이스가 달려서 마치 여름 하늘을 옮겨 놓은 것 같았습니다. 편해 보이면서도 예쁘기도 한 참 좋은 옷이었습니다. 정작 언니가 신은 붉은 하이힐은 옷차림과는 어울리지 않았습니다. 하지만 언니는 빨간 신 신는 걸 무척 좋아했습니다. 입분이 신발을 보는 걸 알아차리고 언니가 웃었습니다.

"이쁜아, 너는 하이힐을 신어본 적 없겠지?"

유진 언니가 얼른 신을 벗고는 눈이 동그래진 입분에게 손짓했습니다.

"한번 신어보렴. 혹 아니? 이걸 신으면 너도 하리우드 여배우처럼 갑자기 맵시가 날지? 아, 넌 영화는 본 적 없지?"

입분은 망설이며 다가왔습니다. 커다란 하이힐에 두 발을 집어넣었지만 발밑이 불안해서 일어나지 못했습니다. 언니가 몸을 잡아줘서 겨우 섰습니다.

"어때? 이상하니?"

"조금요……."

입분은 중얼거렸습니다. 까치발도 아니고 바로 선 것도 아닌 불안한 발밑과는 달리, 눈에 보이는 모습은 뭔가 좀 달라진 듯했습니다. 그저 발돋움한 것 정도였지만 세상의 모습이 낯설었습니다. 어색해서 오히려 멋쩍은 웃음이 새어 나왔습니다.

"이쁜아, 너도 하이힐 신는 데 익숙해질지 몰라. 지금은 콩알 같은 네 키도 어른이 되면 부쩍 커질 거 아니니? 어른이 되면 보이는 게 달라지니까."

놀리는 것 같은 심술궂은 말의 뜻을 잘 알 수 없었습니다.

입분은 언니의 손을 잡고 몇 걸음 옮겨보았습니다. 큰 신발에 굽까지 높아 걸음이 위태로웠습니다. 언니가 웃었습니다. 즐거운 웃음소리에 놀리는 감정은 느껴지지 않았습니다.

"이쁜이 덕분에 퍽 재미있었어."

다시 하이힐을 신으며 유진 언니가 말하는데, 바깥에서 급한 발소리가 났습니다. 열린 101호 문 너머로 혈색 나쁜 남자가 아파트 밖으로 후다닥 나가는 게 보였습니다.

"돌아갈게요. 손님도 가신 거 같으니까요."

"나는 좀 더 있다가 갈래. 해가 지면 조금은 선선해지겠지."

언니가 합죽선 팔랑거리는 소리를 들으며 입분은 일어났습니다. 문득 언니가 물었습니다.

"이쁜아, 네 마님은 대체 무슨 일을 하는 사람이니?"

"네?"

"이런저런 손님이 온다면서? 하지만 정작 마님은 집에만 있잖니. 일하러 나가는 모습을 여태 본 적이 없어."

"마님이 가끔 낮에 혼자 길게 외출하시기도 해요. 그때는 제가 집을 지키고요."

"아무튼, 멀쩡한 일을 하는 것 같지는 않아. 부자인 걸까? 큰돈을 물려받았거나……. 하지만 그런 사람이 왜 경성 변두리 아파트에 홀로 살까? 이쁜아, 너에게 말한 게 있니?"

"잘 몰라요."

"마님이 말하지 말라고 한 거니? 애, 내게만 슬쩍 이야기해 주렴. 비밀은 지킬 테니까."

"정말로 전혀 모르는걸요."

언니가 못 믿겠다는 듯 고개만 갸웃거렸습니다. 하지만 모르는 걸 안다고 대답할 수는 없었습니다.

"지루하네. 아파트에서 재미있는 일이 벌어지면 좋겠는데. 애정이 들끓는 에로한 일이거나, 오싹하게 그로한 일이거나."

유진 언니가 투덜거렸습니다. 입분은 대꾸 대신 고개 숙여 인사했습니다.

"이쁜아, 내일 또 보자."

언니는 손을 살랑살랑 저어 인사해주었습니다.

더운 공기가 아직도 명성아파트 안을 한가득 채우고 있었습니다. 칸이 높은 계단을 오르며, 평평한 고무신의 촉감이 괜히 신경 쓰였습니다. 지금 신고 있는 고무신도 야마자키 씨 집에서 신던 신에 비하면 호사스러웠습니다. 하지만 좀 더 욕심을 낸다면 키가 부쩍 커지길, 하이힐 신었을 때보다도 더 홀쩍 자라길 바랐습니다.

돌멩이와 보석

301호에 돌아온 입분은 선풍기 바람을 쏘이는 마님에게 물어보았습니다.

"마님은 무슨 일을 하시는 건가요?"

마님은 묘한 미소를 지었습니다.

"나는 여기 앉아서 이런저런 걸 생각하는 일을 한단다."

"그게 일이 될 수가 있나요?"

"글쎄다."

그러더니 마님은 저녁에 라이스카레가 먹고 싶다고 중얼거렸습니다. 말을 돌리려는 게 분명했지만 따라야 했습니다. 급히 장을 봐서 몇 번밖에 만들어본 적 없는 라이스카레를 내놓았고, 마님이 맛있게 먹는 걸 보며 안도했습니다.

마님의 일은 종종 찾아오는 손님들과 이어지는 듯했습니다. 하지만 그저 짐작만 해볼 뿐 그것은 입분이 명성아파트에 살면서 여태 풀지 못한 수수께끼 중 하나였습니다. 오늘도 수수께끼는 풀리지 않았습니다.

"잠깐 나가자꾸나."

저녁상을 물린 뒤 저물어가는 창밖을 보던 마님이 문득 말했습니다. 입분은 얼른 외출할 채비를 갖췄습니다. 이미 마님이 산보 가자고 할 걸 알고 있었습니다.

손님이 나간 뒤에도 마님이 옷을 갈아입지 않아서 처음에는 어딘가 나갈 일이 있으신가 여겼습니다. 하지만 마님이 식사가 끝나도 별다른 말을 하지 않았습니다. 혼자 나가면 반드시 언제쯤 돌아오겠다고 말했기 때문에, 마님이 이따 산보하러 나갈 생각인 걸 알았습니다. 그래도 편한 옷으로 갈아입으시라고 말한 입분에게 마님이 나른하게 대꾸했습니다.

"그러면 나중에 또 갈아입어야 하잖니. 귀찮고 싶진 않다."

마님은 남의 눈을 신경 쓰면서도 게으름뱅이를 닮은 구석 또한 있었습니다.

입분이 옷을 갈아입을 필요는 없었습니다. 언제나 입는 조선 옷 차림이면 충분했고, 저고리나 치마에 지저분한 게 묻었는지만 살피면 될 뿐이었습니다. 마님이 몇 번이나 외출복을 사주겠다고 했지만 사양했습니다. 지금 가진 옷에 마님이 마련해준 여벌 옷 몇 벌로도 과분했습니다. 몸이 자라도 옷을 수선하거나 모은 돈으로 천을 끊어 새로 지으면 될 일이었습니다.

마님은 어느새 입술에 붉은 연지도 발랐습니다. 마님의 옷은 우아하고 멋졌지만 신발은 고무창을 대어 걷기 편한 것이라 계단을 내려가는 소리가 입분의 고무신처럼 나직했습니다.

아파트 입구를 나설 때, 뒤에서 남자의 목소리가 들렸습니다.

"가야마 여사, 산책하려는 겐가?"

"안녕하십니까, 히로타 교수님."

마님이 뒤돌아보며 인사했습니다. 흰 양복을 차려입고 짚으로 짠 세련된 모자와 안경을 쓴 멋쟁이 중년 남자가 성큼성큼 다가왔습니다. 코를 찌르는 짙은 향수 냄새가 풍겼습니다. 명성아파트 202호에 사는 히로타 씨였습니다. 대학교 교수님이라는 대단한 자리에 있는 사람이라고 했습니다.

아니, 교수님이 되려고 애쓰는 중이라고 했나?

작가님이 '히로타 씨는 옷 차려입을 시간에 강단에 눌러앉을 궁리부터 해야지'라고 짓궂게 말했었습니다. 두 사람은 그리 친한 것 같지 않았습니다. 작가님은 교수님을 만나면 '히로타 씨'라고만 불렀고, 교수님은 언짢은 듯 답할 뿐이었습니다. 하지만 마님은 늘 '교수님'이라고 깍듯이 불러주었습니다.

작가님에게는 찡그린 얼굴이 마님 앞에서는 빙글빙글 웃는 걸 보면, 교수님이라고 불리는 게 참 좋은 듯했습니다.

"교수님도 산책하시려는 겁니까?"

"그렇다네. 연구에 집중하다 보니 문득 현기증이 일더군. 머리를 식혀야 할 것 같아서 나온 참이지. 가야마 여사와 때가 겹친 게 행운이로군."

마님의 물음에 교수님이 대답했습니다. 교수님이 왼팔을 쓱 내밀자 마님이 스스럼없이 팔짱을 꼈습니다. 그 와중에도 교수님은 입분을 못 본 척했지만, 일본인이 조선인 식모 계집에게 신경 쓰는 게 오히려 이상했습니다.

"가야마 여사는 어디로 가려는가?"

"종로 야시장의 휘황찬란한 모습을 구경하고 싶지만, 거기까지 가면 땀을 잔뜩 흘릴 테지요. 대신 근처를 산책하려 했습니다. 나라에서는 중국과 전쟁을 치르느라 방위성금도 걷어가고 전시임을 잊지 말라고 외치지만, 경성은 여전히 어디나 불야성이지 않던가요."

"천황 폐하의 은덕을 입은 우리 일본의 정예병이 중국의 무뢰한 따위에 질 리 없으니까. 어디, 그러면 발 가는 대로 걸어보세. 밤늦도록 불 켜놓은 가게 쇼윈도 구경도 즐겁겠지."

"교수님께 길 안내를 부탁드려도 되겠지요?"

입분은 산책하는 두 사람의 뒤를 말없이 따랐습니다. 교수님의 걸음걸이는 폭이 좁았지만 재빨랐습니다. 마님은 곁을 곧잘 따라갔지만 입분은 뒤따라가기 힘들었습니다. 마님과 둘이서 걸으면 마님이 이런저런 재미난 이야기를 들려주곤 했습니다. 하지만 교수님과 있으면 마님마저 입분을 없는 존재처럼 여겨서 재미가 덜했습니다.

작가님은 마님을 '최 여사'로, 히로타 교수님은 '가야마 여사'라고 불렀는데, 그건 마님이 조선 사람에게는 '최연자'로, 일본 사람에게는 '가야마 렌코'로 본인을 소개해서였습니다. 왜 이름을 다르게 대는 건지를 묻자, 마님이 입분을 빤히 보며 대답했습니다.

"사람들과 잘 어울리려는 거다. 나를 찾아오는 이들 중에는 조선인도 일본인도 있다. 일본인들은 일본 이름 쓰는 사람을 더 가깝게 느낄 테니까 그렇게 소개하는 거지. 입분이 너도 조선 이름 쓰는 사람이 더 가깝게 느껴지지 않니?"

정말로 그랬기 때문에 입분은 고개를 끄덕였습니다. 하지만 여전히 의아했습니다.

굳이 일본 이름을 만들어서 쓸 필요가 있을까? 그런다고 해서 조선 사람이 일본 사람이 되는 건 아닌데.

그러고 보면 마님이 일본인인지 조선인인지부터 알 수 없었습니다. 일본인은 조선 음식이 냄새가 난다며 싫어하고, 조선인은 일본 음식이 짜서 싫어한다고 들은 적이 있었습니다.

하지만 마님은 입분이 만든 음식을 가리지 않고 먹었습니다. 일본이나 조선 음식보다 양식을 더 좋아하고, 당근과 콩을 싫어하지만 두부는 잘 먹는, 알기 힘든 입맛이었습니다.

걸음을 멈춘 히로타 교수님 때문에 입분은 생각이 끊어졌습니다. 교수님이 하늘 한편을 지팡이로 가리켰습니다.

"오늘따라 금성이 참 밝군."

입분도 빛나는 샛별을 볼 수 있었습니다. 막 해가 저물어서 아직 어스름이 남은 하늘에 혼자 밝게 빛났습니다.

"저게 금성이었군요. 저는 여태 그저 밝은 별인 줄로만 알고 있었습니다."

고개 들어 별을 보며 마님이 국어로 대답했습니다. 입분과 대화할 때는 경성에서 태어난 조선인처럼 조선어를 곧잘 쓰면서 국어 역시 내지에서 건너온 사람처럼 말하는 게 퍽 신기했습니다.

"여기서는 밝은 별로밖에 보이지 않지만, 저기에 무엇이 있을지는 미지라네. 하지만 곧 저 별에도 인류가 발 디디면서 모든 것을 눈에 보이는 확실성으로 바꾸겠지. 미지의 세계는 밝혀져야 마땅하거든. 마치 우리 일본이 남양 군도로 진출한 것처럼, 강대한 제국이 미개한 땅에 진출하여 어둠을 몰아내는 것처럼 말이야."

히로타 교수님은 일본 군인들이 땅을 넓히는 걸 자랑스러

위하는 듯했습니다. 하지만 마님의 얼굴에 지루한 기색이 스치자 교수님도 얼른 말을 돌렸습니다.

"하기야 금성인도 마찬가지일 거야. 상상해보게. 금성에도 인류처럼 생긴 자들이 살고 있어서, 멀리 환하게 빛나는 지구를 보며 '저 미지의 별에 뭐가 있을까? 어서 쳐들어가자!'라고 모의하고 있을지도 모르지."

"금성인이 쳐들어온다니, 재미있는 말씀을 다 하시네요."

마님이 웃자 교수님도 따라 웃었습니다. 하지만 입분은 웃을 수 없었습니다. 작가님이 들려준, 화성에 사는 나쁜 외계인이 지구로 쳐들어와 인간을 사냥하며 전쟁을 벌인다는 이야기가 떠올랐습니다. 외계인이라는 것도 도깨비나 귀신만큼이나 무서웠습니다.

금성에 사는 외계인이 지구에 쳐들어와서 경성을, 명성아파트를 들쑤시면 어쩌지? 그러면 또 혼자가 되는 게 아닐까?

"입분아. 왜 그러니? 저건 그저 별일 뿐이란다."

입분이 무서워하는 걸 눈치챈 마님이 물었습니다. 입분은 고개만 도리도리 저었습니다. 교수님이 혀를 찼습니다.

"무지하여서 저러는 게지. 저 조선인 식모아이도 공부하면 저건 그저 밝게 빛나는 별일 뿐이고, 거리에서 빛나는 가로등과 별반 다를 게 없다는 걸 알 텐데."

가로등 불빛이 입분을 비추며 그림자를 여럿 드리웠습니

다. 자기보다 훌쩍 큰 키지만 그저 새카맣기만 한 그림자들은 입분과 닮은 듯 달랐습니다. 히로타 교수님이 다시 말했습니다.

"하긴 밝게 빛나는 별은 두려워해야 할 존재일지도 모르네. 가야마 여사는 아는가? 그리스도교에는 사탄이라고 불리는 악한 존재가 있다는 걸."

"들어본 것도 같지만, 잘 기억나지 않습니다. 물론 교수님께서 설명해주시겠지요?"

마님이 나긋하게 대답했습니다. 교수님이 웃었습니다.

"사탄은 모든 악마를 이끄는 존재로, 그 별명은 루시퍼, '밝은 별'이라는 뜻이지. 그자는 원래 창조주 옆을 보좌하던 천사의 우두머리였어. 빼어나게 아름답고 힘 있어 모든 천사를 통솔하던 자였는데, 그만 자만심을 품고 자기가 창조주 못지않게 뛰어나다고 믿었지. 루시퍼는 창조주의 권위에 도전했다가 처참하게 패하여 지옥에 떨어져 권위를 잃었지. 그 뒤 루시퍼는 모든 악마를 통솔하는 악의 우두머리가 되어 인간의 영혼을 탐하게 되었네."

"그렇군요."

"성경을 열심히 공부한 이라면 빛나는 금성을 보고 루시퍼를 떠올리며 두려워할지도 모르네. 인간이란 악을 경멸하는 만큼 두려워하기도 하니까. 하지만 우습지 않나? 별을 보면서 아름답다고 감탄하거나 무섭다며 두려워하기만 할 뿐, 거기 정말로 무엇이 있는지는 알지 못한단 말이야. 저 밝은 별역시 우리가 사는 지구와 다를 바 없을 텐데."

젠체하는 교수님의 말을 듣다가 문득, 입분은 얼마 전 배운 걸 떠올렸습니다. 작가님이 이 아파트의 이름을 가르쳐주었습니다. '明星'. 밝은 별이라는 한자였습니다.

명성아파트는 멋진 집이야. 하지만 그 안에 사는 사람들이 다 멋진 것 같지는 않아.

빛나는 샛별을 보며 입분은 괜한 생각을 하고 말았습니다.

마님과 교수님의 뒤를 종종걸음으로 따라가다 보니 입분은 금방 땀투성이가 되었습니다. 낮보다는 덜했지만 밤공기도 무덥긴 매한가지였습니다. 이러다 귀가한 뒤에 옷을 세탁해야 할지도 몰랐습니다. 마님은 옷을 세탁소에 맡겼지만, 입분은 제 옷을 직접 빨았습니다. 처음에는 방으로 쓰는 창고에서 옷을 말렸지만, 마님이 응접실 한편에 줄을 쳐줘서 햇빛에 옷을 말릴 수 있었습니다. 손님이 오면 널어둔 빨래는 거둬야 했지만…….

"교수님은 정말로 많은 걸 알고 계시는군요. 대학교에서 오래 공부하신 분들은 자기가 공부한 분야만 잘 아는 것 같던데요."

마님이 추켜세우자 교수님이 웃었습니다. 교수님이 든 지팡이가 크게 움직였습니다.

"세상 모든 것을 알 수 있어야 진정한 지식인이지. 우리나라의 정예병들이 중국의 무뢰한들과 어떻게 싸우는지를 신문 기사로 접하는 것만으로도 거기서 총칼을 만드는 쇠의 중요성을, 쇠가 묻힌 광산을 확보하는 것이 부국강병의 지름길임을 떠올릴 수 있어야 해. 쇠 말고도 많은 자원을 가져야 한다는 걸 떠올리고, 우리 일본이 어떻게 미개인들이 가득한 남양 군도를 정복하고 교화해서 온전히 우리의 땅으로 만들지를 계산할 수 있어야 하네."

"교수님은 그런 어려운 걸 곧잘 떠올리시는군요. 그러고 보니 교수님은 광물을 연구하셨지요?"

"가야마 여사가 그걸 기억해주다니 영광이군. 여사 말대로 나는 땅에 묻힌 광물을 연구하지. 부업으로 보석 감정이나 광산의 가치를 파악하는 일도 하지만."

"근래 사람들이 여기저기에서 금을 캐겠다고 열심이지요. 잡지에서 조선의 땅은 여기저기에 금이 가득 묻혀 있는 지질이라고 했습니다. 교수님은 금 찾는 일도 하십니까?"

"이거 참, 다들 금, 금 하는군. 왜 다들 그깟 누런 돌덩이에 안달인지 몰라."

히로타 교수님이 발걸음을 멈췄습니다. 목소리에 언짢아하는 기색이 섞였고 얼굴 또한 찌푸려졌습니다. 따라 멈춘 마님이 나긋하게 말을 이었습니다.

"하지만 금을 보면 들뜨는 감정이 일고야 맙니다. 금반지나 금목걸이를 선물 받고 기쁘지 않을 여자는 없답니다. 비싸서 쉽게 사지 못할 뿐이지요."

"가야마 여사처럼 금이 예쁘다고만 여기면 차라리 낫네. 날 찾아오는 이들 중에는 금이 있는 곳을 발견했다고 으스대거나, 금이 묻혀 있는 곳을 알려달라고 윽박지르는 이들도 있어. 그런 자들의 눈을 본 적 있나? 섬뜩해. 미치광이처럼 돌아 있어. 그깟 금이 뭐라고."

"금을 하찮게 여기시다니, 교수님은 물욕이 없으시군요."

"돈이 무에 소용 있단 말인가. 학자에게 중요한 건 학문과 진리네. 내게는 발에 차이는 돌멩이와 보석상의 보석이 매한가지네. 광물로서 어떤 특이한 게 있는지만 관심 있을 뿐."

교수님이 입은 흰 양복은 무척 고급 같았고 지팡이도 싸구려가 아니었습니다. 이렇게나 남부럽지 않게 고급으로 차려입은 사람이 돈에는 관심 없다고 말하니 이상하기만 했습니다.

그러고 보면 여름이 시작될 즈음 교수님이 아파트 주변을 돌며 돌을 찾고, 윤기를 짐꾼으로 부려 돌을 집으로 나르는 걸 본 적도 있었습니다. 윤기 말로는 교수님 집에 온갖 희끄무레하거나 시커멓거나 누르스름한 돌들이 가득 널려 있다고 했습니다. 교수님은 정말로 모든 돌을 금처럼 귀히 여기는 이상한 사람인지도 모릅니다.

"저는 둘 중 하나를 고르라면 보석을 줄 겁니다. 돌멩이는 싸구려고 보석은 값비싼 걸요."

마님의 말을 듣고 교수님이 비웃음처럼 들리는 소리를 흘렸습니다. 하지만 돌멩이와 보석 중 하나를 가지라고 내민다면 입분도 마찬가지로 보석을 고를 것 같았습니다.

명성아파트에 처음 온 날 마님 방을 청소하다가 화장대 위에 작은 상자가 열려 있는 걸 본 적 있었습니다. 그 안에는 작은 홍옥이 박힌 은반지가 담겨 있었습니다. 홍옥에서 나는 빛이 참으로 아름다워 청소하는 것도 잊고 하염없이 바라보았습니다. 그런 예쁜 돌을 갖고 있다면 틈이 날 때마다 보면 좋을 것 같았습니다. 그 뒤로 마님 방에서 상자를 보지 못했습니다. 입분이 함부로 손대지 못하게 어딘가로 옮겨둔 모양이었습니다.

교수님이 지팡이를 휘두르며 말했습니다.

"금이나 보석의 원석을 찾는 거면 재미있겠지. 경성의 시멘트 덮인 거리 아래에도 여러 흥미로운 광물이 숨겨져 있을 테니까. 하지만 맨땅을 파려면 땅주인뿐만이 아니라 관청의 허가까지 받아야 해. 참으로 곤란하지."

교수님의 지팡이를 피해 몸을 움츠리다가 작가님에게 들

은 또 다른 이야기가 떠올랐습니다. 땅 아래 이상한 세상이 있는데 거기 사는 지저인들이 호시탐탐 지상으로 올라오려 한다는, 무서운 이야기였습니다.

교수님이 땅을 마구 파다가 거기서 지저인이 튀어나오면 어쩌지?

히로타 교수님과 마님은 얼마 뒤 개통된다는 경성과 춘천을 잇는 기차 이야기를 시작했습니다. 입분은 무서운 생각을 얼른 떨쳐내고 두 사람의 뒤를 쫓아갔습니다. 환하게 빛나는 경성의 밤거리 불빛이 어지럽고 수상쩍게 흔들렸습니다. 더위 탓인지 무서운 이야기를 떠올린 탓인지는 알 수 없었습니다.

집주인과 관리인

입분이 마님을 따라온 지도 반년이 넘었지만 아직 모르는 게 많았습니다. 명성아파트가 누구 것인지도 몰랐습니다. 주민 중에 주인은 없는 것 같았고, 마님도 세 들어 살 뿐이었습니다.

아파트의 2층부터 4층까지 있는 열두 개의 호실 중에서는 다섯 호실에 사람이 살았습니다. 마님, 작가님, 유진 언니, 히로타 교수님, 그리고 미우라 씨가 각 호실의 주인이었습니다. 미우라 씨는 정해진 시간 없이 아파트를 출입하는데, 입분도 아직 말을 건네본 적은 없고, 지친 얼굴로 계단 오르는 걸 멀찍이서 본 게 고작이었습니다. 미우라 씨는 집주인은 아니었습니다. 미우라 씨가 우에다 씨에게 월세 봉투를 건네는 걸 본 적이 있어서였습니다.

아무도 집주인을 본 적이 없었습니다. 유진 언니도 집주인 대신 관리인이 집을 세놓는 계약서를 써줬다고 했습니다.

"이렇게 멀쩡해 보이는 아파트를 가지고 있으면서 여길 들여다보지도 않는 이유가 뭐겠니? 우리처럼 해브 노 인생이 아니니까, 제 삶을 퍼니, 신나게 누리려고 아파트에는 관리인이나 하나 두고 달세 꼬박꼬박 받아가며 제 하고픈 걸 하는 거야. 나도 꼭 그렇게 살고 싶거든. 그런데 이쁜아, 넌 어떻게 생각하니? 난 그 사람이 수상하던데."

"수상하다니, 누가요?"

"미우라 씨 말이야, 303호에 사는 사람! 직장을 다니는 사람이면 출퇴근 시간이 정해져 있을 텐데, 그런 것 같지 않아. 며칠을 전혀 모습 보이지 않다가 늦은 밤이나 새벽에 구질구질한 차림으로 돌아오는걸. 게다가……."

유진 언니가 주위를 둘러보고는 목소리를 낮췄습니다.

"전에 1층에 내려오다가 3층으로 올라가는 그 사람과 계단에서 딱 마주쳤었거든? 그런데 말이야, 그 사람 몸에서 피 냄새가 났어!"

"피 냄새요?"

입분이 놀라서 되물었습니다. 언니가 고개를 끄덕였습니다.

"게다가 그 사람 셔츠 소매에 핏자국이 있지 뭐니? 분명히 피였어! 되게 작은 흔적이었지만……. 미우라 씨 말이야, 어쩌면 간첩일지도 몰라!"

간첩!

무서워서 몸이 굳고 말았습니다.

최근 장을 보러 갈 때 들리는 대화나 여기저기 붙은 벽보에서 간첩이라는 말이 자주 나왔습니다. 작가님이 가르쳐주길, 간첩은 아무것도 모르는 사람을 유혹해 비밀을 빼내고 정체를 알아차린 사람을 잔인하게 죽이는 악당이라고 했습니다. 경찰만큼이나 무서운 간첩이 명성아파트에 살고 있다니!

"이쁜아, 무섭지? 덜덜 떨리지? 미우라 씨가 무슨 짓을 할지도 모르잖아? 혹시라도 뭔가 수상하다 싶으면 얼른 신고해. 자칫하면 너나 네 마님이 위험해지니까!"

언니가 진심인지, 입분이 무서워하는 걸 보고 싶어서 한 말인지는 알 수 없었습니다. 한참 고민했지만 입분은 미우라 씨를 신고하지 않았습니다. 수상해 보인다는 것만으로 사람을 함부로 밀고하는 건 잘못이었습니다.

명성아파트에는 별관이 있었습니다. 아파트 옆에 자리 잡은 다다미 다섯 장 너비의 작은 건물이었습니다. 낮에는 그곳에 관리인 우에다 씨가 머물렀습니다.

우에다 씨의 머리는 이미 희끗했고 이마의 주름도 깊어서 나이깨나 먹은 할아버지로 보였습니다. 하지만 입분은 언제나

'아저씨'라고 부르며 인사했습니다. 호칭이 기분 좋았는지 우에다 씨는 미루쿠나 사탕 같은 걸 주곤 했고, 입분이 그걸 먹는 걸 보면서 웃었습니다. 우에다 씨는 좋은 사람이었습니다.

하지만 아파트 주민들은 우에다 씨에게 불만이 많았습니다. 우에다 씨가 바쁜 일이 많다며 오래 자리를 비우곤 해서였습니다. 아파트에 돌아온 뒤 우에다 씨가 사람 좋은 웃음을 지은 채 문제를 금방 해결했지만, 웃음만으로 불만을 잠재울 수는 없었습니다.

"내가 집주인이면 저런 사람은 당장 잘라버릴 거다. 저렇게 불성실한 행동이라니! 아부하는 기술만 갖춰서 자리를 유지하는 것일 테지. 대체 이 꼴이 뭐란 말이냐!"

몇 달 전 작가님이 우에다 씨의 험담을 한 적이 있었습니다. 갑자기 전기가 끊겨 전등이 꺼지는 바람에 면도하다가 미처 수염을 다 깎지 못하는 봉변을 당했다고 했습니다. 턱에 남은 수염은 까칠하게 돋아났고 작가님의 말투는 더더욱 까칠했습니다.

"등잔이나 초를 켜고 깎으면 되잖아요."

"그런 걸 비축해둘 이유가 없지 않으냐. 전기가 들어오니 그걸 켜면 되고, 그런 번잡한 걸 쓸데없이 놔둬야 할 이유는 없단 말이다."

하지만 입분은 작가님 편을 들 수 없었습니다. 전날 우에다 씨가 수도 공사 때문에 전기를 끌어 써야 하니 집에 잠시 전기가 나오지 않을 수 있다고 전했었고, 작가님이 봉변을 당해 투덜거릴 때도 아파트 1층에서는 공사를 하는 소란스러운 소리가 울려 퍼졌습니다. 작가님이 우에다 씨가 전한 말을 잊어버린 게 분명했습니다. 작가님은 똑똑해 보이는 겉과는 달리 자주 뭔가 깜박하는 사람이었습니다.

명성아파트는 겉보기엔 좋았지만 이런저런 문제가 있는 곳이었습니다. 수돗물이 콸콸 나오지 않는 게 가장 곤란했습니다. 기껏 산 중턱 아파트까지 수도관을 끌어왔는데, 물줄기는 졸졸거리기만 했고 소란스럽게 공사를 하고 난 뒤에도 해결되지 않았습니다. 공동 세탁장이 없어서 각자의 집에서 빨래하거나 바깥의 세탁소를 이용해야 하다 보니, 물이 시원하게 나왔으면 싶었습니다. 물줄기가 약한 이유를 입분이 묻자 우에다 씨가 대답했습니다.

"지을 때부터 문제가 있었던 거지. 설계는 고급스럽게 했지만, 정작 부지가 문제였던 거야. 너무 높은 곳에 지은 데다 암반이 워낙 단단해서 그걸 깎느라 큰돈을 들여야 했거든. 그래서 수도며 전기 설비에 돈을 쓰지 못했던 거다. 너도 전기가 종종 끊기거나 물이 잘 나오지 않아서 불편하지?"

입분이 머뭇거리면서도 고개를 끄덕이자, 우에다 씨는 한숨을 길게 쉬었습니다.

"아파트를 덜 좋게 지어버려서 독신자아파트로나 쓸 수 있 게 되었지. 부지를 제대로 보지 못한 탓에 흑도 백도 아닌 게 만들어지고 만 셈이다. 너도 조심해야 한다. 겉은 멀쩡해 보 여도 속은 그렇지 않은 경우가 많으니, 그걸 알아차릴 수 있 어야 해."

우에다 씨의 목소리에 보기 드물게 피로가 섞여 있었습니다.

낮에는 우에다 씨가 별관에 있었습니다. 텅 빈 책상과 한 쪽 구석에는 나무 상자들만 쌓여 있는 삭막하고 휑한 그곳 입구 나무문에는 '一 ○ 二'라고 쓰여 있었습니다. 유진 언니나 작가님은 '관리인실'이라고 부르는 그곳에서 입분은 이런저런 이야기를 듣거나 과자를 받곤 했습니다.

며칠 전 오후였습니다. 마님이 저녁에 돌아오겠다고 하며 집을 비운 뒤, 마땅한 찬거리가 없는 걸 뒤늦게 발견했습니다. 열쇠가 없어서 잠깐 망설였지만 입분은 밖으로 나갔습니다. 서둘러 움직이면 큰일은 없으리라는 생각이었습니다.

언덕 아래에 있는 늘 가는 상회에서 얼른 장을 보고 종종 걸음으로 돌아오다가, 입분은 문득 별관 나무문이 열린 걸 봤습니다. 우에다 씨가 바닥에 엎드린 채 여기저기를 살피고 있었습니다.

"대체 이놈의 열쇠는 어디로 갔단 말이냐. 아파트가 안 좋 으니 도둑이라도 든 건가, 아니면 이제 요괴라도 살게 된 건가……."

문득 잠그지 않고 나온 집이 걱정되었습니다. 혹시라도 도둑이 열린 문으로 들어갔을지도 모를 일이었습니다. 입분이 급히 아파트로 들어가려는데 우에다 씨의 말이 이어졌습니다.

"이따위 아파트는 곧 허물어야겠지……. 전기도 자주 끊기고, 수도도 잘 안 나오고……. 새로 건물을 올려야 해……."

명성아파트를 허문다고?

입분은 그만 들고 있던 바구니를 떨구고 말았습니다. 소리에 놀라서 고개 돌린 우에다 씨가 곧장 웃었습니다.

"이거 참, 열쇠 꾸러미가 어디 갔는지 안 보이는구나. 늘 이 집에다 두니 여기 어디에 떨어져 있을 텐데, 그게 대체 어디로 갔는지 원……."

"아파트를 허문다는 게 참말인가요?"

입분은 저도 모르게 물었습니다. 우에다 씨의 얼굴이 다시 어두워졌습니다.

"아무래도 그래야겠지. 아파트에 결함이 많은 건 너도 알 게다. 상하수도도 미덥지 못하고, 입지도 애매하여 사람들이 오지도 않지. 요즘엔 전기마저 종종 끊기는 데다 여기 103호에는 아예 놓이지조차 않았고."

"네? 여기는 102호가 아닌가요?"

문 앞에 붙은 '一〇二'라는 팻말을 보며 입분이 물었습니다. 글자를 모를 때 마님이 별관을 가리키며 '102호'라고 불렀던 게 기억났습니다.

1층에 101호가 있지만 그 옆집은 창고라서 호수가 붙지 않았겠지. 그래서 여기 별관이 102호가 된 게 아닐까?

하지만 우에다 씨의 말은 달랐습니다.

"102호는 지금 창고로 쓰는 곳이란다. 거기도 원래는 집이었거든. 예전에 태풍에 휘말려서 여기 문이 부서졌을 때 102호의 문을 떼서 급히 갖다 붙인 뒤로 여태 계속 놔두고 있단다. 아무튼, 돈만 있다면 아파트를 허물고 새로 다시 지어야 할 게다. 그런데 이놈의 열쇠는 대체 어디로 간 것이냐. 여벌 열쇠도 없으니 똑같은 걸로 복사할 수도 없고……."

입분은 급히 인사하고는 떨어진 채소들을 주워 담고 얼른 아파트 본관으로 들어갔습니다. 문득 걱정이 들었습니다.

명성아파트가 허물어지면 여기 사는 사람들은 어디로 가야 할까? 마님은? 마님이 다른 곳으로 가실 때 나는 어떻게 되는 걸까?

그런데 그날의 소란은 이걸로 끝이 아니었습니다.

은팔찌와 수갑

입분이 계단 쪽으로 가는데, 101호 응접실 문에 기댄 채 안을 물끄러미 쳐다보는 유진 언니의 뒷모습이 보였습니다. 낮은 중얼거림도 들렸습니다.

"대체 어떻게 된 거지, 그 잠깐 사이에⋯⋯."

"언니?"

입분의 목소리를 들은 언니가 뒤돌아보았습니다. 머리에 쓴 챙 넓은 모자가 하늘하늘한 하늘빛 블라우스와 진청색 긴 스커트와 잘 어울려 보였습니다. 하지만 초조해하는 기색이 역력한 얼굴 때문에 여름 하늘 같은 옷차림이 빛바랜 느낌이었습니다.

"혹시 너, 여기 있던 은팔찌를 보지 못했니?"

"팔찌라니요?"

"테이블 위에 놔둔 상자 안에 있던 거 말이야! 잠깐 모자를 가지러 온 사이에 상자가 열려 있고 팔찌가 온데간데없어!"

유진 언니가 손에 든 나무 상자를 보여주었습니다. 고운 장식 무늬를 깎고 그 위를 반들반들하게 칠한 반듯하고 고급스러운 상자였습니다. 하지만 겉모습만으로는 거기 팔찌를 담았던 것처럼 보이지는 않았습니다. 초조한 언니를 보며 입분은 얼른 고개를 저었습니다.

"저도 장을 보고 이제 막 들어온걸요."

그때 위층에서 발소리가 들렸습니다. 계단을 내려온 작가님이 입분과 언니를 보고 어리둥절한 표정이 되었습니다.

"무슨 일이오? 음? 왜 다들 그렇게 걱정하는 얼굴인 게요? 그 상자는 또 뭐고?"

"혹시 여기 놔둔 은팔찌 못 보셨나요?"

평소 작가님에게 다소곳하던 언니의 말투가 다급했습니다. 작가님이 눈을 껌벅였습니다.

"팔찌라니, 대체 무슨 말이오?"

유진 언니가 말한 자초지종은 이러했습니다.

언니가 백화점에서 하는 일 중에는 비싼 장신구를 귀금속을 가공하는 점포에서 백화점까지 가져가는 것도 있었습니다. 오늘 마침 언니가 갈 점포가 아파트 근처였는데, 가져와야 할 팔찌 가공에 시간이 걸려 퇴근 때가 되어서야 점포에서 나올 수 있었습니다. 그러면 백화점에 들르지 않고 퇴근한 뒤 물건을 다음 날 출근할 때 가져가면 문제 삼지 않는다고 했습니다. 그래서 팔찌를 아파트에 가져왔는데, 상자째 1층 응접실에 놔두고 잠시 4층 집에 돌아간 사이 상자 안 팔찌가 사라졌다고 했습니다.

"은으로 팔찌 고리를 만들고 작은 청보석, 그러니까 사파이어를 박아 넣은 예쁜 물건이었다고요. 백화점에서 귀중품을 담을 때 쓰는 상자째로 잠깐 놔두었는데, 갑자기 팔찌만 쏙 사라져버린 거죠!"

언니의 차림을 보면 분명히 집에 가서 옷을 갈아입고 온 것 같았습니다. 아마도 언니는 팔찌를 직접 차보려고 하다가 낭패를 당한 게 분명했습니다.

하지만 왜 1층에 내려온 걸까? 아파트의 모든 집에 크고 긴 거울이 걸려 있는데?

입분이 그런 생각을 하는 사이 사정을 전해 들은 작가님이 턱을 매만지며 웃었습니다.

"이건 마치 탐정소설 같지 않은가. 팔찌는 도난당한 거요!"

"도, 도, 도둑맞았다고요?"

유진 언니의 얼굴이 그렇게 새하얘지는 걸 입분은 처음 보았습니다. 하지만 왜 그렇게 동요하는지는 입분도 알 수 있었습니다. 작가님이 의기양양하게 말을 이었습니다.

"팔찌를 노리는 자가 있었던 거요! 유진 양의 뒤를 밟고 여기까지 따라온 자가! 그자가 기회를 엿보다가 유진 양이 자리를 비운 사이 팔찌를 잽싸게 들고 도망친 거요!"

"세상에⋯⋯."

"도둑이 어디로 도망친 걸까요? 장 보고 돌아오는 길에 낯선 사람을 전혀 보지 못한걸요."

입분이 무심코 물었습니다. 작가님이 얼른 대꾸했습니다.

"아파트의 다른 집이겠지."

"하지만 빈집은 모두 문이 잠겨 있잖아요?"

"문이 잠겨 있지 않은 곳도 있다. 102호라거나⋯⋯."

하지만 문이 뻥 뚫린 창고에서는 인기척이 없었습니다. 언니도 힘없이 고개를 저었습니다.

"혹시나 해서 조금 전 거기도 살펴봤어요. 하지만 아무도 없었단 말이에요."

"그러면, 아파트 주민 중 한 명이 팔찌에 눈독 들이고 잽싸게 가져갔는지도 모르지! 마치 탐정소설 속 상황처럼, 아파트 주민 모두가 범죄의 용의자가 되는 거요! 그러면⋯⋯."

입분은 일부러 기침을 마구 해서 작가님의 말을 끊었습니다. 점점 창백해지는 언니의 얼굴을 더는 두고 볼 수 없어서이기도 했고, 작가님이 한 말이 무섭기도 해서였습니다. 그제야 뒤늦게 분위기를 알아챈 작가님이 멋쩍게 목소리를 낮췄습니다.

"아니, 이건 그냥 떠오르는 대로 주워섬겨본 말일 뿐이오. 어서 경찰에 신고합시다. 경찰이 아파트를 조사하면 팔찌를 찾아줄 거요."

"경찰에 신고하면 안 돼요……. 그러면 저, 백화점에서 쫓겨날 거라고요……."

언니의 목소리가 기어들어가듯 작아졌습니다. 입분이 얼른 말했습니다.

"이 집 어딘가에 흘렸을 뿐인지도 몰라요! 저도 같이 찾아볼게요. 작가님은 지금 외출하시려는 거죠? 약속에 늦으시지 않겠어요?"

"아니, 나는 그냥 산보를……."

입분은 몸으로 떠밀다시피 작가님을 떨어뜨려놓았습니다. 입분은 평소 작가님을 좋아했지만, 지금은 도움이 되기는커녕 오히려 성가시기만 했습니다.

작가님이 허둥지둥 외출해버리자, 여전히 어쩔 줄 몰라 하는 유진 언니와 함께 입분은 응접실을 뒤졌습니다. 하지만 팔찌를 찾을 수 없었습니다. 어느새 해가 저물어 어두워지려는 참이었습니다. 더는 뭘 찾기도 어려웠습니다.

"어딘가 구석진 곳에 들어가버린 건지도 몰라요. 언니, 내일 해가 뜨면 다시 같이 찾아봐요."

입분이 그렇게 달래고서야 언니가 고개를 끄덕였습니다.
그때 다시 발소리가 들리더니 102호 쪽 계단으로 히로타 교
수님이 내려왔습니다. 하얀 정장을 뽐내듯 차려입은 교수님
의 거들먹거리는 발걸음이 101호 앞에서 멎었습니다.

"제군, 거기서 뭐 하는 겐가?"

유진 언니가 한탄을 섞어가며 자초지종을 말했습니다. 교
수님은 뚱한 얼굴로 이야기를 들었습니다. 하지만 은팔찌에
청보석이 박혀 있었다는 말에는 솔깃해했습니다.

"사파이어? 얼마나 큰 물건인가? 당연히 짙은 청색이겠지?
청색이 아니면 값어치가 떨어지니까……. 투명도는 어떻게
되나? 백화점에서 취급하는 물건이니 불순물은 없겠지?"

"언니가 내일까지 팔찌를 못 찾으면 경찰을 부를 거라고 했
어요. 경찰이 아파트를 뒤지면 찾을 수 있을 테니까요."

입분은 얼른 그렇게 말했습니다. '경찰'이라는 단어를 들은
교수님이 움찔 놀랐습니다. 입분도 꺼림칙한 단어를 입에 올
리고 싶지 않았지만 교수님의 눈에서 청보석을 탐내는 기색
이 느껴져서 어쩔 수 없었습니다.

"흠흠, 좀 더 찾아보게. 나는 산보를 다녀와야겠어. 하루
종일 논문을 쓰니 머리가 아파서……."

기분 탓인지 밖으로 나가는 교수님의 발걸음이 무척 빨랐

습니다. 유진 언니가 힘없이 중얼거렸습니다.

"이쁜아, 네 말대로야. 내일 아침에 다시 찾아봐야지. 그때도 못 찾으면 경찰을 부를 거야. 그걸 내가 변상하지는 못하니까."

입분은 바구니를 들었습니다. 유진 언니와 함께 계단을 올라가는데, 문득 걱정이 들었습니다.

정말로 도둑이 명성아파트에 든 것이라면? 도둑이 팔찌뿐만 아니라 우에다 씨의 열쇠도 훔친 건지 몰라! 그러면, 어쩌면……

마음이 급해졌습니다. 문을 잠그지 않고 나간 틈을 타 도둑이 마님의 물건까지 훔쳤을지도 몰랐습니다. 하지만 언니는 멍한 표정이어서 입분의 급한 마음을 눈치채지 못한 게 분명했습니다. 3층에 도착해서야 언니가 정신을 차렸습니다.

"나도 참, 아무 생각 없이 맞은편 계단으로 올라와버렸네……. 이쁜아, 내일 보자."

언니가 손을 흔들어 보였습니다. 평소의 활기찬 모습과는 전혀 달랐지만 입분은 묵묵히 배웅했습니다. 언니의 중얼거림이 계단을 따라 올라갔습니다.

"어쩌지, 팔찌를 못 찾으면 해고당할 텐데……. 내일까지 못 찾으면 경찰에 신고해야겠지만……. 그러다가 자칫……."

301호로 들어가려는데 대각선 쪽 303호 문이 열렸습니다.

미우라 씨가 입분을 보았습니다. 잠이 덜 깬 듯 부스스한 얼굴에 눈빛만 날카로와서 마치 노려보는 것 같았습니다. 혹시라도 시끄럽게 굴어 잠을 깨운 걸까 싶었지만 사과할 겨를은 없었습니다. 얼른 집이 무사한지 확인해야 했습니다.

뜻밖에 마님이 돌아와 있었습니다. 편한 옷차림으로 선풍기 바람을 쐬던 마님이 입분을 보고 고개를 갸웃거렸습니다.

"갑자기 집을 비우다니 별일이구나. 장을 보고 온 게니?"

"혹시 집에서 사라진 게 없었나요?"

"사라진 거라니?"

입분은 곧바로 우에다 씨가 사라진 열쇠를 찾던 일과 유진 언니의 팔찌가 사라진 일을 전했습니다. 아파트를 허물지도 모른다는 우에다 씨의 말을 전했지만, 거기에 굳이 작가님과 히로타 교수님의 이야기까지 할 필요는 없었습니다. 마님이 고개를 끄덕였습니다.

"그런 일이 있었구나. 하지만 여기서 사라진 건 딱히 없는 듯했다."

입분은 마음이 놓였습니다. 함부로 집을 비웠다가 물건을 도둑맞으면 쫓겨나는 건 입분일 터였습니다. 그때 마님이 문득 물었습니다.

"너는 열쇠와 팔찌가 대체 어디로 간 것 같으냐?"

"잘 모르겠어요."

"네 생각을 솔직히 말해보려무나."

"정말이에요."

입분은 거짓말했습니다. 함부로 자기 생각을 말했다가는 자칫 어떻게 될지 알 수 없었습니다. 마님이 다시 고개를 갸웃거렸습니다.

"유진 씨와 네가 101호를 뒤졌다면 거기에 팔찌는 없겠지. 마찬가지로 우에다 씨가 102호를 뒤졌다면 열쇠도 그 안에 없을 거다. '각주구검'이라는 말을 아느냐?"

마님이 호수를 잘못 알고 있다고 대꾸하려다 낯선 말이 나와서 입분은 고개만 저었습니다.

"예전에 어떤 자가 배를 타고 강을 건너던 도중 차고 있던 칼을 빠뜨리고 말았다. 그는 곧바로 빠뜨린 곳을 뱃전에 표시한 뒤, 얼마 후 선착장에 닿자 배에서 내려 그 아래를 뒤졌다고 한다. 그가 칼을 찾을 수 있었을까?"

"그럴 리 없어요. 칼은 이미 다른 곳에 빠뜨리고 만 걸요."

"유진 씨나 우에다 씨도 마찬가지일 게야. 팔찌와 열쇠가 사라진 걸 알아차린 곳만 여태 열심히 뒤지고 있었을 것이다. 하지만 전혀 엉뚱한 곳에서 잃어버렸을 수도 있지."

마님이 전깃불을 켜자 집 안이 환해졌습니다. 열쇠를 찾던 우에다 씨와 팔찌를 찾던 유진 언니를 떠올리다가 문득 입분이 물었습니다.

"마님은 열쇠와 팔찌가 어디로 갔는지 아시겠어요?"

탁자 위에 올려둔 이상한 모자를 보자 작가님이 들려준 탐정 홈스 씨 이야기가 떠올라서였습니다. 마님이 입분을 가만히 쳐다보았습니다.

"내가 그걸 어떻게 알겠니?"

"마님의 생각을 솔직히 말씀해주시면……."

당돌하게 굴었다는 걸 뒤늦게 알아차려서 거기서 말을 끊어야 했습니다. 다행히 마님은 입분을 야단치지 않았습니다.

"두 물건을 실수로 분실한 게 아니라면, 도난당했을 가능성이 있다. 팔찌가 사라진 건 아파트 안이고, 네 말대로라면 아파트에서 도망친 사람도 없었을 거다. 그러면 아파트에 사는 사람들을 따져봐야지. 우선 너는 용의자가 아니다. 팔찌가 사라졌을 즈음에 너는 밖에서 장을 보느라 바빴을 테니까. 그때 명성아파트에는 누가 남아 있었을까?"

"정 작가님과 히로타 교수님이 언니가 뒤지는 모습을 보았어요. 두 분 다 곧바로 외출하셨지만요. 아 참, 미우라 씨도 계셨어요. 조금 전 그분이 집에서 저를 쳐다봤거든요."

"그 세 사람 다 유진 씨가 잠깐 자리를 비운 틈에 팔찌를 훔쳤을 수 있지. 정 작가나 히로타 교수님이라면 양복 주머니에 팔찌를 쑤셔 넣고는 시치미 뚝 뗐을 수 있다. 정 작가는 늘 돈이 많았으면 하더구나. 작가라는 게 돈이 벌리는 직업이 아니긴 하니까. 히로타 교수님도 은팔찌에 박힌 사파이어가 탐났을 수 있다. 그게 돈 때문인지 연구 때문인지는 모르겠지만. 그리고 미우라 씨도 집에서 잠깐 나와 팔찌를 가져올 수 있을 테니 역시 수상하지. 하지만 뜻밖에 관리인이나 유진 씨도 범인일 수 있어."

"설마요!"

"관리인이 열쇠를 찾는다면서 부산하게 움직이는 이유가, 팔찌를 훔친 사람이 자신임을 숨기려는 것인지도 모른다. '내 열쇠도 사라졌으니 나 또한 피해자요!' 그렇게 외치는 거지. 유진 씨는 어떨까? 팔찌를 다른 사람이 훔쳤다고 거짓말하고 그걸 자기 걸로 취하려는 것일지도 몰라. 유진 씨가 연기를 곧잘 하는 이일 수도 있다."

입분은 말문이 막혔습니다. 마님의 말이 그럴듯하게 들려서였습니다. 눈물을 흘리고 가슴을 쥐어뜯으며 억울하다고 외치던 사람이 순식간에 돌변하는 모습도 더러 본 적 있었습니다. 입분은 세상 사람들이 속에 무엇을 숨기고 사는지 도저히 알 수 없었습니다. 유진 언니나 우에다 씨 또한 그런 걸 숨기고 있을지도 몰랐습니다.

"내일 팔찌를 찾지 못하면 유진 언니가 경찰을 부를 거라니까, 그 전에 저도 언니를 도와서 101호 안을 좀 더 찾아볼 거예요······. 죄송해요 마님, 배고프시죠? 얼른 저녁을 준비할 게요."

입분은 무서운 이야기를 그렇게 얼버무릴 수밖에 없었습니다.

늦은 저녁을 먹으면서 더는 도둑 이야기가 나오지 않았습니다. 입분은 밥을 꼭꼭 씹어 넘기다가 속에 불쑥 싹튼 두려운 걱정, 바로 아파트를 허문다는 우에다 씨의 이야기를 떠올렸습니다.

"마님, 만약 명성아파트에서 나가시더라도 저를 버리지 말아주세요."

"아파트를 허문다는 관리인의 말 때문이냐? 그건 혼잣말일 뿐이다. 아파트 주인이 결정 내린 게 아니지. 통고가 오면 그때 걱정할 문제다."

마님이 미소를 지으며 대답했습니다. 하지만 긍정도 부정도 하지 않은 걸 입분은 놓치지 않았습니다. 속에서 싹튼 불안은 어느새 크게 자라고 말았습니다.

명성아파트를 떠나면 마님은 나를 버릴 거야.

그날 밤 입분은 창고 안에서 뜬눈으로 지새웠습니다. 야마자키 씨 집에서 쫓겨난 추운 날의 기억이 새삼 떠올랐습니다. 여름에 쫓겨나면 얼어 죽을 걱정은 하지 않아도 되겠지만, 갈곳이 없는 건 마찬가지였습니다. 더운 밤의 열기보다 마음속에 돋아난 뾰족한 근심이 더욱 괴로웠습니다.

다음 날 입분은 1층 응접실을 살피러 갔다가 냉장고 안에서 예쁜 은팔찌와 열쇠 꾸러미를 찾아냈습니다. 팔찌를 건네받은 유진 언니는 울 것 같은 얼굴로 계속 '다행이다'를 중얼거리며 백화점에 출근했습니다. 입분이 열쇠를 건네자 우에다 씨도 안도했습니다.

"고맙구나. 이거야 원, 내가 청소하다가 거기 떨군 모양이다. 101호에 있었으니 103호를 아무리 뒤져도 못 찾았지. 이거야말로 각주구검이로구나."

"강을 건너는 배 위에서 물건을 떨어뜨린 뒤 뱃전에 표시해 두고 배가 도착한 뒤에야 그 아래를 뒤졌다는 어리석은 사람 이야기지요?"

"잘 아는구나! 그런 건 언제 배웠던 거냐? 그렇게 똑똑하면 어디서도 문제없이 살겠다!"

계속 틈틈이 배우다 보면 어떻게든 살 방법을 찾을 수 있을 거야. 작가님도 말했었잖아. 글을 알면 살아남을 수 있다고. 명성아파트가 사라지고 마님에게 버려진 뒤에도…….

우에다 씨가 기특하다며 준 눈깔사탕을 입에 물며 입분의 속에 막연하고 근거 없는 희망이 잠깐 반짝였습니다. 싹텄던 근심은 사탕과 함께 사르르 녹았습니다. 하지만 녹아서 흘러가 버렸을지, 언젠가 다시 모습을 바꾸어 나타날지는 모르는 일이었습니다.

영화와 소설

팔찌가 사라져 한바탕 시끄럽던 날로부터 한 주가 지났습니다.

며칠 뒤면 8월이었습니다. 더위가 한창 무르익어 이제 한낮에는 집 밖으로 나가지 못할 만큼 뜨거웠습니다. 입분도 마님도 해가 높이 떠 있을 때는 집에서 꼼짝도 하지 않았습니다. 그래도 어찌나 땀이 나던지! 합죽선을 부치며 입분은 예전에 들은 동화를 떠올렸습니다.

이러다가 인어 공주처럼 녹아서 없어질지도 몰라.

물거품이 되어 사라지는 모습을 상상하니 두려웠습니다. 하지만 그럴 때마다 명성아파트가 사라질지도 모른다는 우에다 씨의 이야기가 떠올랐습니다. 살 집이 없어지는 건 더욱 무서웠습니다. 아직도 집주인이 언제 어떤 결정을 내릴지 모르니 초조했습니다.

입분은 합죽선을 파닥거리며 얼른 다른 고민으로 눈을 돌렸습니다.

더위 때문에 마님이 입맛이 없으신 것 같아. 점심엔 새콤한 냉국을 해볼까?

매일 먹을 끼니 고민은 언제나 진지했습니다. 혹시나 뭘 드시고 싶은지 물어보려는데, 선풍기 바람을 쐬던 마님이 중얼거렸습니다.

"오늘따라 밖이 소란스럽구나."

"그러게요."

그날따라 덥게 느껴진 건 귀에 거슬리는 큰 소리가 들려서이기도 했습니다. 사람들이 크게 외치거나 뭔가를 옮기느라 용쓰는 분주한 소리가 두꺼운 문을 뚫고 들어왔습니다. 하지만 대체 뭘 하는 건지는 잘 들리지 않아 알 수 없었습니다. 입분은 자리에서 일어났습니다.

"보고 올까요?"

"그러려무나. 사람들더러 조용히 해달라고 말하고."

마님이 대답했습니다. 마님도 소리가 신경 쓰였던 건 매한가지인 듯했습니다.

문을 열자 시끄러운 소리가 또렷하게 들렸습니다. 국어로 대화를 나누는 남자의 목소리가 여럿 섞여 있었습니다. 그중 귀에 익은 목소리는 없었습니다.

누가 새로 이사 온 걸까?

입분은 아파트 회랑의 난간 기둥을 꼭 붙잡고 그 사이로 머리를 내밀어 아래를 내려다보았습니다. 1층에 사람들이 분주하게 오가고 있었습니다. 사람들이 사는 곳은 2층부터였기 때문에, 이사하는 사람들이면 계단을 오르느라 분주했을 터였습니다. 하지만 시끄러운 소리를 내는 사람들은 1층 여기저기를 분주히 오갈 뿐이었습니다.

대체 뭐지? 공사하는 걸까? 그랬다면 우에다 씨가 미리 알려줬을 텐데? 설마 집주인이 보낸 사람일까?

그때 위층에서 문소리가 나더니 곧 맞은편 계단에서 발소리와 함께 유진 언니가 내려왔습니다. 작은 흰 꽃무늬가 찍힌 하늘하늘한 노란색 원피스가 가볍고 편안해 보였습니다. 입분을 본 언니가 얼굴을 잔뜩 찌푸린 채 성큼성큼 회랑을 돌아 다가왔습니다.

"얘, 이쁜아. 너도 시끄러워서 나온 거지?"

"네. 마님께서 왜 이렇게 소란스러운지 알아보라고 하셨거든요."

"그러게나 말이야. 대체 무슨 난리일까? 모처럼 평일 베이케이션을 받아서 푹 자려고 했는데……. 잠이 다 깨고 말았지 뭐니?"

유진 언니가 입을 가리고 길게 하품했습니다. 얼굴에 드리워진 피로가 신경 쓰였습니다. 언니는 아직도 경계하는 듯했습니다.

얼마 전, 팔찌를 잃어버렸다가 찾은 날부터 언니의 의심이 시작되었습니다. 팔찌를 건넨 직후 '다행이다'라고 계속 중얼거리던 언니가 입분의 귀에 속삭였습니다.

"틀림없이 아파트 주민 중에 도둑이 있어! 얘, 이쁜아, 너도 생각해보렴. 거기 우에다 씨의 키도 같이 있었던 게 이상하지 않아?"

"그건······."

"누군가 집에 몰래 들어가 물건을 훔치려고 키도 훔친 게 분명해! 하지만 경찰에 신고할 거라는 말을 듣고서 돌려놓은 거겠지. 대체 누가 그런 흉흉한 짓을 하려던 걸까? 얘, 너는 의심 가는 사람이 없었니?"

유진 언니가 출근할 시간이 되어서 대화는 거기서 끝났습니다. 하지만 그 이후 언니는 아파트에 있는 사람들을 경계했습니다. 괜한 걱정이라며 입분이 아무리 달래보아도 소용없었습니다. 오늘도 모처럼 쉬는 날을 맞아 피곤함을 풀었어야 하는데 갑작스러운 소란 때문에 언니의 귀중한 휴식을 망친 게 분명했습니다.

1층에서 또다시 쿵, 소리가 울렸습니다. 입분은 괜한 생각을 멈췄습니다.

"전기 공사라도 하는 걸까요? 얼마 전에도 갑자기 전기가 나가서 사람을 불렀잖아요."

"그러면 미리 알렸어야지! 오늘 뭘 하는지 말해줬으면 차라리 일찍 나갔을 텐데, 이게 대체 뭐람? 마침 잘됐다. 이쁜아, 너도 같이 내려가서 따지자꾸나. 아무리 평일 낮이라지만 아파트에 사람이 있는지 없는지 체크해야 하는 거잖니? 아니야, 그냥 여기서 물어보자. 굳이 내려갈 필요도 없잖아!"

언니가 난간 위로 몸을 쓱 내밀었습니다. 명성아파트는 층마다 회랑을 따라 입분의 키보다 조금 낮은 난간이 빙 둘러싸 있고 한가운데가 뻥 뚫려서 어느 층에서든 1층이 내려다보입니다. 그렇게 내려다보면 어쩐지 어지럽고 무서웠지만, 입분도 언니를 따라 다시 빼꼼 고개를 내밀었습니다.

1층에 선 남자 세 명의 머리가 보였습니다. 쌓아둔 나무 궤짝 옆에서 큰 목소리로 뭔가를 상의하는 이들 중 아는 사람은 없었습니다. 언니가 몸을 내민 채 국어로 크게 외쳤습니다.

"이보세요! 1층에 있는 사람들! 여기요!"

소란이 멎었습니다. 턱수염 기른 사람이 위를 올려다보며 국어로 퉁명스레 물었습니다.

"뭐요?"

"웬 소란인가요? 시끄럽게 구는 이유가 대체 뭐죠? 아파트 입주민들 생각은 하지 않나요? 그보다, 당신들은 대체 거기서 뭐 하는 건가요? 지금 운반 중인 저 나무 박스들은 대체 뭐죠? 설마 여기서 수상한 짓을 하려는 게……."

언니가 얼굴을 찌푸린 채 빠르게 쏘아붙이는데, 턱수염 기른 사람이 말을 끊었습니다.

"우린 영화 찍으러 온 거요. 이미 허락도 맡았다고."

영화!

귀가 솔깃해지는 단어였습니다. 시끄럽기만 하던 불청객들이 갑자기 마술사처럼 보였습니다. 세 사람 옆에 놓인 나무 궤짝도 뭔가 다르게 보였습니다. 영화 찍는 도구 같은 신기한 물건들이 안에 가득 들어 있을지도 몰랐습니다.

"거짓말하는 건 아니죠? 영화를 찍는다면 아파트 관리인인 우에다 씨가 알려주었을 거라고요. 하지만 우리는 여태 통보받은 게 없는데요?"

유진 언니가 따졌습니다. 하지만 잠깐 사이 언니의 목소리가 누그러졌습니다. 언니도 '영화'라는 단어에 솔깃해진 모양이었습니다. 영화로 유명한 '하리우드'라는 곳을 화제로 올릴 때마다 들뜨고 황홀해하던 걸 보면 언니도 '은막의 스타'라는 것을 동경하는 게 분명했습니다.

"통보받은 게 없다니? 우리는 허락 맡고 온 거요! 주인에게 허락받았다고 들었는데?”

턱수염 기른 남자가 얼굴을 찌푸리더니 크게 외쳤습니다.

“어이, 작가 양반! 죠 씨! 어디 갔나?”

큰 소리가 회랑을 천둥처럼 울렸습니다. 깜짝 놀란 입분이 휘청거렸습니다. 언니가 급히 잡아주지 않았다면 자칫 아래로 떨어졌을지도 몰랐습니다. 계속 크게 외치는 남자의 목소리가 아파트를 웅웅 울렸습니다. 귀를 막고 싶었습니다. 곧 다른 목소리가 들렸습니다.

“감독, 왜요? 각본을 살펴봐야 한다고 했잖습니까?”

퉁명스러운 국어는 작가님의 목소리였습니다. 곧 2층 회랑의 맞은편 난간에서 작가님이 고개를 내밀었습니다. 감독이라고 불린 남자가 다시 외쳤습니다.

“여기를 촬영해도 된다고 당신이 직접 허락받았다며? 그런데 저 위층의 입주민들이 왜 허락도 없이 시끄럽게 구냐고 항의하잖아! 대체 어떻게 된 거야?”

“아, 그게……”

우물쭈물하던 작가님이 그제야 난간 위를 보았습니다. 입분과 유진 언니와 눈이 마주친 작가님이 겸연쩍게 중얼거렸습니다.

“유진 양도 있는 줄 몰랐구려. 출근한 줄 알았는데.”

“오늘은 모처럼 베이케이션을 얻었단 말이지요. 그런데 이게 다 무슨 소동이에요?"

유진 언니가 나긋하게 대답했습니다. 작가님이 머리를 긁
적였습니다.

"그게, 허락을 받았다기보다는……. 우에다 씨가 오늘 온
종일 자리를 비운다고 들었단 말이에요. 그러니 오늘 하루 빠
르게 촬영하면 될 성싶어서……."

"네?"

언니가 어처구니없다는 듯 되물었습니다. 감독님이 당황해
서 소리쳤습니다.

"뭐야? 죠 씨, 허락을 안 받은 거야?"

"아, 그러니까 굳이 말하자면 그렇다는 건데……."

"또 일이 복잡해진다 싶으니 적당히 얼버무린 거로군? 이
거야 원, 한두 번도 아니고! 당신은 언제나 그랬어! 당신이 자
신만만하게 말할 때부터 의심해야 했었는데!"

다른 사람들도 당황해하는 기색이었습니다. 감독님은 덥수
룩한 수염을 막 쓰다듬었습니다.

"아니, 그러면 어찌해야 하나……. 이번 촬영을 하는 김에
아파트 주인에게 제안하려 했단 말이야. 여기를 영화의 배경
으로 쓰면 자연스레 홍보가 되고 입주하려는 사람들이 많이
올 테니 좋지 않겠느냐고 말이야. 그렇게 협상해서 좀 더 길
게 촬영해보려 했는데, 이러면 대체 어떻게 해야……."

입분은 솔깃해졌습니다.

영화로 홍보하면 사람이 온다고? 그러면 명성아파트를 허물지 않아도 되는 걸까?

"하지만 각본에서 아파트 안이 온전히 나오는 장면은 하나뿐이라고요."

"작가인 당신이 고치면 되잖아? 늘 그래왔던 것처럼! 아니, 무엇보다도 각본에 아파트에서 벌어지는 사건이라고 당당히 써놨는데, 정작 여기서 촬영할 신을 하나만 잡은 것부터 이상했다고! 그래서 일단 장비부터 쌓아놓고, 이거 빼는 시간이 걸리니 며칠만 더 유예를 달라고 협상해보려 한 건데……. 그런데 하루 촬영할 허락조차 못 받았다고? 그러면 지금 우리가 무단으로 침입한 거잖아? 이러다 경찰이라도 오면 어쩌려는 거야, 대체?"

"관리인에게는 제가 잘 말해보겠습니다. 일단 촬영부터 해버리고……."

"죠 씨! 왜 그렇게 일을 대충 하는 거야? 당신이 장소 섭외도 맡겨달라고 해서 돈을 더 챙겨준 거야! 이렇게 무책임하게 할 거면 도로 뱉어내!"

"그렇게 말씀하셔도 돈은 이미 책이며 옷 사는 데 써서……."

털보 감독님과 작가님이 벌이는 실랑이가 1층과 2층을 오갔습니다. 문득 입분은 유진 언니가 조용히 지켜볼 뿐인 걸 알아차렸습니다. 언니가 중얼거렸습니다.

"영화 촬영을 한다면, 어쩌면 나도⋯⋯."

그러더니 언니는 급히 위층으로 올라가버렸습니다. 혼자 남게 된 입분은 얼른 301호로 돌아가 마님에게 사실을 전했습니다.

"영화 촬영이라. 사정은 알겠다."

유진 언니와 달리 마님은 영화에 관심이 없어 보였습니다.

한 시간도 지나지 않아 노크 소리와 함께 손님이 찾아왔습니다. 1층에서 지시를 내리던 감독님이었습니다. 손님 맞을 채비를 마친 마님에게 감독님이 공손하게 인사했습니다.

"소란스럽게 해서 죄송합니다. 아까 여기 꼬마 아가씨가 놀라서 나온 것도 봤습니다."

그렇게 말하며 감독님이 입분의 머리를 쓰다듬었습니다. 거친 손놀림이 싫지 않았습니다.

"여기 사는 조선인 작가 죠 선생은 아시지요? 그 사람이 영화 각본을 하나 써주기로 했는데, 자기가 촬영 장소까지 섭외해준다며 이 아파트로 안내했지 뭡니까? 주민들에게 이미 허락받은 줄 알고 기자재를 옮기느라 큰 소란을 피우고 말았습니다. 정말로 죄송합니다."

"사정은 잘 알았습니다."

이상한 모자를 쓴 채 책상 앞에 앉은 마님이 새침하게 대꾸했습니다. 입분은 두 사람을 흥미진진하게 지켜보았습니다. 다른 손님을 맞을 때와 달리 나가라고 하지 않아서 다행이었습니다. 마님을 보며 유독 눈을 깜박이던 감독이 말했습니다.

"여사님. 혹시 영화에 관심 있으십니까?"

입분은 깜짝 놀랐습니다. 마님도 이맛살을 찌푸린 걸 보면 뜻밖인 듯했습니다. 감독님이 급히 말을 이었습니다.

"그게 말입니다, 갑작스레 촬영을 시작한 참이라 여배우 섭외를 하지 못했거든요. 그런데 여사님을 뵙자마자 놀랐습니다. 이렇게나 아리따우신 분이 여기 계실 줄이야! 미모에 홀딱 빠졌습니다! 여사님이 영화에 나오시면 은막이 아주 환하게 빛날 것 같습니다. 그러니 여사님이……. 아, 그렇지. 우선 성함을 알려주실 수 있습니까?"

"영화에는 관심 없습니다."

마님이 딱 잘라 말했습니다. 감독님은 말을 더 잇지 못하고 입만 뻐끔거렸습니다. 마치 뭍으로 나온 붕어 꼴이었지만 덥수룩한 턱수염 때문에 오히려 메기를 닮아 보였습니다.

"저는 낮엔 홀로 독서하는 취미를 즐깁니다. 그런데 영화 촬영이 취미에 방해가 되면 곤란합니다. 너무 시끄럽지 않게 해주셨으면 합니다."

"알겠습니다, 아무렴요! 영화 출연에 관심이 있으시다면 언제라도……."

"입분아, 손님이 가신다는구나. 배웅해드려라."

마님이 말을 잘랐습니다. 감독님이 다시 어버버거렸지만, 입분은 얼른 밖으로 안내했습니다. 마님이 '독서하는 취미'라고 거짓말한 것도 감독님과 더 대화하기 싫어서였을 듯했습니다.

밖으로 나온 감독님이 급히 손짓했습니다. 영문도 모르고 따라 나온 입분이 문을 닫자 감독님이 곧장 물었습니다.

"얘야, 너희 어머님이……."

"제 주인마님이셔요. 저는 식모고요."

"역시 그랬군. 옷 입은 모양새가 다르더라니……. 아무튼, 여사님이 왜 날 쫓아낸 건지 혹시 알고 있느냐? 거짓말을 해서까지 그래야 하는 이유를 모르겠구나."

"거짓말이라니요?"

입분이 놀라서 물었습니다. 감독님이 턱수염을 긁적였습니다.

"독서가 취미라는 분 근처에 책이 한 권도 보이지 않잖느냐. 작가 죠 씨처럼 독서가입네 하는 자들을 나도 많이 봤는데, 그런 자들은 주변에 항상 책을 둔단 말이다. 너희 마님, 사람 만나기를 싫어하는 분이시냐?"

입분은 고개만 저었습니다. 감독님이 입에서 끙 소리를 흘렸습니다.

"그러면 대체 왜 영화에 나오길 꺼리는 거지? 뭘 숨기려는 사람도 아니고……. 아무튼 알겠다. 나중에 또 보자꾸나."

감독님은 곧바로 위층으로 올라갔습니다. 보아하니 명성아파트에 사는 이들을 모두 만나서 조금 전 벌인 소동을 사과하려는 모양인 듯했습니다.

집에 돌아온 입분이 감독님이 한 말을 전하자 마님이 중얼거렸습니다.

"나더러 '뭘 숨기려는 사람'이라니. 그 사람도 소설을 어지간히 본 모양이다."

입분은 대꾸하지 않았습니다. 허튼 이야기를 '소설 쓴다'라고 하는 건 알고 있었습니다. 감독님이 왜 그렇게 말씀하셨는지도 알 것 같았습니다. 같이 산 지 반년이 되었지만 아직도 입분에게 마님은 커다란 수수께끼였습니다.

"요즘 얄팍한 소설로 인기를 끌려면 말이다, 수수께끼투성이 여자만 등장시키면 된다. 대체 어떤 사람인지, 뭘 하는지조차 알 수 없는 여자가 이유 모를 이상한 말 한두 마디 툭툭 던지고 사라지면 독자들은 뭣도 모르고 좋아서 침 흘리거든."

예전에 작가님이 퉁명스럽게 한 말을 그때는 이해하지 못

했는데, 마님을 보면 왠지 알 것도 같았습니다.

얼마 전에도 도무지 알지 못할 일이 있었습니다. 입분의 방은 원래 아파트에서 창고로 쓰는 공간이었고 벽 너머가 계단이라, 한밤중에 누가 계단을 오르내리는 소리가 들려오곤 했습니다.

유진 언니의 팔찌와 우에다 씨의 열쇠가 사라지고 명성아파트를 허물지도 모른다는 말을 들은 입분이, 마님에게 버림받을까 싶어 잠 못 이루던 날이었습니다. 입분은 평소엔 깊이 잠들어서 잘 깨지 않았습니다. 하지만 그날은 뜬눈으로 있어서, 301호 문이 열리는 소리에 이어 계단을 내려가는 발소리를 들었던 겁니다.

마님이신가? 이 시간에 어디 가시려는 걸까?

입분은 귀 기울였습니다. 하지만 바깥은 다시 고요했습니다. 잘못 들은 것 같다는 생각이 점점 커졌습니다.

이렇게 늦은 시간 마님이 다녀올 곳이 없었습니다. 아파트 건너편에 여러 건물이 늘어서 있고 입분이 장 보러 가는 가게도 있었지만, 한밤중에 연 곳은 없을 터였습니다.

히로타 교수님이나 작가님을 만나러 가신 걸까? 하지만 이 시간에 대체 왜? 아니면 내가 잘못 들었나?

그런 걸 생각하다가 까무룩 잠들고 말았습니다. 다음 날 기억은 애매하게 흐려졌습니다.

다시금 마님이 뭘 하는 사람인지 궁금해졌습니다. 하지만 정작 입분의 눈앞에서 덥다고 중얼거리며 선풍기 바람을 쐬는 마님은 그저 평범하게만 보였습니다.

배우와 구경꾼

영화 촬영이 시작되었습니다.

감독님은 '마쓰 씨'나 '마쓰 감독'이라고 불렸습니다. 마쓰가 온전한 성인지, 아니면 성을 줄여 부르는 건지는 알 수 없었습니다. 영화 찍는 도구를 들여오느라 소란스러웠던 그날 감독님이 결국 우에다 씨와 만났고, 그분을 통해 아파트 주인과 연락해 영화 촬영을 정식으로 허락받았다고 했습니다.

소란이 있고 이틀 뒤, 사람들이 이사 왔습니다. 감독님과 주연 배우 사토 씨, '조감독'이라고 부르는 키 큰 남자가 204호에 살게 되었습니다. 우에다 씨에게 들은 이야기대로라면, 집주인은 촬영을 허락해주는 대신 그동안 아파트의 집하나를 빌려 살라고 요구했다고 합니다.

"주는 게 있으면 받는 것도 있어야 하는 법이다. 그 사람들이 소란스럽게 구는 만큼 우리 아파트에 보탬이 되어주어야지. 그렇지 않으냐?"

입분은 고개를 끄덕였습니다. 입분도 밥 짓고 청소하고 허드렛일을 돕기 때문에 마님의 집에서 살 수 있었습니다. 살아남으려면 항상 무언가 그만큼의 값을 치러야 했습니다.

그 뒤로 입분은 종종 영화 촬영하는 걸 구경했습니다. 영화가 어떻게 만들어지는지 궁금하기도 했지만, 마님의 지시도 있었습니다.

"그 사람들이 어디서 뭘 하는지 잘 보고 오거라. 보고 들은 걸 내게 빠짐없이 말하고."

'영화에는 관심 없다'라고 딱 잘라 말한 것치고 그런 지시를 한 게 이상했지만, 입분은 마님이 시키는 대로 했습니다. 같이 촬영을 구경하던 유진 언니에게 어쩌다 마님이 지시한 걸 이야기한 적이 있었는데, 언니가 대뜸 물었습니다.

"너네 마님, 영화에 관심 없다면서 왜 계속 염탐하는 걸까? 나중에 갑자기 '나, 실은 은막의 스타가 되어보고 싶었어요'라며 끼어드는 건 아니겠지?"

입분은 대답하지 않았습니다. 오히려 유진 언니가 영화에 나오고 싶어 안달인 것 같았지만 그런 말은 하지 않는 게 나았습니다. 정작 사토 씨 뒤에 바짝 달라붙어 몸동작을 일일

이 고쳐주는 작가님과 그걸 바라보며 얼굴을 찌푸린 감독님
은 구경하는 두 사람에게는 신경도 쓰지 않았습니다. 언니의
얼굴에서 지금 지도받는 게 자신이었으면 좋겠다고 여기는
표정이 스쳤습니다.

　유진 언니는 백화점 일이 없을 때면 감독님 근처를 기웃거
리다 괜히 말을 걸곤 했습니다. 1층 창고 앞에서 언니가 감독
님과 작가님에게 말하는 걸 본 적도 있었습니다.

　"혹시 영화에 백화점이 나오지는 않나요? 제가 백화점에
서 일하거든요. 백화점이라는 간판만 단 곳이 아니라 화신백
화점이나 미쓰코시 버금가는 그럴듯한 곳이거든요? 지배인
님과도 잘 아는 사이란 말이죠. 그분께 말씀드려서 영화 찍
는 걸 주선해줄 수도 있어요. 네? 그러니 저도 영화에 출연시
켜주면 안 되나요? 저도 꽤 곱상하잖아요? 제가 화장하고 경
성 거리를 다니면 길 가던 사내들이 멈춰 서서 돌아보곤 한
다니까요. 연기를 배워야 한다면 가르쳐주세요. 얼른 잘 배울
테니까요, 네?"

　언니가 영화에 관심을 보이느라 더는 도둑에 신경 쓰지 않
아서 다행이었습니다. 정작 감독님은 건성으로 대꾸할 뿐이
었고, 작가님은 각본을 어떻게 바꿔야 할지를 괜히 큰 소리
로 중얼거리며 문간만 쳐다볼 뿐이었습니다. 문짝 없는 문 너
머 창고는 감독님이 데려온 이들이 땅을 파느라 내는 소리로

시끄러웠습니다.

땅 파는 소리가 워낙 요란했기에, 결국 감독님이 다시 아파트 주민들을 일일이 찾아다니며 사정을 설명해야 했습니다. 이번에는 작가님도 따라왔습니다. 두 사람이 설명한 영화의 내용은 이러했습니다.

'어느 날 탐정에게 찾아온 미모의 여자. 여자는 어떤 아파트에서 밤마다 들리는 정체불명의 소음 때문에 잠을 못 이루니 조사해달라는 이상한 의뢰를 한다. 아파트를 조사하던 탐정은 뜻밖의 살인 사건과 마주하고, 수상한 이들의 방해에 살인범으로 몰리는 등 전전긍긍하면서도 경찰과 협조하여 결국 진상을 알아낸다. 아파트에서 난 소음은 지하로 굴을 파서 이웃 건물과 비밀 통로를 만들어 그곳으로 중요한 정보를 빼돌리려는 흉악한 간첩들의 소행이었다. 탐정과 경찰은 합심하여 간첩을 체포하는 데 성공한다.'

지루한 표정을 지은 마님을 마주 보고도 감독님은 기세 좋게 설명을 이었습니다.

"영화의 가장 극적인 부분에서 짠! 하고 간첩이 지하로 판 굴이 드러나야 하거든요. 그런데 카메라에 찍히는 건 속임수가 없으니, 땅을 어느 정도 파야 할 수밖에 없지요. 땅 파는 건 아파트 주인에게 허락받았어요. 우에다 씨가 나중에 땅을 도로 메워야 하는 것 말고도 이런저런 걸 해달라는 요구를 덧붙이긴 했지만…… 아무튼 양해를 구하는 바입니다. 저기, 그런데 여사님, 지금이라도 영화에 출연할 생각이 있으실까요? 여주인공 자리가 아직 비어서……."

"영화에는 관심 없습니다."

기나긴 말을 마님이 딱 잘라 끊었고 감독님은 다시 메기가 되고 말았습니다. 입분은 이 이야기를 유진 언니에게 전하지 않았습니다. 영화에 출연해 '은막의 스타'가 되고 싶어 하는 언니가 들으면 속상해할 게 분명했습니다.

그 이후에 마님도 영화 촬영을 준비 중인 곳에 온 적 있었습니다. 하지만 마님은 카메라나 여러 신기한 장비보다는 102호 바닥을 파낸 모습만 재미있다는 듯 살펴볼 뿐이었습니다. 입분은 시멘트로 단단하고 반듯하게 다져놓은 바닥을 마구 뚫어 파헤쳐 그 아래 흙과 커다란 바위가 드러난 구덩이를 보며 놀랐습니다. 사람 다섯은 들어가고도 남을 구덩이를 파느라 다들 고생했겠다 싶으면서도 저렇게까지 크고 깊이 파야 하나 의아하기도 했습니다. 하지만 정작 감독님은 좀 더 깊이 파야 하는데 이걸로는 부족하다고 불만을 뱉었습니다.

"부끄럽지만 저희가 무척 영세하단 말입니다. 돈이 없다 보니 감독인 제가 배우도 겸하고, 그때 조감독이 촬영까지 대신하죠. 주연인 사토 군은 얼른 촬영을 시작하자고 의욕적이지만, 지금은 저 구덩이를 판다고 난리니 당장 뭘 할 수도 없단 말입니다. 게다가 빠르게 파면 좋겠는데, 아파트의 전기가 종종 끊겨버리니 전기를 쓰는 도구를 못 쓰는 일도 종종 생기고요."

구덩이 파는 공사는 어찌저찌 사흘 만에 끝났습니다. 저녁 찬거리를 사러 나갔다 온 입분을 갑자기 불러 세운 감독님이, 구덩이는 다 팠고 정리만 마치면 며칠 뒤부터 본격적인 촬영이 있을 예정이라고 말했습니다. 하지만 감독님이 부른 목적은 따로 있었습니다.

"그런데 얘야, 네가 식모로 일하잖느냐. 당연히 요리할 줄 알겠지?"

"네, 그건 왜 물으시나요?"

"촬영하려면 사람들을 계속 현장에 둬야 하니 먹일 밥이 꼭 필요하거든. 그런데 근처에 마땅한 밥집도 없고, 벤또를 사 오자니 돈이 적잖이 들 거 같아서 걱정이다. 혹시 네가 점심과 저녁에 다섯 명 먹을 밥을 준비해줄 수 있느냐?"

204호에 사는 세 명에 바깥에서 오는 두 명을 합쳐 다섯인 듯했습니다. 감독님이 며칠 사이 더욱 길고 지저분해져 이제는 메기조차 아니게 된 덥수룩한 수염을 마구 쓰다듬었습니다.

"102호를 공사하다가 슬쩍 보니, 공용 응접실로 쓴다는 101호에 주방도 있더구나. 우에다 씨에게 거기 설비를 쓸 수

있게 허락받았고, 조리 도구도 빌리기로 했다. 그러니 네가
다섯 사람이 먹을 요리를 해준다면 좋겠다. 재료는 우리가
마련해줄 테니⋯⋯."

"마님께 허락받아야 해요."

입분은 주저하며 대답했습니다. 재료와 도구만 있다면야
다섯 명 먹을 밥을 준비하는 게 어렵지는 않았습니다. 하지
만 마님이 딴 일 하는 걸 허락해주실지는 알 수 없었습니다.

걱정한 것과는 달리 마님은 곧바로 허락했습니다.

"조건이 둘 있습니다. 첫째, 입분에게 돈을 줄 것. 공짜나
헐값으로 부려먹을 생각은 마세요. 입분에게 얼마를 줄지는
나와 상의해서 정합시다. 합당한 금액이어야 허락할 겁니다.
둘째, 입분을 빨래 같은 다른 심부름에 쓰지 말 것. 입분은
내 허드렛일을 하는 아이입니다. 당신들 밥을 지어주는 것만
으로도 내가 고용한 시간을 빼앗는 겁니다."

"아무렴요, 그렇고말고요. 잘 알겠습니다."

감독님이 굽신거렸습니다. 그러고 나서 잠깐, 감독님과 마
님이 입분의 처우를 두고 말을 주고받았습니다. 대화가 끝나
고 입분에게도 퍽 만족스러운 돈이 정해지자, 머리에 쓴 모
자를 고쳐 쓰며 마님이 말을 덧붙였습니다.

"약속을 어기면 이 아이를 당장 데려올 겁니다. 입분아, 감
독님을 배웅해드려라."

감독님이 배우에 흥미 없냐고 말하려던 참이었습니다. 마님은 눈치가 무척 빨랐습니다. 입분은 밖으로 감독님을 모시고 나갔습니다. 문이 닫히자마자 감독님이 말했습니다.

"입분이라고 했지? 앞으로 잘 부탁한다. 그런데 너, 지금 시간이 되느냐? 오늘 저녁밥부터 준비해주면 좋겠는데."

"재료만 있다면요. 아 참, 마님께서 허락해주셔야 하고요."

입분은 얼른 대답했습니다.

마님은 금방 허락해주었습니다. 그날 저녁부터 입분은 일곱 사람이 먹을 음식을 만들었습니다. 마님과 입분, 그리고 감독님 일행 다섯 명의 음식이었습니다. 다섯 명이 먹을 것은 일본 음식으로 하는 게 좋을 것 같았습니다. 사람마다 좋아하고 싫어하는 음식이 달랐지만, 조선 음식을 차리면 못 먹을 걸 내어왔다고 트집 잡을 이들도 일본 음식을 차리면 불만을 덜 말한다는 걸 알고 있었습니다.

시간이 없고 재료도 부족해서 좀 심심한 맛의 쓰케모노와 단무지만 반찬으로 내놓았고 국도 된장을 묽게 풀어서 파를 약간 섞은 게 전부였습니다. 재료를 급히 준비해준 작가님이 비싼 아지노모토를 한 봉 사 오셔서 찔끔 섞은 게 그나마 다행이었습니다. 대신에 밥만은 잔뜩 지었습니다. 양을 넘치게 주면 남자들의 불만이 덜하다는 것도 알고 있었습니다.

"거참, 이것밖에 준비하지 못하다니……. 내일은 제대로 갖

취주마. 너도 필요한 게 있다면 미리 말해다오."

작가님의 잘생긴 얼굴에 민망해하는 기색이 드리워졌습니다.

응접실의 탁자로 반찬을 옮기자 곧 사람들이 모였습니다. 감독님이 데려온 사람들은 돌가루며 먼지투성이라서 광산의 인부처럼 보였습니다. 옷은 세탁소에 맡기기로 했다는 감독님의 말에 입분은 안심했습니다. 자칫 식모인 자신이 빨래까지 하게 되었다가는 정말로 곤란할 뻔했습니다. 작가님이 입분을 불렀습니다.

"인사드려라. 이분이 이번에 주연을 맡은 사토 씨다."

204호에 들어온 감독님 일행이 집을 돌아다니며 인사할 때 사토 씨를 본 적 있었지만 직접 인사하는 건 처음이었습니다. 입분은 고개를 꾸벅 숙이면서도 여전히 의아했습니다. 주연 배우라면 훨씬 더 미남자일 것 같았는데, 사토 씨는 성만큼이나 평범하게 생겨서 인상에 남을 것 같지 않았습니다. 감독님을 돕는 분들의 얼굴이 오히려 또렷하게 기억날 정도였습니다.

그때 감독님이 허둥지둥 응접실에 들어오더니 곧장 입분에게 물었습니다.

"얘야, 밥 한 그릇 더 내올 수 있겠니?"

입분은 고개를 끄덕였습니다. 밥을 잔뜩 지어둬서 아직 남은 게 있었습니다. 부엌에서 새로 밥을 담아 가져오자, 하얀 양복을 입은 히로타 교수님이 응접실로 들어오는 게 보였습니다.

"광물은 눈으로 보는 것과 실상이 다른 경우가 무척 많소. 마쓰 씨 눈에는 주위에 보이는 것들이 죄다 평범한 돌멩이로만 보이겠지? 하지만 알고 보면 귀한 옥이나 금을 안에 품은 경우도 더러 있단 말이오. 심지어 금처럼 노랗게 반짝이는 것조차 실제로 검사해보면 그렇지 않거든! 학자들은 그걸 판별하려고 여러 방법을 쓴다오. 그중 가장 빠르고 유용한 방법이……."

감독님이 듣건 말건 교수님은 자기 할 말만 떠들며 이야기에 취해 크게 손을 휘둘렀습니다. 감독님이 교수님을 작가님 옆으로 안내했습니다. 세 사람이 나란히 앉은 자리에는 그릇과 돌멩이들이 마구 놓여 있었습니다. 감독님이 땅을 파면서 가져온 그 돌들을 가리키며 교수님이 다시 길고 어려운 말을 늘어놓았습니다. 교수님이 영화배우 같고 감독님과 작가님이 관객 같아 보이는 이상한 모습을 물끄러미 지켜보다가 입분은 얼른 물러났습니다. 야마자키 부인이 상을 내고도 빨리 물러나지 않을 때 호통치던 게 떠올라서였습니다.

그날 마님과 입분의 저녁은 나물 반찬을 올린 조선식 밥상으로 차려졌습니다. 냉장기 안 채소들이 시들시들해진 참이었고, 조금 전 멋쩍은 반찬을 내놓고 만 탓에 나물에 힘을 잔뜩 준 것도 있었습니다. 평범한 나물 반찬 밥상은 특별하진 않았지만, 그래도 감독님 일행에게 내놓은 것보다는 훨씬 나았습니다. 밥상을 본 마님이 중얼거렸습니다.

"오늘은 시원한 걸 먹고 싶었는데."

냉국이라도 만들어 밥을 말아 낼 걸 그랬나?

입분은 괜히 눈치를 보았습니다. 하지만 마님은 밥을 맛있게 먹었습니다. 나물을 입에 넣다가 입분은 문득 사토 씨라는 배우를 떠올렸습니다. 평범한 얼굴이 어쩐지 늘 마주하는 밥과 닮은 것 같았습니다.

내일은 감독님들 밥상에도 맛있는 반찬을 올려야겠어.

뭘 만들면 좋을지를 궁리하며 입분은 괜한 다짐을 했습니다.

소음과 적막

7월도 어느덧 막바지가 되면서 날씨도 한층 더워졌습니다. 비구름은커녕 조그만 구름도 드리우지 않는 혹독한 더위가 매일 이어졌습니다.

언제나 조용하던 명성아파트는 어느새 왁자지껄한 매일매일을 맞았습니다. 무르익은 더위와 함께 영화 촬영도 시작될 모양이었습니다. 식사 시간마다 알아듣지 못할 지시를 내리는 감독님의 말이 더욱 분주해졌습니다. 곧 정말로 아파트에 사람이 많이 오고, 건물을 허물려는 집주인의 결심도 돌이킬 수 있을 것 같아 입분은 내심 기뻤습니다.

입분은 점심과 저녁 식사를 준비하는 틈틈이 영화 찍는 걸 구경했습니다. 촬영은 며칠 뒤 시작하고 지금은 연습할 뿐이라고 했지만, 감독님은 이미 도구들을 준비해두었습니다. 차르르 소리를 내는 카메라가 아파트 입구 쪽에 세워진 채 안을 비추었고, 그 앞에 선 사람들이 평소와 다른 목소리며 행동을 보였습니다. 죄다 가짜이고 거짓으로 보였지만, 카메라 너머에서 그걸 지켜보는 사람들은 진지했습니다. 카메라의 소리가 멈추면 감독님과 작가님, 조감독님이 뭔가를 의논하곤 했습니다. 영화를 촬영한다는 모든 모습이 낯설고 재미난 구경거리였습니다.

사토 씨는 주인공 탐정 역이었습니다. 사토 씨가 카메라 앞에 선 모습을 본 입분은 깜짝 놀랐습니다. 얼굴에 뽀얗게 분칠하고 그럴듯한 정장을 입었을 뿐인데, 눈길을 사로잡는 미남이 되었습니다. 식당에서는 낮게 웅얼거리며 소심하게 움직였지만, 카메라 앞에서는 당당하게 행동하는 것 또한 인상적이었습니다. 괜히 주연 배우가 아닌 모양이었습니다.

구경하던 입분의 옆으로 갑자기 순사가 불쑥 튀어나왔습니다.

"엄마야!"

입분은 겁에 질려 소리쳤습니다. 순사가 어깨를 붙들었습니다.

"진정하거라. 왜 그렇게 놀라는 거냐?"

"감독님?"

순사 옷을 입은 감독님이 푸근하게 웃었습니다.

"이거 참, 놀라게 했다면 미안하다. 배우가 부족해서 감독인 내가 연기도 해야 하거든."

간신히 마음 놓은 입분은 사토 씨와 감독님의 연기를 지켜보았습니다. 감독님은 늘 유쾌하게 웃고 입분에게도 잘 대해주었지만 카메라 앞에 섰을 때는 인상을 잔뜩 일그러뜨리고 고함을 질렀습니다. 사람들 뺨을 마구 때리는 무서운 순사와 똑같았습니다. 카메라로 두 사람을 찍는 조감독님은 묵묵히 그 모습을 지켜볼 뿐이었습니다.

카메라는 참 신기하구나. 저 앞에 서면 다들 변하니까. 평범한 사람이 미남이 되고, 조선 사람이 내지 사람이 돼.

처음 보는 신기한 광경에 몰두하며 입분은 생각했습니다.

영화에 빠진 건 입분만이 아니었습니다. 아파트 주민들 모두 영화에 휘말려 있었습니다. 영화에 관심 없다고 딱 잘라 말한 마님조차 감독님 일행들이 어디서 뭘 했는지를 매일 꼼꼼히 물었습니다. 직접 내려와 구경하시라고 권할까 망설였지만, 그러지 않기로 했습니다.

히로타 교수님은 종종 영화 촬영하는 모습을 구경하며 한마디씩 말을 거들곤 했습니다. 배우의 연기나 극의 내용이 어떻다는, 어려운 말이 섞인 뭔가 우쭐대는 듯한 이야기였는데 그게 괜한 참견인 건 분명했습니다. 감독님이나 작가님이 영 건성으로 대답했기 때문이었습니다.

303호에 사는 미우라 씨도 영화에 관심 있는 듯했습니다. 입분은 점심 무렵 피곤한 얼굴과 구겨진 옷차림으로 귀가하던 그가 우뚝 멈춰 서서, 카메라 앞에 선 감독님이 사토 씨를 향해 윽박지르며 연기하는 모습을 지켜보다가 비틀린 미소를 짓는 걸 보았습니다. 피로해 보이는 얼굴에 떠오른 섬뜩한 표정은, 카메라 너머 말쑥한 탐정과 순사와는 전혀 다른 세계에 사는 자처럼 보였습니다.

우에다 씨도 종종 촬영을 보러 왔습니다. 건물이 상한 게 없는지 살핀다는 이유에서였지만, 계속 카메라 주위를 돌아다니며 힐끔거리는 걸 보면 그분도 신기해하는 게 분명했습니다.

한편 유진 언니는 감독님이나 작가님 옆을 계속 얼쩡거렸습니다. 백화점에서 촬영이 가능하도록 해보겠다며 매일 말을 걸었던 게 효과가 있어서, 결국 감독님이 언니를 영화에 나오게 해주겠다고 말했습니다. 정성에 감동한 건지 너무 오래 들러붙는 게 힘들어서였는지는 알 수 없었습니다. 기뻐하는 언니의 모습은 마치 사탕을 선물 받은 아이 같아 보였습니다.

"이쁜아, 너도 잘 말씀드려보렴. 혹시 아니? 감독님이 배우로 써줄지도 모르잖아. 너도 그럭저럭 고우니까 영화에 나오면 사람들이 좋아해줄걸? 길거리에서 널 영화에서 봤다며 불러 세워 사인을 청할지도 몰라! 어쩌면 하리우드에 갈지도 모르지. 미국에서는 주디 갈런드라는 어린 배우가 인기라고 하던걸. 이쁜이 너도 그렇게 될 수 있는 거야! 거기서 네가 여주인공이 되어서 일약 스타가 될지도 모르잖아? 카메라 든 수많은 기자들 앞에서 손 흔들며 웃는다고 상상해봐. 가슴 설레지 않니?"

유진 언니의 호들갑을 듣고 카메라 앞에 선 상상을 했습니다. 생각만 했는데도 오금이 저리고 땀이 흐르고 몸이 오싹해졌습니다.

"아뇨, 저는 영화에 안 나와도 돼요!"

"얘도 참, 별꼴이다. 명성아파트 사람들이 다들 영화에 끼어들고 싶어서 안달인 걸 봤잖니. 너도 너네 마님 닮아서 그러는 거야?"

유진 언니가 웃음을 터뜨렸습니다. 밥 짓는 일로 영화 찍는 걸 도우니 이미 충분하다고 차마 말하지 못했습니다.

다들 입분이 만드는 음식을 좋아해주었습니다. 첫날에는 불만이 있었지만, 재료를 제대로 갖춘 뒤부터는 불만이 싹 사라졌습니다. 사람들의 입맛도 대체로 알 수 있었습니다. 다들 간이 세고 맛이 진한 것이라면 뭐든 상관없는 듯해서 입분으로서도 다행이었습니다.

매일 재료를 사다주겠다고 장담한 작가님은 곧 싫증을 냈습니다. 그래서 윤기가 조간신문과 함께 채소며 생선, 고기 따위가 든 바구니를 가져오게 되었습니다.

"자, 오늘 거."

"무거워서 나 혼자 못 들어."

입분은 새침하게 대꾸했습니다. 윤기는 투덜거리면서도 고분고분 응접실까지 물건을 날라다 주었습니다. 평소라면 짐을 놓고 도망쳤을 게 분명했지만, 촬영하는 곳을 계속 흘끔거리는 걸 보면 퍽 궁금한 모양이었습니다.

윤기는 입분과 동갑일 게 분명했고, 입분보다 한 뼘 정도 키가 컸습니다. 하지만 윤기는 언제나 '얼른 어른들처럼 키 커지고 싶다'라고 중얼거리곤 했습니다. 입분을 볼 때마다 더러운 손을 옷에 쓱쓱 문지르면서 퉁명스러운 말만 하는 밉상인 아이였지만, 막상 부탁하면 투덜거리면서도 청을 들어주니 아예 모른 척하며 지낼 수는 없었습니다.

7월의 마지막 날인 31일은 월요일이었습니다. 그날도 무더웠습니다.

아침에 무거운 짐을 들고 와준 윤기에게 입분은 냉장기에 식혀둔 보리차를 내주었습니다. 보리차를 마시고 만족스레 한숨을 내쉬던 윤기가 문득 말했습니다.

"오늘도 있더라."

"수상한 남자?"

입분이 되물었습니다. 윤기가 고개를 끄덕였습니다.

신문 배달 때문에 매일 명성아파트에 오는 윤기는, 약 한 달 전부터 아파트 뒤쪽으로 가는 얼굴색이 나쁜 남자를 봤다고 했습니다. 그곳은 산이라서 뭐가 있을 리 없었기 때문에 남자의 행동은 충분히 수상해 보였습니다. 몰래 뒤를 쫓아갔더니 남자가 아파트 위층 어딘가를 쳐다보면서 눈살을 찌푸렸다가 윤기를 알아채고 얼른 떠나버렸다고 했습니다.

대체 뭘 보던 거지?

윤기는 궁금했습니다. 남자가 서 있던 곳에 가서 올려다보았지만 아파트의 벽과 좁고 길게 난 창문 여럿밖에는 보이는 게 없었고, 오히려 벽에 걸린 거울로 햇빛이 번쩍거려서 눈만 따가울 뿐이었습니다. 나중에 신문을 돌리며 넌지시 알아보니 수상한 남자가 명성아파트 주위를 얼씬거리는 걸 본 사람이 여기저기에 많았다고 했습니다.

"대체 뭘 보려던 걸까?"

맵고 쓴 여름 무를 어떻게 조려야 사람들이 잘 먹을지 고민하면서 입분이 중얼거렸습니다. 윤기가 대꾸했습니다.

"아파트 어디로 몰래 들어가면 좋을지 살핀 게 분명해."

"그 남자가 도둑이라는 거야? 하지만 왜 굳이 밖에서 보는 건데? 게다가 집에 들어오려면 계단으로 올라와야 하잖아.

밖에서 아무리 살펴봤자 문을 열 도리는 없을걸?"

"야, 너는 벽에 배수관이 설치된 것도 못 봤어? 그걸 붙들고 기어 올라가면 4층까지도 올라갈 수 있겠던걸? 그러고 나서 열린 창문으로 쓱 들어가면 그만이지."

"그건…… 에휴, 아니야. 네가 잘못 안 거야."

입분은 말을 끊었습니다. 윤기가 한 이야기가 무척 신경 쓰였지만 지금은 해야 할 음식이 더 중요했습니다. 입분이 내일 사 와야 할 것을 말하자 윤기가 입술을 삐죽였습니다. 귀찮아하는 기색이 역력했습니다. 입분은 못 본 척 말을 이었습니다.

"그리고 돈은 작가님께만 받아. 알았지? 너, 아무것도 모르는 척하고 감독님에게도 돈 달라고 했다면서?"

윤기가 끙 소리를 냈습니다. 약삭빠르게 제 잇속 챙기려는 꿍꿍이가 우습기만 했습니다.

입분은 종종 다른 사람들이 자기 욕심 때문에 거짓말을 하거나 남을 속이려 드는 걸 보아왔습니다. 그럴 때마다 입분은 이상하다고 여겼습니다.

왜 저렇게 뻔히 보이는 짓을 하는 걸까? 들키지 않으리라 생각하나?

식모살이로 고생하며 입분은 어느새 거짓말을 빠르게 알아채는 눈치가 생겼습니다. 하지만 남에게, 특히 거짓말에 속는 이에게는 절대로 말하지 않았습니다. 한두 번 입바른 말을 한 적 있었지만 그때마다 남을 의심하지 말라며 되레 혼나고 말았습니다. 그들이 속은 걸 알아차린 뒤, 오히려 왜 그때 말하지 않았냐며 입분을 호되게 야단쳐서 더 억울한 적도 있었습니다.

그래서 입분은 거짓말을 알고서도 입 다물려고 했습니다. 하지만 참지 못할 때가, 물어보지 않으면 갑갑해서 어쩔 줄 모를 때가 있었습니다. 여태 용케 참아오고 있었지만, 몸 안에서 와글와글 끓어오르는 그것이 넘쳐흐르고 마는 날이 언젠가 올지도 몰랐습니다.

윤기가 간 뒤 입분은 점심을 준비했습니다. 윤기가 있을 때는 그리 신경 쓰이지 않던 이야기가 뒤늦게 머릿속을 맴돌았습니다.

낯선 남자는 정말로 도둑일지도 몰라. 그런 사람이 아파트 주변을 돌아다닌다는 걸 알면, 유진 언니가 또다시 걱정할지도 모르는데…….

"이거 좀 봐라!"

뒤에서 들린 우에다 씨의 목소리에 무심코 고개를 돌린 입분은 놀라서 소리를 지를 뻔했습니다. 순사가 뒤에 서 있어서였습니다. 그게 우에다 씨라는 걸 얼른 알아보아서 다행이었습니다. 우에다 씨가 나이에 걸맞지 않게 낄낄거렸습니다.

"멋지지 않으냐! 경찰서의 경시 같지?"

"우에다 아저씨, 그 옷은 대체 뭔가요?"

"영화에 나올 예정이거든! 경찰 간부 역할이란다!"

아파트 주인이 한 건지 우에다 씨가 한 건지는 알 수 없었지만, 감독님에게 촬영을 허락한 조건 중 하나가 아파트와 우에다 씨를 영화에 멋지게 나오게 하는 것이었고, 감독님과 작가님이 고심 끝에 우에다 씨를 경찰 간부로 출연시키기로 결정했다고 합니다. 다시 보니 우에다 씨가 입은 옷은 세탁되어 다려져 있었지만 감독님이 순사로 분장할 때 입었던 것이고, 거기에 몇몇 장식이 덧붙어 있을 뿐이었습니다.

"'음, 자네가 바로 그 명탐정인가?', '알겠네, 수고하게.' 이게 내가 맡은 대사지! 어떠냐? 진짜 경찰 같으냐? 이걸 입으려고 일부러 군도도 챙겨왔단다! 마쓰 씨가 들고 온 소품이 너무 가짜 티가 나길래 내 걸 가져왔단다. 훨씬 근사하지?"

들뜬 우에다 씨를 보니 입분은 궁금해졌습니다.

우에다 씨는 카메라 앞에 서는 게 무섭지 않은 걸까?

"바쁜데 너를 방해했구나. 나는 빈집에서 연습하고 있으마. 감독이 날 찾으면 말해다오!"

"알겠어요."

서둘러 나가는 발소리가 시끄러웠습니다. 평소 큰 소리 내지 않는 우에다 씨가 그러는 건 신고 있는 순사의 신발 때문인지, 아니면 그만큼 흥분해서인지 도무지 알 수 없었습니다.

무를 씻고 있는데 머리 위에서 발소리가 들렸습니다. 1층 바깥 또한 머리 위 못잖게 소란스러웠습니다. 오늘 오전에 잠시 1층을 제외한 다른 집의 전기를 끊고 102호 바닥을 마저 파낸다고 했습니다. 시끄러운 공구 소리와 사람들의 목소리가 가득한데 거기에 위층에서 들리는 발소리까지 울리니 정신없었습니다.

입분은 소음에 신경 쓰지 않으려고 하며 음식 준비를 서둘렀습니다. 쉴 새 없이 움직이다 보니 어느덧 반찬이 하나둘 만들어지고 곤로 위에 올린 밥솥에도 서서히 김이 올랐습니다. 소란을 무시하고 일하던 입분도 위에서 쿵, 소리가 들렸을 때는 우뚝 멈추고 말았습니다.

무슨 소리지? 쥐인가? 뭐가 바닥에 떨어졌나?

그때 허름한 잿빛 셔츠와 새카만 작업복 바지 차림의 감독님이 급히 들어와 물었습니다.

"애야, 오늘은 점심을 일찍 낼 수 있느냐? 오후에 2층 빈집에서 촬영할 게 있는데, 미리 준비할 시간이 필요하거든."

"반찬은 하는 중이니까, 밥만 다 지어지면 될 거 같아요."

"부탁하마. 어디 보자, 지금이…… 11시인가. 30분 뒤까지는 부탁하마."

왼쪽 팔목에 감은 시계를 살핀 감독님이 그렇게 말하고 후

다닥 나갔습니다. 문이 닫히기 전 감독님이 큰 소리로 작가님을 찾는 소리가 들렸습니다. 곧 머리 위에서 다시 발소리가 들렸습니다. 입분도 식사 준비에 몰두했습니다.

점심시간은 왁자지껄했습니다. 영화 촬영하는 이들이 식당에 모두 모였습니다. 하지만 그들의 몸에 묻은 돌가루 따위 때문에 여전히 광산의 인부 같아 보였습니다. 그들이 수북하게 담은 밥을 바삐 비우는 사이, 감독님은 오후에 할 일을 열심히 설명했습니다.

"1시에 201호로 카메라 옮길 거야. 1시 반에 촬영을 시작할 테니 소품도 제대로 준비하라고. 아 참, 피는 준비했어?"

"물론이죠. 이미 어제 빨간 물감을 병 몇 개에 담아놓았습니다. 참, 201호 열쇠는요?"

"우에다 씨에게 받아. 이따 시체 신 찍을 때 잠깐 출연시키기로 했으니까, 나중에 내려오면 물어보라고."

"알겠습니다."

배우들과 조수들이 밥을 먹으며 대답했습니다. 도중에 작가님이 밥을 먹다 말고 몇 번이나 어딘가를 다녀왔지만 놀랍지는 않았습니다. 촬영하는 날마다 작가님은 각본을 손봐야 한다면서 밥 먹다 말고 불쑥 일어서기 일쑤였고, 감독님이나 다른 사람들도 놀라거나 말리기는커녕 오히려 감독님이나 사토 씨도 작가님처럼 한두 번씩 어딘가를 다녀오곤 했습니다.

사람들이 오늘도 그러는 걸 보면서 입분은 저렇게 먹는 둥 마는 둥 해서야 밥을 제대로 넘길 수 있는지 궁금할 뿐이었습니다.

겨우 사람들이 모두 모였습니다. 식사하는 이들에게 한참 길게 설명을 늘어놓은 감독님이 찻물을 부어 밥을 후다닥 말아 먹고는 자리에서 일어났습니다.

"우에다 씨도 참, 미리 열쇠를 건네주면 우리 일이 편한데, 자기 있을 때만 쓰라며 꼭꼭 잠가놓고……."

"그 사람, 요즘 열쇠 보관을 더 철저히 하더군요."

감독님이 투덜거리자 작가님이 퉁명스레 받았습니다. 입분은 얼른 빈 밥그릇을 정리했습니다.

모두가 식사를 마치고 일어나고 나서야 한숨 돌렸습니다. 잠깐만 쉬었다가 마님의 점심을 차리러 갈 생각이었습니다. 그때 밖에서 발소리가 나더니, 뜻밖에 마님이 응접실에 들어왔습니다.

"혹시 2층에서 뭘 한다는 말을 들었니?"

"이따 오후에 201호에서 촬영을 한다고 하던데요. 왜 그러세요, 마님?"

"그게…… 아니, 아무것도 아니다. 내가 괜한 생각을 했나 보다. 입분아, 배고프니 얼른 점심을 준비해주렴."

마님이 얼버무렸습니다. 이상하다고 생각하면서도 입분은

내색하지 않고 마님과 함께 응접실을 나왔습니다. 저 멀리 작가님이 얼굴을 찌푸린 채 서 있는 게 보였습니다. 작가님과 뭔가를 이야기하던 감독님이 허겁지겁 다가왔습니다.

"얘야, 혹시 우에다 씨 못 봤니?"

입분이 대답하려는데 마님이 끼어들었습니다.

"혹시 201호에 우에다 씨가 계시는 걸까요? 아까부터 제 집 아래에서 계속 무언가 분주히 왔다 갔다 하는 것 같아, 어찌 된 영문인지 몰라 내려와본 겁니다."

"201호면······ 이따 우리가 촬영할 곳인데요. 우에다 씨가 미리 거기 간 건가? 조금 전에 보니 문이 닫혀 있던데."

감독님이 머리를 벅벅 긁어댔습니다. 턱수염 덥수룩한 얼굴로 눈만 껌벅이니 마치 거짓말에 속아 넘어간 어벙한 도깨비처럼 보였습니다. 입분이 얼른 말했습니다.

"그럴 거 같아요. 우에다 아저씨가 연습한다고 빈집에 가 있겠다고 하셨어요. 2층에 비어 있는 집은 201호밖에 없고 그 위층 빈집에 굳이 올라가실 이유는 없을 테니 거기 계실 것 같아요. 제가 모셔 올까요?"

"여기서 다들 기다리고 있다고 전해다오."

"같이 가자꾸나."

마님이 말했습니다. 마님이 앞장서 계단을 올랐고 입분은 뒤따라갔습니다. 계단 옆 201호는 조용했습니다. 마님이 문을 두드렸습니다.

"우에다 씨, 계세요?"

대답은 없었습니다. 마님이 다시 문을 두드렸습니다.

"거기 계신가요? 우에다 씨."

정작 문이 열린 건 202호였습니다. 흰 양복을 입은 히로타 교수님이 밖으로 나가려던 걸음을 멈추고 의심 가득한 눈길을 보냈습니다.

"가야마 여사, 거기서 뭐 하는 거요?"

"우에다 씨가 안에 계시는가 해서요. 그런데 아무리 노크해도 대답이 없습니다."

그렇게 말하며 마님이 무심코 문손잡이를 잡았습니다. 그런데 문이 스르륵 열렸습니다.

"어?"

입분은 저도 모르게 소리를 냈습니다.

갑자기 세상이 조용해진 것만 같았습니다. 아파트 한가운데의 네모낳게 뚫린 곳을 타고 아래층의 소음이 올라왔지만, 아주 머나먼 곳에서 울리는 것만 같았습니다. 집 안에서 차갑고 무서운 공기가 흘러나오는 것 같았습니다.

"우에다 씨?"

문을 열고 집 안으로 들어간 마님의 걸음이 우뚝 멎었습니다. 마님이 말했습니다.

"입분아, 들어오지 마라!"

하지만 이미 입분은 마님을 따라 들어와버린 뒤였습니다.

순사가 쓰러져 있었습니다. 그 등에는 칼이 박혀 있었고 바닥에 새빨간 액체가 고여 있었습니다. 순사의 몸에서 흘러나온 피였습니다. 쓰러진 게 누구인지, 조금 늦게 알아차렸습니다.

"우에다 아저씨!"

희끗한 머리. 우에다 씨였습니다.

늘 웃으며 입분을 맞아주던 우에다 씨의 얼굴에는 놀람과 공포 섞인 표정이 떠올라 있었습니다. 눈을 부릅뜬 채 입을 벌린, 딱딱히 굳은 얼굴은 창백했습니다. 목에 휘감긴 노끈이 입 옆으로 늘어져 있었습니다.

"윽!"

등 뒤에서 교수님의 신음이 들렸습니다. 교수님도 집에 들어와 우에다 씨를 보고 만 게 분명했습니다. 입분은 저도 모르게 쓰러진 우에다 씨 곁으로 다가갔습니다. 잊은 줄 알았던 오래된 끔찍한 기억이 불쑥 떠올랐습니다.

"교수님, 얼른 경찰을 부르세요! 우에다 씨가 죽었습니다!"

"이게 무슨 끔찍한……"

마님과 교수님은 입분을 볼 겨를이 없어 보였습니다. 두 사람의 목소리며 모습이 꿈을 꾸는 것처럼 낯설게 보였습니다.

칼에 찔려 죽은 우에다 씨의 시체와 마님, 교수님을 보다가, 입분은 무심코 문 쪽으로 눈을 돌렸습니다.

거울이 걸려 있어야 할 벽에 새빨간 글씨가 적혀 있었습니다. 세로로 쓰인 크고 작은 네 개의 한자. 한자 하나하나마다 핏빛 동그라미가 아무렇게나 쳐져 있었습니다.

명성아파트에 들어온 뒤 입분은 열심히 공부해서 한자도 많이 배웠습니다. 그래서 벽에 적힌 한자가 무엇인지, 그 뜻이 무엇인지도 알고 있었습니다.

갑자기 눈앞이 아득해졌습니다. 사방이 무섭게 조용해졌습니다.

2장

1939년 8월

간첩과 경찰

눈을 떴을 때 고운 얼굴이 보였습니다.

"괜찮으냐?"

"엄마……?"

멍하니 중얼거리다가 입분은 정신을 차렸습니다. 마님이 걱정 어린 얼굴로 내려다보고 있었습니다. 급히 몸을 일으키려는데 마님이 어깨를 지그시 눌렀습니다.

"누워 있어라. 많이 놀랐을 텐데 진정해야 하지 않겠니."

"진정이라니요. 왜……."

순간 입분은 기억을 떠올렸습니다.

바닥에 쓰러져 죽은 우에다 씨. 벽에 적힌 무서운 한자.

뒤늦게 몸이 덜덜 떨렸습니다. 마님이 중얼거렸습니다.

"경찰이 도착해서 조사를 시작했다. 교수님이 먼저 조사받는 중이시고. 그다음이 우리 차례다. 너와 나, 그리고 교수님이 사건 현장을 처음 목격한 사람이라서다."

경찰에게 불려 가면 어떻게 되는 걸까? 네가 범인 아니냐고 다그치는 건 아닐까? 나는 집도 가족도 없는 조선인 계집이고 범인으로 만들어도 문제될 게 없으니까. 경찰이 마구 윽박지를지도, 나를 때릴지도 몰라⋯⋯.

떨림이 멎지 않았습니다. 눈물이 글썽거렸습니다. 마님이 입분의 어깨를 다독였습니다.

"너무 무서워하지 말려무나. 너랑 내가 같이 들어가면 된다."

"마님⋯⋯."

입분은 자기 입에서 나온 약한 소리에 놀라고 말았습니다. 그때 다급한 목소리가 들렸습니다.

"세상에, 이쁜이가 일어났어요?"

곧 유진 언니의 얼굴이 보였습니다. 화려하게 화장해서 예쁘고 어른스러워 보이는 얼굴에 전혀 어울리지 않게 걱정이 가득했습니다. 입분이 몸을 일으키려 했지만 다시 마님이 막았습니다. 언니가 걱정스레 말했습니다.

"연자 씨, 이쁜이의 취조는 뒤로 미뤄달라고 말해야 하지 않을까요?"

"나도 그랬으면 좋겠습니다. 하지만 입분과 나, 히로타 교수님이 현장을 가장 먼저 목격해버렸으니 순서를 미룰 리 없습니다. 교수님의 취조를 끝내면 바로 우리를 부를 겁니다."

서서히 정신이 들었습니다. 그제야 입분은 자기가 누운 곳이 1층 응접실이라는 걸 알았습니다. 의자 둘을 붙여서 누울 자리를 마련한 듯했습니다. 입분이 머리를 댄 곳은 마님의 무릎이 분명했습니다. 얼른 몸을 일으키고 싶었습니다.

그때 낯선 목소리가 들렸습니다.

"이입분! 네 차례다. 나와!"

입분은 화들짝 놀라 몸을 움츠리고 말았습니다. 온몸이 덜덜 떨렸습니다. 유진 언니가 소리쳤습니다.

"윽박지르지 마세요! 애가 겁먹었잖아요! 조용조용히 말해도 다 알아듣는다고요!"

마님이 입분을 일으켜주었습니다. 응접실 문 앞에 선 순사의 노려보는 시선과 마주치고 입분은 더욱 몸을 떨었습니다. 마님이 말했습니다.

"나도 같이 가겠습니다. 이 아이를 거두어 식모로 부리는 데다, 나 또한 사건을 처음 목격한 사람입니다. 이 아이 다음 순서로 불릴 테니, 차라리 같이 가는 게 낫겠지요."

"그건 순사부장님이 결정하실 문제다."

"얼른 알아봐주시면 감사하겠습니다."

무서운 순사 앞에서도 당당하게 할 말을 하는 마님의 모습에 마음이 놓였습니다.

곧 돌아온 순사가 두 사람을 같이 불렀습니다. 마님의 손에 이끌려 자리에서 일어난 입분은 그제야 응접실 탁자 앞에 앉은 감독님과 작가님, 사토 씨 등을 보았습니다. 모두의 얼굴에 걱정과 두려움, 동요가 깔려 있었지만 입을 꾹 닫은 채였습니다.

응접실 밖으로 나왔을 때 교수님과 마주쳤습니다. 입고 있는 흰 양복처럼 새하얗게 핏기 없는 얼굴이 귀신처럼 보였습니다. 교수님은 마님과 입분에게 눈길조차 주지 않은 채, 양팔을 꽉 팔짱 껴 움켜쥐고 몸을 덜덜 떨면서 중얼거렸습니다.

"303호의 미우라가 수상하다고 해야 해. 맞아, 분명해. 그자는 간첩일 거야. 잘 말해야 해, 그래야 내가 의심받지 않아……"

옆을 스쳐 지나가는 교수님과 순사가 낸 발걸음 소리가 텅 빈 1층을 사납게 울렸습니다. 입분은 괜히 주위를 두리번거려야 했습니다. 명성아파트 안이 너무나도 낯설게만 보였습니다.

마님과 입분은 아파트 밖의 별관으로 갔습니다. 바깥 공기가 뜨겁게 달아올라 찌는 것 같았지만 몸은 지독한 감기에 걸린 것처럼 덜덜 떨렸습니다. 저 멀리 사람들이 다가오는 걸 순사들이 막는 모습이 보였습니다. 그 너머에서 윤기가 걱정스러운 얼굴로 보는 걸 알아차렸지만 아무런 티도 낼 수 없었습니다.

별관 안에는 책상이 한가운데로 옮겨져 있었고 한편에 순사가 앉아 있었습니다. 콧수염을 기르고 눈매가 무척 사나워 보이는, 산짐승을 닮은 덩치 큰 남자였습니다. 입분은 저도 모르게 마님에게 바짝 붙었습니다. 마님과 입분이 자리에 앉자 그가 말했습니다.

"순사부장 박희상이다."

거친 목소리가 짐승이 그르렁거리는 것처럼 들렸습니다. 조선인 순사였지만 마음을 놓을 수 없었습니다. 순사는 조선인도 일본인도 무섭기는 매한가지였고, 오히려 조선인 순사가 더욱 난폭하게 뺨을 때렸습니다.

"경부님이 오실 때까지 내가 취조할 거다. 누가 이입분이지?"

"저, 저예요……."

입분이 덜덜 떨며 대답했습니다. 마님이 얼른 말을 덧붙였습니다.

"저는 301호에 사는 최연자라고 합니다. 이입분을 식모로 거두었습니다."

박 순사부장이 노려보았습니다. 짐승 같은 사나운 눈길이 무서웠습니다.

마님과 입분의 신상을 물은 뒤 순사부장이 오늘 있었던

일을 말하라고 명령했습니다. 입분은 덜덜 떨면서 음식 준비를 했다고 말했고, 마님은 301호에서 무료히 시간만 보내고 있었다고 침착하게 대답했습니다. 이어서 201호로 가게 된 경위를 묻자 마님이 대답했습니다.

"거실에 앉아 있는데 아래층에서 소리가 나더군요. 아래가 빈집이라서 처음에는 쥐 같은 게 돌아다니나 싶었습니다. 하지만 아무래도 사람이 움직이는 것 같은 발소리라서 신경 쓰이더군요. 곧 정오인 참이라 얼른 점심을 준비하라고 말할 겸, 혹시 입분이 아는 게 있을까 해서 1층으로 내려가보았습니다."

입분도 기억나는 대로 말했습니다. 1층에서 식사를 준비하며 머리 위에서 나는 발소리를 들은 일, 우에다 씨를 찾는 감독님의 부탁으로 2층에 올라간 일, 202호에서 나온 히로타 교수님을 마주친 뒤 마님이 201호 문을 열고 우에다 씨를 발견한 일, 벽에 빨간색으로 쓰인 글자…….

"무슨 글자였지?"

"모르겠어요. 뭔가를 쓰고 거기 동그라미까지 친 거 같았는데……. 저는 글자를 못 읽거든요."

입분은 떨리는 손을 꽉 쥐어야 했습니다. 푹 숙인 고개를 들 수 없었습니다. 얼굴을 보였다가는 글자를 읽을 수 없다고 거짓말한 걸 들킬 것만 같았습니다. 순사가 계속 물었습니다.

"좀 더 자세히 설명해보도록."

"그게…… 동그라미 크기가 제각각이고 그 안에 쓴 글씨도 마찬가지였어요. 게다가 어떤 건 넓게 띄워져 있고, 어떤 건 딱 붙어 있어서 아무렇게나 쓴 것처럼 보였어요."

'大韓獨立'이라는 글자가 어떻게 쓰여 있었는지, 큼직한 '大'와 '立'을 감싼 커다란 동그라미와 작은 '獨'에 간신히 둘러진 동그라미, 간신히 비집고 들어간 것처럼 '韓'이 조그맣게 적힌 것까지 똑똑히 기억났습니다. 하지만 순사 앞에서 곧이곧대로 말했다가 더 호된 일을 겪을 게 무서웠습니다. 마님이 끼어들었습니다.

"순사님도 입에 담기 꺼려지는 말이 적혀 있던 것을 보셨잖습니까? 빨간 글씨여서 처음엔 피인 줄 알았는데, 다시 보니 물감 같더군요. 누가 쓴 건지는 알 수 없었습니다. 더 자세히 볼 여유가 없었습니다. 우에다 씨의 시신을 보고 이 아이가 쓰러지고 말아서……. 이 아이가 잠깐 사이 그 정도나 본 게 용하다 싶습니다."

순사부장이 수첩에 무언가를 쓰는 걸 보며 입분은 마구 뛰는 가슴을 달래려 애썼습니다. 순사부장의 질문이 이어졌습니다.

"거기에 언제부터 글씨가 써 있었는지 아나?"

"모르겠어요……."

"모릅니다."

"아파트 거주자 중 그걸 썼다고 짐작이 가는 자가 있나? 가정부(假政府, 당시 일본이 대한민국 임시 정부를 낮춰 부른 용어)에 동조하는 반역자라거나 공산주의에 심취한 자, 혹은 간첩처럼 행동하는 수상한 자 말이다."

수상한 자.

순간 입분은 유진 언니가 한 말을 떠올렸습니다.

303호의 미우라 씨. 피 냄새가 나는, 나갔다 들어오는 시간이 일정하지 않은 사람. 어쩌면 그 사람이 간첩일지도 몰랐습니다. 히로타 교수님도 미우라 씨가 간첩일지도 모른다고 중얼거렸습니다. 어쩌면 우에다 씨가 정체를 눈치챘기 때문에 죽인 건지도 몰랐습니다.

하지만 그냥 상상일 뿐인데, 이걸 말해야 할까?

그때 문이 벌컥 열렸습니다. 박 순사부장이 벌떡 일어나 경례를 붙였습니다.

"경부님, 오셨습니까!"

"취조는 어떻게 되어가나?"

"현장을 처음 목격한 셋 중 202호에 사는 남자를 먼저 조사했고, 지금은 남은 둘을 취조 중입니다. 그 뒤 나머지 주민들도 조사할 예정입니다."

"202호면 히로타 씨였지. 대학교에서 지질학을 가르치는……. 박 군이 계속 취조하도록. 나는 옆에서 지켜보지."

박 순사부장에게 지시 내리는 경부를 보며 입분은 눈이 휘둥그레졌습니다. 경부는 두 사람에게도 고개를 까딱 숙여 보였습니다.

"이렇게 만나게 될 줄은 몰랐소, 가야마 여사."

"미우라 씨."

마님의 목소리에 당황해하는 기색이 역력했습니다.

입분 앞에 선 제복 차림의 순사는 303호에 사는 미우라 씨였습니다. 조금 전까지 간첩이 아닐까 의심했던 사람이 실은 경찰이었습니다.

미우라 씨, 아니, 미우라 경부가 지켜보는 가운데 박 순사부장의 취조가 이어졌습니다. 순사부장의 물음에 입분과 마님이 대답하면 미우라 경부가 들리지 않게 뭔가를 중얼거렸고, 그때마다 입분은 그쪽을 흘끗거렸습니다. 갑자기 경부가 '식모 계집이 거짓말을 하고 있다! 당장 경찰서로 끌고 가라!'라고 외칠지도 몰랐습니다. 미우라 씨의 늘 피곤해 보이던 얼굴은 순사 옷을 입자 모든 걸 의심하는 무서운 얼굴로 변해 있었습니다. 오히려 산짐승을 닮은 순사부장이 훨씬 순해 보일 정도였습니다. 마님이 종종 어깨를 다독여주었지만 순사의 눈치를 보는 듯 그 이상 무언가를 하지는 않았습니다.

겨우 두 사람의 취조가 끝났습니다. 박 순사부장이 종이에 쓴 걸 미우라 경부에게 건넸습니다. 갑자기 경부가 얼굴을 찌푸렸습니다.

"가야마 여사, 본명이 최연자였군. 최연자, 가야마 렌코……. 그래, 맞아. 그랬었어."

정작 마님은 경부를 말없이 지켜볼 뿐이었습니다. 경부가 물었습니다.

"왜 내게는 조선 이름을 숨겼지?"

"숨긴 적 없습니다. 내지 분들에게는 조선 이름을 대는 것보다 내지식 이름을 대는 게 편해서 그렇게 한 것뿐입니다."

"경찰을 속이려던 게 아니라? 요즘 경성 여기저기서 벌어지는 보석 도난 사건을 조사하는 중인데, 거기서 최연자라는 이름을 언뜻 들었단 말이야. 참 공교롭게도 말이지."

"무슨 말씀을 하시는 건지 모르겠습니다."

마님을 사납게 노려보며 경부가 으르렁거렸습니다.

"혼란한 틈을 타서 수작 부릴 생각은 하지 마. 경찰을 훼방 놓는다면 가만두지 않겠어."

"무슨 말씀을 하시는 건지 모르겠습니다."

마님이 다시 대꾸했습니다. 미우라 경부가 얼굴을 찌푸린 채 가보라고 손짓했습니다. 두 사람이 별관 밖으로 나가려 할 때 경부가 말했습니다.

"식모 계집, 너는 남아라."

거짓말한 게 들킨 걸까?

입분은 그만 얼어붙고 말았습니다. 하지만 마님은 입분을 혼자 놔둔 채 순사를 따라 나가버렸습니다. 눈물이 글썽거렸습니다. 마님에게 버림받은 기분이었습니다.

"너는 앞으로 최연자가 수상한 일을 하면 즉시 내게 보고해라."

문이 닫히자 경부가 나직이 으르렁거렸습니다. 뜻밖의 말에 놀라 어쩔 줄 몰라 하는 입분을 노려보며 경부가 말을 이었습니다.

"최연자가 낯선 사람을 만났다거나, 뭔가 불온한 말을 한다거나, 경찰 수사에 자기 의견을 낸다거나, 그런 수상한 짓을 하는 것 같으면 곧바로 내게 알리도록. 알겠나?"

입분은 저도 모르게 고개를 끄덕였습니다.

"내가 이런 지시를 내렸다는 건 최연자에게 비밀로 해라."

그렇게 말한 뒤 경부가 가보라고 손짓했습니다.

입분은 도망치듯 별관에서 나왔습니다. 순사를 따라 1층 응접실로 돌아오면서도 계속 다리가 후들거렸습니다. 응접실에서 기다리던 마님이 얼른 다가와 물었습니다.

"괜찮으냐? 경부가 뭐라고 하더냐?"

"……제가 더 본 게 없는지를 다시 물어보셨어요, 마님."

입을 뻐끔거리다가 겨우 말했습니다. 차마 마님에게 경부가 명령한 걸 알릴 수 없었습니다. 그랬다가 무슨 일이 벌어질지 두려웠습니다.

그 순간 알아차렸습니다.

자신은 마님을 감시하는 경찰의 밀정이 되었다는 것을. 앞으로 마님에게 진짜 모습을 숨기고 거짓으로 꾸며야 한다는 것을. 마님 앞에서 솔직하게 말할 수 없게 되었다는 것을.

"입분아? 어머나, 애가 왜 그래? 입분아!"

유진 언니가 놀라서 다가왔습니다. 마님도 곤혹스러운 얼굴로 토닥여주었습니다. 하지만 흐르는 눈물을 어찌할 수 없었습니다. 흐느낌을 참으려 억지로 입술을 다물었습니다. 마치 산비둘기가 울 듯, 억눌린 소리가 마구 떨려서 나왔습니다.

얼마나 시간이 지났는지 모릅니다. 주민들이 하나씩 순사에게 불려 가고, 밖에서 순사들끼리 내는 목소리가 어지러웠습니다. 기나긴 여름 하늘의 밝음도 사라졌습니다. 어둠이 깔리고 난 뒤, 한참이 지나서야 미우라 경부가 1층 응접실로 돌아왔습니다.

어제까지 미우라 씨는 좀 수상할 뿐인 사람이었습니다. 하지만 이제 미우라 경부는 명성아파트에서 가장 무서운 사람으로 변했습니다. 마님이 긴장하고 유진 언니가 몸을 떠는 게 느껴졌습니다. 다들 경부를 두려워했습니다.

"우에다는 불온한 자의 흉행에 목숨을 잃었다. 범인은 좀 더 조사해봐야 알 수 있다."

"불온한 자가 저지른 짓이라고요? 대체 그 이유가 뭡니까?"

경부가 노려보았습니다. 무심코 질문했던 작가님의 입에서 힉, 새된 소리가 나왔습니다.

"몰라서 묻는가? 대일본제국 경찰의 제복을 입은 자가 습격당했다. 범인은 경찰을 죽여 대일본제국에 해를 끼치려는 목적이었단 말이다!"

경부의 말은 거만하고 거칠었습니다. 흉흉한 말에 모두 몸을 움츠렸습니다.

"범인이 벽에 흉악한 문구를 남긴 의도도 그 때문일 것이다. 가정부의 추종자거나 소련의 지령을 받는 공산주의자 따위겠지. 조선의 독립이라는 허황한 말이나 해대는 자가 2층에 침입하여 살인을 저지르고 의기양양하게 글자를 쓴 뒤 도망친 거다. 우에다가 경찰의 옷을 입었을 뿐 실은 아파트 주인이라는 걸 몰랐던 거지."

그때 마님이 물었습니다.

"아파트 주인이라니요? 우에다 씨는 관리인으로 알고 있습니다만……."

"우에다는 명성아파트의 건물주이자 땅 주인이었다. 이 아파트는 우에다의 소유라는 거다."

우에다 아저씨가 관리인이 아니라 집주인이었다니!

입분은 놀랐습니다. 하지만 가만 생각해보니 오히려 그래야 말이 되었습니다. 우에다 씨는 명성아파트가 어떻게 지어졌는지도 잘 알고 있었고, 아파트를 어떻게 관리해야 할지, 심지어 아파트를 허물어야 할지도 진지하게 생각했었습니다. 관리인으로서 할 고민보다 더욱 깊게.

"우에다가 아파트를 직접 관리하면서 정작 주인인 티를 내지 않아 다들 착각했던 거다."

그렇게 미우라 경부의 얼굴에 짜증이 감돌았습니다. 입분은 문득 예전에 자기가 낸 수수께끼를 듣고 고민하느라 끙끙 앓던 윤기를 떠올렸습니다. 간단한 문제였는데도 한참 고민하다 맞히길 포기한 주제에, 답을 듣고는 오히려 골을 내던 윤기가 지금의 경부 같은 표정을 지었습니다.

응접실이 조용해졌습니다. 마님은 뭔가를 골똘히 생각했고, 감독님은 턱수염을 벅벅 손가락으로 긁어댔고, 작가님은 팔짱을 낀 채 천장을 올려다보고 있었습니다. 히로타 교수님이 괜히 지팡이를 바닥에 툭툭 찍는 소리가 섞였습니다.

"우에다 씨에게 잘해드릴 걸 그랬어. 내가 집이 북향이니 어떠느니 하며 불평할 때마다 그분이 잘 들어주었고, 집세부터 여러모로 신경도 많이 써주셨는데……. 그런데, 나는 맨날 아파트가 좋지 않다고, 이런 아파트를 지은 주인은 벌받을 거라고 안 좋은 말만 뱉고……."

유진 언니의 중얼거림이 점점 울음으로 바뀌었습니다. 입
분을 껴안으며 훌쩍이는 언니를 그저 다독일 수밖에 없었습
니다.

"언니, 울지 마요, 언니……."

정작 입분도 눈물이 왈칵 차올라 어쩔 줄 몰랐습니다. 과
자를 주며 웃던 우에다 씨의 얼굴이 떠올랐습니다. 갑작스러
운 사건으로 명성아파트가 낯설게만 느껴졌습니다. 모두의
흔들리는 모습을 지켜보면서 경부가 차갑게 말했습니다.

"조사는 내일 계속하겠다. 그 사이 아무도 이 아파트에서
나가서는 안 된다. 외부와 연락을 취해서도 안 되고. 집에 전
화기가 있는 자가 있나?"

히로타 교수님이 머뭇머뭇 손을 들자 경부가 엄격히 말했
습니다.

"전화 사용 또한 금지한다. 긴히 전화할 일이 있다면 경찰
의 허락을 받아 입회하에 하도록. 이봐, 박 순사부장. 아파트
에 배치할 순사 한 명을 정해. 오늘 밤 여길 지킬 자로."

"두 명은 필요하지 않겠습니까?"

"나도 이 아파트에 사니까 감시할 수 있어. 젠장, 모처럼 일
이 없어서 집에서 잘 자고 있었는데, 이래서야 내일도 쉬기는
틀렸군."

투덜거리는 경부의 목소리가 밝지 못했습니다.

명성아파트의 주민들에게 자기 집으로 돌아가라는 지시가 떨어졌습니다. 202호에 사는 히로타 교수님은 돌아가고 싶지 않다고 항의했습니다. 바로 옆 201호에서 우에다 씨가 죽었으니 꺼림칙하다는 이유였습니다. 바로 위층에서 사는 입분도 아래층을 생각하면 잠을 못 잘 것 같았습니다. 하지만 미우라 경부는 교수님의 항의를 묵살했습니다.

모두 불안한 얼굴로 줄지어 아파트의 왼쪽 계단을 올랐습니다. 순사의 지시 때문에 평소 이용하던 것과 다른 계단을 쓰는 이들이 많았지만 감히 아무도 불만을 말하지 않았습니다. 2층에서 히로타 교수님과 정 작가님, 감독님 일행이 복도로 빠져나갔습니다. 201호 앞을 덤덤히 걷는 작가님과 쭈뼛거리며 급히 발을 옮기는 교수님의 걸음이 너무나도 달랐습니다. 감독님 일행은 아무 말도 하지 않고 급하게 204호로 가버렸습니다. 3층에 도착하자 입분의 뒤를 따라오던 유진 언니가 어깨를 토닥이며 말했습니다.

"이쁜아, 내일 보자."

301호에 전깃불이 들어오지 않았습니다. 1층에서 땅을 팔 때 끊었다는 위층의 전기가 아직 돌아오지 않은 모양이었습니다. 초를 찾아 등잔에 넣어 얼른 불을 켠 뒤, 입분은 급히 밥을 지었습니다. 마님이 오늘 먹은 건 아침에 먹은 죽이 고작일 터였습니다. 침침한 불빛에 의지해 떨리는 손으로 어떻게든 음식을 만들었습니다. 허둥지둥 움직이면서도 입분은 자기를 지켜보는 마님의 눈길을 피하고 싶었습니다.

촛불 아래서 늦은 식사를 하는데 문득 마님이 말했습니다.

"미우라 경부가 너에게 따로 말한 게 있었지?"

"……네?"

입분은 그만 들고 있던 숟가락을 놓치고 말았습니다. 식탁에 국물이 튀어 엉망이 되었지만, 신경 쓸 겨를은 없었습니다. 마님이 다시 물었습니다.

"그 사람이 뭐라고 말했느냐? 내 거동을 감시하고 보고하라고 명령했겠지?"

마님의 목소리는 엄격했습니다. 대답을 어떻게 하느냐에 따라 마님과의 사이가, 앞으로 입분이 마님과 함께 살 수 있을지도 정해진다는 건 알 수 있었습니다. 입분은 몸을 떨었습니다.

"……어떻게 아셨어요?"

"취조받은 뒤부터 네가 나와 눈도 제대로 못 마주치는 게 이상했다. 경부의 눈치를 과하게 살피기도 했지. 네가 경부와 엮여 무언가를 내게 숨긴다는 걸 짐작할 수 있었다."

떨림이 멈추지 않았습니다. 어떻게 숨겨야 할지 몰라서 전전긍긍하던 비밀이 순식간에 드러나고 만 탓이었습니다. 입분은 두려웠습니다.

마님은 당장 나를 쫓아낼 거야. 경부에게 밀정 짓을 하라고 지시받은 걸 아셨으니까. 자기를 의심하는 사람이 옆에 있는 건 누구라도 싫을 테니까.

입분은 겨우 고개만 작게 끄덕였습니다. 마님이 한숨을 쉬었습니다.

"경부에게는 적당히만 말하거라."

"적당히……라니요?"

뜻 모를 말을 듣고 입분은 되물었습니다.

"내가 뭘 했는지 경부에게 말하는 건 네 자유다. 하지만 네가 그걸 보며 어떤 생각을 했고 무얼 떠올렸는지 같은 건 절대로 말하지 말아라. 보고 들은 것만 그대로 전하면 족하다."

"제가 마님 일을 전해도 되나요?"

"내키지는 않지만 어쩔 수 없지. 그러지 않으면 그자가 더 과격한 수단을 쓸지도 모르니까. 대신 너도 경부가 무슨 말을 하고 어떤 행동을 했는지를 내게 모두 전해주면 좋겠구나."

마님의 말이 뜻밖이라 대답할 수 없었습니다.

"내가 이런 부탁을 한 것은 비밀로 해야 한다. 경부나 다른 사람들이 알아서 좋을 게 없으니까."

입분은 일단 고개를 끄덕였습니다. 마님이 작게 중얼거렸습니다.

"차라리 잘된 셈이다. 내가 움직이기 어려운 참이었으니까."

문득 입분은 셜록 홈스라는 탐정이 떠올랐습니다. 관찰하는 것으로 사건의 진상을 알아낸다는 사람. 마님이 평소 손님 맞을 때 쓰던 이상한 모자는 그 탐정이 쓰던 것과 같았습니다. 작가님이 마님은 탐정일지도 모른다고 한 말도 떠올랐습니다. 입분은 마님이 이 사건의 진상을 알아내려는 것 같다고 생각했습니다.

하지만 더는 긴 생각을 잇지 못했습니다. 온갖 일이 너무나도 많았던 하루였습니다.

정말로 중요한 생각이 떠오른 건, 입분이 설거지를 마친 뒤 창고 방에서 잠을 청했을 때였습니다. 긴장한 몸에 힘이 쭉 빠져나가자 불쑥 그게 떠올랐습니다.

명성아파트의 주인인 우에다 씨가 죽었으니, 이제 어떻게 되는 거지? 아파트에서 계속 살 수 있는 걸까? 아니면 나가야 하는 걸까?

얼마 전 뜬눈으로 밤을 지새우던 날 했던 길고 답 없는 걱정이 그렇게 돌아오고 말았습니다. 입분은 무겁게 짓누르는 고민을 좀 더 바라보려 했습니다. 하지만 그만큼 무거워진 눈꺼풀 때문에 더는 어두운 걱정을 살필 수 없었습니다.

부탁과 명령

다음 날에도 명성아파트는 침울한 분위기가 가득했습니다. 미우라 경부가 말한 대로 외출은 허락되지 않았습니다. 301호로 온 순사가 주민 모두 집에 있으라는 명령을 전하는 걸 들으며 입분은 불안했습니다. 그런데 순사가 가고 난 뒤, 경부가 301호에 왔습니다.

"아파트 주민들의 심부름을 맡을 사람이 필요하다. 조센징 계집을 심부름꾼으로 쓰겠다."

"부탁치고는 강압적이로군요."

"이건 부탁이 아니라 명령이다."

"어째서 저 아이를 부리려는 것입니까?"

우아한 드레스를 갖춰 입은 마님이 쌀쌀한 말투로 물었습니다. 머리에 쓴 이상한 모자로만 눈길이 갈 것 같았지만 경부는 마님의 얼굴을 똑바로 노려보았습니다. 마주 본 두 사람의 시선이 날카롭게 부딪치는 것 같아, 한편에 우두커니 선 입분은 괜히 움츠러들었습니다.

"식모 계집은 범인이 아니기 때문이다. 명성아파트 주인 우에다 신타로의 직접적인 사인은 교살이다. 뒤에서 누군가 끈으로 목을 졸랐기 때문에 질식해 사망한 거지. 그런데 저 조그만 계집이 우에다의 등 뒤에서 끈을 두르고 목을 조른다? 불가능하다. 성인이라면 모를까, 저 계집은 절대로 저지를 수 없는 범행이지."

"하, 하지만요, 분명히 관리인 아저씨는 칼에 찔려서……."

저도 모르게 끼어든 입분은 경부의 눈을 보자 입을 다물었습니다.

"목을 졸라 죽인 뒤 범인이 일부러 칼로 찌른 거다. 순사를 죽였다는 걸 더욱 의미 있는 행동으로 보이려 애쓰는, 가정부나 공산주의 추종자들이 벌일 법한 흉악한 짓이다. 그놈들에게는 목을 졸라 죽인 것보다는 칼로 찔러 죽인 게 반동들에게 보이기 좋은 모습일 테지."

무서우면서도 도무지 알 수 없었습니다.

죽은 모습에도 보이기 좋은 것과 나쁜 것이 있다니? 보이기 좋다는 이유만으로 죽은 모습을 거짓으로 꾸민다고?

"재미있는 주장입니다. 동의할 수는 없습니다만."

마님이 말했습니다. 경부가 얼굴을 찌푸렸습니다.

"건방지군. 경찰의 수사에 참견할 셈인가?"

"의문을 제기하는 것뿐입니다. 저는 경부님이 범인이 순사를 죽이려 했다고 단정 짓는 이유를 모르겠습니다. 범인은 우에다 씨를 순사로 착각한 게 아니라, 정말로 우에다 씨를 죽일 생각이었을 수 있습니다. 이상한 글씨를 쓴 건 다른 이에게 혐의를 돌리려는 눈속임일 뿐, 순사를 해치려는 목적은 아니었을지도 모릅니다. 그런데 왜 순사를 공격했다고 하시는지……."

"불온한 자들이 황국을 좀먹고 있는 걸 왜 모르나!"

경부가 버럭 소리쳤습니다. 지친 얼굴이 돌처럼 딱딱하게 굳었습니다.

"소련의 지령을 받고 중국 공산당과 결탁한 공산주의자들, 영국과 미국을 추종하는 제국주의자들이 우리 대일본제국을 노리고 있다! 가정부 놈들조차 황실과 군대, 내각의 요인들을 죽이려는 온갖 흉계를 꾸미고 있어! 그놈들이 황국을 위협하는 이유를 모르겠나? 아시아를 하나로 묶어 팔굉일우의 질서를 세우시려는 천황 폐하의 고귀한 뜻을 두려워하기 때문이지! 비열한 겁쟁이들이 이런 흉악한 짓을 벌여 질서를 어지럽히려 한 거다! 무도함에도 정도가 있다! 감히 순사를 죽이다니! 그런데 너는 그런 자들을 두고만 봐야 한다는 것인가! 너는 황국의 신민이 맞느냐?"

더운 열기와 선풍기 돌아가는 소리만 집 안을 채웠습니다.

"큰 가르침을 주셔서 감사합니다. 제가 어리석었습니다."

마님이 경부를 바라보며 말을 이었습니다.

"알겠습니다. 입분을 심부름꾼으로 쓰십시오. 아파트에 사는 이들이 순사에게 필요한 걸 솔직히 말하기는 어려울 테니, 이 아이를 보내는 것도 옳다고 봅니다. 하지만 그 대신 이 아이에게 심부름의 보수를 주셨으면 합니다."

"황국을 위하는 일이다. 애국하는 일에 돈을 요구해도 된다고 생각하나?"

"그러면 시간과 품이 드는 심부름은 시키지 말아주십시오. 6시가 지나면 이 아이를 돌려보내주셔야 합니다. 이 아이는 제 식모입니다. 제 불편을 감수할 수는 없습니다."

"그것 역시 내가 판단할 문제다."

미우라 경부의 말투는 퉁명스러웠습니다. 경부가 더는 할 말이 없는 듯 입분에게 손짓하고 몸을 돌렸습니다. 머뭇머뭇 경부를 따라가는 입분을 마님은 그저 지켜볼 뿐이었습니다. 마치 팔려가는 기분이었습니다. 문을 나서던 경부가 문득 말했습니다.

"최연자, 다시 한번 경고하지. 무슨 꿍꿍이를 품고 있는지는 모르지만, 황국 경찰을 우습게 여기지 말도록."

"무슨 말씀인지는 모르겠지만, 알겠습니다."

마님의 대답은 여전히 태연했습니다.

입분이 문을 닫자 경부가 따라오라고 손짓했습니다. 입분은 몸을 잔뜩 움츠린 채 뒤를 따라갔습니다. 다리가 후들거렸습니다. 303호 문 앞에 도착하자 경부가 말했습니다.

"너는 주민들을 찾아가 심부름할 것을 물을 때, 그 집의 낌새도 잘 살펴라. 공산주의자와 관계있어 보이거나 가정부와 얽힌 것 같은 흔적이 있는지를 기억해두었다가 내게 알리도록. 그들에게 들키지 않아야 한다, 알겠나?"

무서운 지시를 듣고 입분은 겨우 고개를 끄덕였습니다.

"그런데요, 다른 분들이 심부름으로 물건을 사 오라고 하면 어떻게 하죠? 저, 돈도 없고요, 무거운 건 못 들어요……."

"용무를 마치고 1층에 있는 박 순사부장에게 전하면 너 대신 처리해줄 것이다. 모두 끝내고 난 뒤에는 내게 와서 수상한 게 있었는지 보고하고, 급히 말해야 할 게 있다면 도중에라도 와야 한다."

미우라 경부가 아파트 위층을 가리켰습니다. 머리 위를 가리는 평평한 천장이 갑갑하게 짓누르는 것처럼 보였습니다.

"우선 4층부터 가보도록. 이유진이라는 여자, 뭔가 숨기는 게 많아 보였으니까."

경부가 다시 옆을 가리켰습니다. 302호 옆에 놓인 계단을 올라가라는 뜻이었습니다. 입분이 대답하기도 전에 경부는 303호 문을 열었습니다. 잠깐 보인 집 안은 삭막했습니다. 먼지 냄새와 좋지 못한 냄새 또한 풍겼습니다. 하지만 더 길게 볼 새도 없이 문이 큰 소리를 내며 닫혔습니다. 홀로 남겨진 입분은 중얼거렸습니다.

"어쩌면 좋지……."

유진 언니에게 찾아가 뭐라고 말하면 좋을지, 대체 언니의 집에서 뭘 보아야 할지 도저히 알 수 없었습니다. 게다가 다른 이에게 들키지 않고 해내야 한다니, 참 막막했습니다. 하지만 경부의 지시에 따라야 했습니다. 그러지 않으면 입분은 경부에게 호되게 혼나거나, 어쩌면 경찰서에 끌려가 감옥에 갇힐지도 몰랐습니다. 그렇게 되는 건 상상조차 하기 싫었습니다.

입분은 계단을 천천히 올랐습니다. 평소에도 높던 계단이 오늘따라 더욱 막막했습니다.

탁, 탁.

발소리가 평소보다 무겁게 울렸습니다.

파란색과 빨간색

— 402호 이유진

입분은 402호 문 앞에 섰습니다. 괜히 한숨을 쉬고 무심코 뒤를 돌아보았다가 그만 몸이 굳어버렸습니다. 1층 바닥이 아찔하게 내려다보였습니다. 4층치고는 무척 높은 아파트 건물이 이렇게 보니 더욱 무섭고 아득하게 느껴졌습니다. 아래층의 회랑이 쇠창살처럼 층층이 드리워져서, 머리가 빙빙 돌았습니다. 자칫 발을 헛디딜 것 같아 얼른 뒤로 물러났습니다.

다시 402호 문을 보며 입분은 망설였습니다. 유진 언니의 집에 가는 건 뜻밖에 처음이었습니다. 2층에 사는 입분이 굳이 4층까지 가야 할 이유도 없었고 언니도 누가 자기 집에 오는 건 피하는 눈치였습니다.

하지만 어쩔 수 없었습니다. 혼자 남겨져 나가지 못하는 언니가 지금 어떤 곤란한 일을 겪고 있을지 알 수 없었습니다. 입분은 크게 목소리를 냈습니다.

"유진 언니, 입분이에요."

하지만 두꺼운 문 너머로 목소리가 잘 들리지 않는다는 데 생각이 미쳤습니다. 다른 집에 갈 때는 문을 두드리며 기척을 내는 소위 '노크'를 하는 게 예절이라고 마님이 알려주었습니다. 입분은 문을 두 번 두드렸습니다. 곧 문이 조심스레 열렸습니다.

"누구세요? 어머? 이쁜이 아니니?"

유진 언니의 얼굴이 그사이 수척해져 있었습니다. 화장하지 않은 얼굴은 수수했고 피곤을 숨기지 못하고 있었습니다. 입분은 얼른 말했습니다.

"심부름하러 왔어요. 아파트 사는 사람들이 필요한 게 있는지 물어보고 오라고, 미우라 경부님이 제게 명령하셨거든요. 그래서……."

'미우라 경부'라는 말을 들은 언니가 몸을 떨었습니다. 바깥에 누가 없는 걸 확인한 언니가 급히 손짓했습니다.

"일단 들어오겠니? 네가 얼마나 기다려야 할지 모르잖아. 경황이 없다 보니 집 안 정리를 못 해 지저분하지만……."

집 안에 들어오자 옅은 꽃향기가 났습니다. 유진 언니의 몸에서 풍기는 향수 냄새와 같은 것이었습니다. 백화점에서 못 쓰게 된 물건을 가져오거나 마음에 드는 향수를 좀 싸게 사 온다고 언니가 말하던 게 떠올랐습니다. 언니의 몸에서 풍기는 화사한 꽃향기는 입분도 퍽 좋아하는 향이었습니다.

하지만 정작 집은 너저분했습니다. 응접실 한편에 놓인 나무 의자들에는 아무렇게나 놓이거나 걸린 옷들이 눈에 띄었습니다. 등받이에 걸린 푸른 원피스는 유진 언니가 영화 촬영 때문에 일부러 샀다는 비싼 옷이었습니다. 책상 위에 놓인 투박한 타자기가 주위의 화려한 옷과 장식품들과 너무나 달라 보여서 어색했습니다. 언니가 예전에 타자수 일을 잠깐 했었다고 한 말이 떠올랐습니다. 깨끗이 하려고 애쓴 게 분명했지만 언니가 정리에 서툰 게 곳곳에서 보였습니다. 유진 언니가 허둥지둥 의자 위를 치웠습니다.

"미안하다. 미리 정리해야 했는데……."

"앉지 않아도 돼요. 언니가 뭘 급하게 필요로 하는지만 알면 되니까요."

"그래도 그러면 안 되지. 자, 여기 앉으렴."

입분은 의자에 앉았습니다. 옆에 놓인 푸른 원피스에 절로 눈길이 갔습니다. 문득 문 쪽을 보니, 문 옆에 걸린 기다란 거울이 깨진 게 보였습니다. 예전에 언니가 팔찌를 잃어버려서 난처해하던 날이 떠올랐습니다. 그때 언니가 왜 1층 응접실까지 내려와 거울을 보려 했는지 의아했는데, 가운데 길게 금이 가버린 거울을 보니 이유를 알 것 같았습니다.

"당장은 먹을 게 부족하지. 갑작스러운 일로 장도 보지 못했으니까. 쌀부터 달라고 해야겠지……. 파도 좀 필요하고, 또 뭐가 더 있어야 할까……."

부엌에서 냉장기 안을 들여다보며 혼잣말하는 유진 언니가 평소와 달라 보였습니다. 늘 활기차고 호들갑스러운 언니였지만, 지금은 억지로 꾸민 모습 같았습니다. 언니를 계속 쳐다보았다간 자칫 의심받을 것 같아서 입분은 괜히 주위를 둘러보았습니다.

402호는 301호와는 다른 느낌이었습니다. 똑같이 생긴 집이라도 그 안에 사는 사람이 누구냐에 따라 모습이 다르다고 들은 적 있었고, 입분은 작가님이 사는 203호에 갈 때마다 그 말이 맞다고 생각했습니다. 하지만 유진 언니가 사는 집은 작가님의 집과는 또 다른 느낌이었습니다. 무엇보다도 이곳은 301호를 거울에 비춘 것처럼 좌우가 거꾸로였습니다. 금이 간 커다란 거울에 비친 집의 모습이 오히려 입분의 눈에는 더 익숙하게 보였습니다. 거울을 쳐다보며 입분이 중얼거렸습니다.

"언니는 무섭지 않나요?"

찬장 문을 열며 언니가 되물었습니다.

"그게 무슨 소리니?"

"우에다 씨가 죽었는데, 겁나지 않으세요? 저는 몸이 마구 떨리고 밥도 제대로 먹지 못한단 말이에요. 그런데 언니는 뭘 먹어야 할지 챙기실 수 있으니……."

"얘도 참. 나도 너하고 똑같아. 내 얼굴이 얼마나 상했는지 보고도 모르니? 식욕이 없기는 나도 마찬가지야. 어제는 잠도 한숨 못 잤고."

부스럭거리는 소리가 난 뒤 찬장 문이 닫혔습니다. 입분을 보며 언니가 말을 이었습니다.

"하지만 어쩌겠니. 우에다 씨는 안타깝게 되었지만, 일단 당장 먹고살아야 하는 건 나니까. 다 살려고 이러는 거야. 억지로 밥 한 숟가락 넘기고 어떻게든 하루를 견뎌내야지."

평소의 심술궂은 듯 다정하고 살갑던 유진 언니와는 다르게, 많은 것을 겪고 난 사람이 하는 말처럼 들렸습니다. 언니가 대뜸 물었습니다.

"이쁜아, 너는 뭘 좀 알고 있니? 나는 우에다 씨가 201호에서 살해당했다는 것 말고는 아무것도 몰라."

"미우라 경부님이 말해주시지 않았나요?"

"전혀! 미우라 씨는 그때 내가 뭐 하고 있었는지 캐묻기만 하던걸. 집에서 촬영 때 입을 옷을 고르느라 바지했다고 대답하니까, 그걸 본 사람이 있냐고 묻지 뭐니? 대답을 제대로 못 했더니 나를 엄청나게 노려보는데, 그렇게 무서운 얼굴은 처음 봤어. 그런데 미우라 씨는 자기 궁금한 것만 묻고, 정작 일이 대체 어떻게 된 건지는 전혀 말해주지 않았단 말이야. 얌체처럼! 그래서, 이쁜이 너는 뭔가 봤을 게 아니니?"

입분은 201호에서 본 것을 전했습니다. 죽은 우에다 씨를 떠올릴 때마다 몸서리가 쳐지는 것만 같았습니다. 어느새 옆 자리에 앉은 유진 언니가 손을 잡아주었습니다.

"얘도 참, 그렇게 무서운 걸 봐버렸구나. 거기다 벽에 그런 글씨라니…… 누가 그렇게 글씨를…… 하필이면 새빨간 색으로 써서…… 자칫하면 괜히……."

언니의 근심 서린 목소리에 입분은 고개를 들었습니다. 하지만 언니는 장식장 위에 쌓인 종이 더미를 뚫어져라 보고 있었습니다. 입분과 눈이 마주친 언니가 얼른 웃어 보였습니다.

"미안하다. 뭐 좀 생각하느라."

"유진 언니, 정말로 집에서 한 발도 안 나가신 거죠?"

입분은 저도 모르게 물었습니다. 유진 언니가 얼굴을 찌푸렸습니다.

"그걸 왜 묻니? 설마 너, 날 범인이라고 의심하는 거야?"

"아니에요! 전혀 아니에요!"

"얘도 참, 농담이야."

유진 언니가 잠깐 웃었습니다. 하지만 곧 표정이 다시 어두워졌습니다.

"난 계속 4층에 있었어. 오후에 촬영이 있으니 그때까지 준비하라고 지시받았으니까. 그래서 여기서 계속…… 아, 생각해보니 집 안에만 있던 건 아니었구나. 계단 앞까지는 나갔었지. 촬영 때 뭘 입으면 좋을지 몰라서 마쓰 감독님이나 정 작가님에게 물어보려 했거든. 그런데 내려갈 필요가 없었어. 정 작가님을 봤거든."

"네? 작가님이 여기까지 올라오셨던 건가요?"

입분은 놀라서 물었습니다. 작가님은 언제나 2층으로 가는 계단조차 오르내리기 귀찮다고 투덜거렸습니다. 작가님이 2층보다 더 위에서 모습을 보인 적은 여태 단 한 번도 없었습니다. 하지만 유진 언니는 키득거리며 손을 저었습니다.

"아니. 내려가려는데, 때마침 아래에서 계단 오르는 발소리가 들리지 뭐니? 난간에서 쓱 보니 작가님이 막 맞은편 계단으로 2층에 올라온 게 보였던 거야. 정확히는 그 사람의 줄무늬 바짓단이 보인 거지만. 그날 작가님이 줄무늬가 있는 회색 리넨 정장을 입었잖아? 내가 '작가님!' 하고 부르니 난간 너머로 머리를 내밀더구나. 촬영 때 무슨 옷을 입으면 좋을지를 물어보니 작가님이 흑백 필름으로 찍으니까 흰옷은 자칫 너무 번져 보일 수 있고 어두운 옷은 완전히 시커멓게 나온다고 하더구나. 그래서 가진 것 중에서 밝으면서도 희지는 않은 걸로 입기로 했지."

유진 언니의 눈길이 푸른 원피스를 향했습니다.

"그래서 딱 좋은 옷을 찾았는데, 갑자기 우에다 씨가 죽었 단 말이야……. 더는 영화를 촬영하지 않겠지?"

입분은 아무 말도 할 수 없었습니다. 유진 언니의 목소리 는 우울했지만 우에다 씨의 죽음을 슬퍼하기보다는 촬영이 중단된 걸 더 아쉬워하는 것 같았습니다. 그러고 보면 언니 는 뭔가를 꾸준히 길게 하길 싫어하고, 그때그때 좋아하는 것과 싫어하는 것이 달라졌습니다.

잠깐의 침묵을 깬 건 유진 언니였습니다.

"이쁜아, 혹시 팔찌를 도둑맞았던 날 기억하니?"

의아해하는 입분을 보며 언니가 조심스레 말을 이었습니다.

"팔찌를 찾았으니 다행이라 여기고 넘기려 했는데, 그게 아 닌 거 같아. 명성아파트에 무언가 숨어 있어. 그게 팔찌와 열 쇠를 훔치고, 우에다 씨까지 해친 건지도 몰라."

"아파트에 괴물이 숨어 있다는 건가요?"

입분이 몸을 떨었습니다. 언니는 곰곰이 생각에 잠긴 채 중얼거렸습니다.

"겉보기엔 괴물처럼 보이지 않는 괴물이겠지. 사람들은 진 짜 모습을 숨기고 살거든. 다른 사람에게는 좋은 모습을 보이 지만, 속으로는 어떤 잔혹한 생각을 품고 있는지는 모르니까. 이 아파트에도 흉악한 생각을 꼭꼭 숨긴 자가 있었던 거고."

참 무서운 이야기라 입분은 몸서리치고 말았습니다. 평소
와 달리 언니는 깊이 품었던 진심을 말한 것 같았습니다. 뭔
가를 생각하던 언니가 벌떡 일어났습니다.

"이쁜아, 미안. 네가 다른 사람들 집에도 가야 하는데 계속
붙잡아두었지? 필요한 걸 얼른 적어주마. 그런데 못 쓰는 종
이가 어디 있더라?"

언니는 종종걸음으로 침실이 있는 곳으로 가버렸습니다.
입분은 얼른 일어났습니다.

"종이라면 여기……."

장식장 옆에 놓인 종이를 집었다가 입분은 그만 말을 멈추
고 말았습니다. 종이에 적힌 글자가 눈에 들어와서였습니다.

共産主義는 승리하리라! 帝國主義者들의 손에서 朝鮮을 獨立시켜

모두 다 아는 한자들이었습니다. 낱말도 읽을 수 있었습니
다. 등사기로 제대로 밀지 못해서 흐릿하게 찍힌 한자들은 낯
설고 오싹한 뜻을 만들고 있었습니다.

그때 종이가 홱 채였습니다. 어느새 옆에 온 유진 언니의
손에 그 종이가 들려 있었습니다. 언니의 얼굴이 무섭게 일그
러졌습니다. 입분은 더듬더듬 말했습니다.

"어, 언니가 종이를 찾았잖아요, 쓸 만한 게 있어서……."

"남의 물건에 함부로 손대면 어떡하니!"

유진 언니가 소리를 높였습니다. 입분은 몸을 움츠렸습니다. 언니는 종이를 마구 구겼습니다.

"이건 채소를 싸는 데 쓰려고 주운 거야. 종이로 싸두면 늦게 시든다고 해서……."

언니가 급한 걸음으로 주방에 가 곤로에 성냥불을 붙이고 종이를 갖다 대었습니다. 불이 옮겨붙은 종이를 곤로에 던지고서는 언니는 몇 번인가 숨을 들이쉬었습니다. 종이가 모두 타버리고 재만 남은 뒤에야 언니가 말했습니다.

"미안, 이쁜아. 소리 질러서 미안해."

다정한 목소리였습니다. 하지만 더는 예전처럼 부드럽게만 들리지 않았습니다. 진짜 모습을 숨기는 사람 이야기가, 언니 자신의 이야기인 것 같았습니다.

필요한 것을 적은 종이를 건네받은 뒤 입분은 도망치듯 집을 나와야 했습니다. 언니는 작별 인사도 건네지 않고 얼른 문을 닫았습니다. 언니에게 밀쳐진 것 같은 기분이었습니다.

입분은 무심코 난간에 손을 올렸다가 급히 떼어냈습니다. 회랑 너머, 까마득하게 보이는 1층이 아찔하고 어지러웠습니다. 아득하고 낯선 1층의 모습은 갑작스레 보고 만 유진 언니의 모습을 닮아 보였습니다.

흰색과 황금색

― 202호 히로타 교수

3층에 내려온 입분은 301호로 갔습니다. 마님에게 필요한 걸 물어봐야 할 것 같았습니다.

"전기가 나갔으니 조명으로 쓸 초나 기름이 필요하겠다. 그 외에 장 봐야 할 게 있다면 네가 알아서 말하려무나."

하지만 마님은 그렇게만 대답할 뿐이었습니다.

2층으로 내려온 입분은 201호 앞을 지키고 선 순사와 마주쳤습니다. 피로한 낯빛을 한 순사가 노려보았습니다. 혹시라도 밖에 나왔다고 호통칠까 봐 잔뜩 몸을 움츠렸지만 순사는 손으로 쓱, 한쪽을 가리킬 뿐이었습니다. 순사 앞을 지나가고 싶지 않았지만 어쩔 수 없었습니다. 입분이 꾸벅 인사했지만 사납게 노려보는 눈길은 누그러지지 않았습니다.

202호를 노크하자 곧 문이 벌컥 열렸습니다.

"뭐야!"

짜증이 섞인 높고 날카로운 목소리였습니다. 입분을 보는 히로타 교수님의 눈이 충혈되어 있었습니다.

"식모 계집, 넌 왜 온 거냐?"

"미우라 경부님이 심부름 보내셨어요. 주민들이 필요한 게 있는지 물어보고 오라고요……."

"뭐? 심부름? 네가 사 오기라도 할 거냐?"

"아뇨, 필요한 걸 말씀해주시면 제가 그걸 순사님께 전할 거예요, 그러면……."

"순사 놈들이 직접 장이라도 봐올 셈인가? 웃기지도 않는군! 이상한 거나 잔뜩 사 온 뒤에 생색이나 잔뜩 내겠지. 거만하고 무례한 멍청이들이 할 짓이란 게……."

투덜거리던 교수님의 말이 뚝 멈췄습니다. 201호 앞에 선 순사를 본 게 분명했습니다.

"얼른 들어와라!"

교수님이 급히 손짓했습니다. 정작 순사는 들은 척도 하지 않았습니다. 무례한 말을 들으면 호통치거나 뺨을 때리는 게 당연한데, 가만히 있는 게 오히려 이상해 보였습니다. 입분이 얼른 집에 들어가자 문이 큰 소리를 내며 닫혔습니다.

교수님의 집은 유진 언니의 집과 작가님의 집이 뒤섞인, 하지만 그것과는 또 다른 모습이었습니다. 정리가 어설프게 된 건 언니의 집과 같았지만, 작가님 집처럼 벽장과 책상 위에 책이 쌓여 있었습니다. 게다가 벽장이며 책상, 심지어 응접실의 장식장 위를 크고 작은 온갖 색깔의 돌이 채우고 있었습니다. 윤기가 전에 말한 대로였습니다.

책상에 놓인 작고 네모난 하얀 판과 돌을 옆으로 대충 치우고 빈 종이를 찾는 교수님의 모습은 평소와 달랐습니다. 머리는 대충 빗어 넘긴 채였고 셔츠엔 깃조차 차지 않은 데다 흰 바지에 채운 멜빵도 아무렇게나 꼬인 채였습니다. 뽐내듯 입는 단정한 흰 양복 차림보다 지금이 오히려 진짜 모습 같아 보였습니다. 종이와 펜을 든 채 교수님이 노려보았습니다.

"뭘 그렇게 보고 있나?"

입분은 이게 트집 잡을 걸 찾아 화낼 준비가 된 말투임을 알아챘습니다. 야마자키 씨 집에서 숱하게 겪은 일이었습니다. 이럴 때는 얼른 말을 돌려야 했습니다.

"그게, 그 네모난 조각이 이상해 보여서요……."

"이거 말이냐?"

교수님이 한가운데 금빛이 지저분하게 묻은 하얀 판을 가리켰습니다. 입분이 고개를 끄덕였습니다. 사실 거기에 관심은 없었지만, 이럴 때는 상대방이 으쓱거릴 만한 일을 해주는 게 좋다고 마님에게 배웠습니다.

얼마 전 마님이 히로타 교수님과 함께 산보를 다녀온 뒤였습니다. 바깥을 한참 걷다가 돌아온 뒤 입분이 지쳐서 의자에 주저앉자 마님이 웃으며 물었습니다.

"어떠하더냐? 내가 교수님께 금이니 광물이니 하는 걸 묻는 게 진심 같더냐?"

잠깐 망설였지만 입분은 솔직하게 고개를 저었습니다. 마님이 미소 지었습니다.

"내가 거짓을 꾸민 꼴이 퍽 이상해 보였겠지. 하지만 사람은 나는 알지만 남이 모르는 걸 말하는 걸 좋아한다. 히로타 교수님처럼 똑똑한 분은 더더욱 그렇지. 혹시라도 교수님의 비위를 맞춰야 한다면, 아무것도 모르는 척하며 그분이 좋아하는 광물에 대해 이것저것 묻거라."

그 대화를 떠올린 입분은 일부러 판을 흘끔거리며 궁금해 하는 시늉을 했고, 정말로 그게 잘 먹혔습니다. 교수님의 얼굴에서 입분은 이게 뭔지 당연히 모를 것이라는 우쭐거림이 보였습니다. 그래서 일부러 더더욱 고개를 갸웃거렸습니다.

"무척 신기해요. 금색이 들어간 타일을 일부러 만든 건가요? 비쌀 것 같은데요."

"타일이라니! 이건 조흔판이란 말이다. 광물을 감정하는 데 쓰는 물건이지. 이거야 원, 저렇게나 아는 게 없어서야!"

교수님이 혀를 차며 옆에 놓인 돌을 집었습니다.

"이걸 봐라. 무엇 같으냐?"

"금! 금이에요!"

입분은 깜짝 놀라 외쳤습니다.

돌 사이에 노랗게 반짝이는 덩어리가 박혀 있었습니다. 순간 가슴이 뛰었습니다. 조선 땅 여기저기 금이 가득 묻혀 있어 그걸 파내 횡재한 사람이 많다는 말을 어렸을 때부터 들었습니다. 바로 그 금이 교수님 손에 들려 있었습니다.

"너처럼 어리석은 자들이 많으니 사기꾼이 득실거리는 게다. 네 눈에야 이게 금으로 보이겠지. 하지만……."

비웃음을 흘리며 교수님이 조흔판을 집었습니다. 희고 깨끗한 면에 돌의 누런 부분을 몇 번 쓱쓱 문지른 뒤, 교수님이 판을 보여주었습니다. 입분은 깜짝 놀랐습니다.

"새카만 색이 나요!"

"이게 바로 조흔색이다. 조흔판에 광물을 긁어서 나타나는 색이지. 이렇게 새카맣게 나오는 건 금이 아니라 황철석이라는 표시다. 이렇게 간단하게 확인할 수 있는데, 그런 것도 모르고 자기가 캔 게 금이라며 의기양양하게 들고 오는 멍청이들이 더러 있어. 하지만 이렇게, 고작 초벌로 구운 도자기 면에 긁기만 해도 거짓이 명명백백하게 드러나는 게다."

"그럼 이 금도 다른 사람이 부탁해서 알아보신 건가요? 산보 나갔을 때 교수님께서 말씀하셨잖아요. 부업으로 보석 감정도 하신다고요."

순간 교수님의 얼굴이 찌푸려졌습니다. 사람들이 그런 표정을 지으면 맞다고 인정하지 않고 싶어서라는 걸, 야마자키 씨 집에서 일할 때 겪은 일로 알고 있었습니다. 입분은 얼른 말을 돌렸습니다.

"우에다 씨가 돌아가셨을 때도 교수님은 집에서 종일 금인지 아닌지를 보고 계셨던 거지요? 그때 교수님이 갑자기 밖으로 나오셔서 저도 마님도 놀랐었거든요. 그게……."

"옆집이 소란스러워서 도저히 참지 못하겠더란 말이다."

"옆집 소리요? 문으로 소리가 들어올 리도 없고, 여기 응접실은 옆집과 붙어 있지도 않잖아요."

"창문을 열어놨으니까!"

교수님이 창문을 가리켰습니다. 활짝 열린 창문 너머로 더운 바람과 바깥의 소리가 들어왔습니다.

"창문으로 계속 우에다 씨 말소리가 들려서 도무지 일을 할 수가 없었어! 그게 끝났나 싶어 한숨 돌리는데 갑자기 뭐가 부딪치는 소리가 나더니 발소리가 뒤이어 들렸단 말이다! 그러다 복도에서까지 발소리가 들리길래, 이번에야말로 도저히 참을 수 없어서 나간 거였는데……."

어쩌면 교수님이 들었다는 소리는 우에다 씨가 죽었을 때 난 소리였을지도 몰라. '뭐가 부딪치는 소리'는 우에다 씨의 몸이 바닥에 쓰러질 때 난 소리가 아니었을까? 그렇다면 그 이후에 난 발소리는, 우에다 씨를 죽인 사람이 낸…….

무서운 생각이 들어서 입분은 아무 말도 할 수 없었습니다. 교수님은 혀를 쯧 차고는 더는 말하지 않았습니다. 교수님이 펜을 빠르게 움직인 뒤 종이를 내밀었습니다.

"다 적었다. 가져가라."

입분은 얼른 종이를 집었습니다. 교수님이 뭘 들었는지 좀 더 묻고 싶었지만 그랬다가는 화만 낼 게 분명했습니다. 종이 너머로 커다란 돌멩이들과 흰 조흔판들이 보였습니다. 새카만 색 혹은 금색이 묻은 조흔판과 명성아파트 주변에 굴러다니는 것과 별다를 게 없는 돌멩이들을 보다가, 교수님의 사나운 눈초리를 느끼곤 얼른 집에서 나와야 했습니다.

우에다 씨가 저 지저분한 집의 꼴을 보았다면 뭐라고 했을까?

매일 아파트를 청소하느라 분주하던 우에다 씨를 떠올리다가, 문득 눈물이 나올 것 같아서 입분은 괜히 종이를 보았습니다. 종이 뒷면에 글자가 찍혀 있었습니다. '相續(상속)'이니 '家族關係(가족관계)'니 하는 어려운 한자가 국어와 섞인 종이에는 사람 이름도 둘 보였습니다.

上田晋太郎

廣田正一

"어?"

입분은 저도 모르게 소리를 냈습니다. 한자만 보고 이름을 읽는 건 잘하지 못했지만, 종이에 나란히 적힌 건 뜻밖에 아는 이름이었습니다.

"우에, 다…… 신, 타로……. 그리고 그 아래는 히로, 타…… 쇼이치?"

관리인 아저씨와 교수님의 이름으로 보이는 것을, 입분은 똑똑히 읽을 수 있었습니다.

연회색과 진회색

— 203호 정 작가

우두커니 서 있던 입분은 순사가 쳐다보는 걸 알아차리고 얼른 203호로 갔습니다.

아파트의 호수는 층마다 1호부터 4호까지 시계 방향 순서대로 정해져 있었습니다. 202호 앞에는 3층으로 올라가는 계단이 나 있었고, 203호 앞에는 1층으로 내려가는 계단이 있습니다. 그리고 204호 앞에 3층으로 올라가는 계단이, 201호 앞에 1층으로 내려가는 계단이 있었습니다. 3층도 2층과 마찬가지였고, 4층은 꼭대기라서 401호와 403호 앞에 아래로 내려가는 계단이 나 있었습니다. 유진 언니가 집을 잘못 잡았다고 투덜거리는 이유 중에는 기껏 꼭대기까지 올라간 뒤에도 402호까지 또 걸어야 한다는 점도 있었습니다.

1층으로 내려가는 계단을 흘끗 보다가, 입분은 203호 문을 두드렸습니다. 몇 번을 두드려도 대답이 없었습니다. 문에 귀를 갖다 대었지만 뭔가 웅웅 울리는 소리만 들릴 뿐이었습니다.

왜 아무 대답도 하지 않으시지? 설마, 무슨 일이 생긴 걸까?

쓰러진 우에다 씨가 떠오르자 갑자기 불안해졌습니다. 저도 모르게 크게 외쳤습니다.

"작가님! 작가 선생님! 안에 계세요? 문 열어주세요!"

입분은 마구 문을 두드렸습니다. 두드리는 손이 아팠습니다. 그때 문이 열렸습니다.

"……입분이로구나. 어쩐 일로 온 거냐?"

흐트러진 셔츠를 입은 퀭한 눈빛의 작가님이 서 있었습니다. 몸에서 풍기는 담배 냄새가 지독했고 열린 문 너머로 음악이 시끄럽게 흘러나왔습니다. 하지만 멀쩡한 작가님을 보자 마음이 놓였습니다. 눈에 눈물이 일렁였습니다.

"다행이에요, 무사하셔서 정말로, 정말로……."

"아니, 왜 우는 게냐? 순사가 본단 말이다. 안으로 들어오거라."

작가님이 당황해서 웅얼거리며 입분을 이끌었습니다. 어깨에 닿는 큰 손의 감촉이 낯설었습니다. 마님이나 유진 언니와는 다른, 거칠고 서툴지만 따스한 느낌이었습니다.

작가님의 집은 여태 본 것 중 가장 어지러웠습니다. 책과 종이가 마구 쌓여서 제대로 정리되어 있지 않았습니다. 그때그때 필요한 것만 딱 맞춰서 사용하고 바로 정리해버리는 작가님답지 않은, 완전히 낯선 꼴이었습니다. 장식장 위에 처음 보는 전축이 놓여 있었는데, 판이 돌아가는 곳 옆에 달린 우스꽝스럽게 생긴 나팔에서 소리가 나왔습니다. 삑삑거리는 날카로운 나팔 소리가 북과 여러 흥겨운 소리에 섞여 어지러운, 재즈라는 이름의 유행가였습니다. 예전에 작가님이 벽 한편에 놓인 커다란 전축을 틀어준 적 있었는데, 그때도 재즈가 흘러나왔습니다. 정작 그 전축은 거실 한편에 놓인 채 꼼짝도 하지 않았습니다. 큰 전축이 있는데도 작은 걸 트는 게 퍽 이상해 보였습니다.

장식장 맞은편 긴 의자 위로 얇은 이불이 흐트러져 있었습니다. 작가님의 머리가 헝클어지고 눈빛도 몽롱한 걸 보니 자다가 막 깬 게 분명했습니다. 입분은 괜히 미안해서 물었습니다.

"주무시는 걸 깨웠나요, 작가님?"

"완전히 정반대다. 도저히 잠이 안 와서 괴로워하는 중이지. 몸은 피로해서 곤죽이 되었는데 머리가 지끈거리니 잠을 잘 수가 있어야지. 게다가 이렇게 감금당하고 말았으니 뭘 더 할 수 있겠느냐? 그저 음악만 멍하니 듣고 있었다."

작가님의 얼굴에 수염도 까끌까끌하게 돋아나 있었습니다. 작가님은 늘 위생에 철저해야 한다면서 매일 깔끔하게 면도 하는 데 공을 들였습니다. 가끔 면도를 잊을 때는 작품을 쓰느라 정신없을 때였습니다. 구겨진 셔츠 차림도 작가님답지 않았습니다. 작가님은 늘 세탁소에 옷을 맡기는 걸로도 모자라 전기다리미로 늘 셔츠를 빳빳하게 다리곤 했습니다. 이렇게 흐트러진 모습은 처음 보았습니다.

작가님도 우에다 씨의 갑작스러운 죽음이 무척 힘들었나 봐.

하지만 우에다 씨가 죽은 걸 직접 보시지는 않았잖아? 왜 저렇게 힘들어하시지?

입분이 괜한 생각을 하는데, 피로한 눈으로 입분을 물끄러미 보던 작가님이 물었습니다.

"넌 어째서 여길 온 거냐? 미우라 씨, 아니지, 미우라 경부가 집에 꼼짝하지 말고 있으라고 엄포를 놓았잖으냐."

"주민들이 뭐가 필요한지 알아보라고 경부님이 명령하셨어요. 당장 급한 게 있다면……."

"당장 급한 거? 자유지!"

팔을 휘휘 저으며 작가님이 짜증을 냈습니다.

"이게 대체 뭐냐? 자유롭게 외출하지도 못하고 다들 집에 감금된 꼴이라니. 요새 경성형무소도 서대문형무소도 만석이니, 아파트가 망하는 대신 명성형무소로 새로이 연 건가 싶다."

"경부님이 아직 범인을 찾느라 조사 중이셔서겠죠."

"범인을 찾는다고? 하! 범인을 만들어내려고 골몰해서겠지! 수상하다고 찍은 뒤 쇠꼬챙이나 각목 따위로 혹독하게 고문하면, 돌부처 입에서도 내가 범인이라는 소리가 나온다. 범인을 뚝딱 만들어 사건을 해결하면 경부는 칭찬을 듣겠지. 정작 진범은 유유히 돌아다닐 거고!"

참 무서운 이야기였습니다. 입분도 예전에 윤기가 으스대듯, 몰래 비밀을 캐내려다가 잡힌 흉악한 범죄자나 간첩들이 경찰이나 군인에게 어떻게 고문받는지 말하는 걸 들은 적 있었습니다. 끔찍하고 힘겨운 이야기에 그날 밤 몸서리치며 잠 못 이룬 기억이 생생했습니다.

작가님은 자기가 범인으로 의심받는 게 두려운 걸까?

"아무 일 없을 거예요. 작가님이 범인도 아닌데, 그런 무서운 일을 당하실 리는 없잖아요."

입분은 저도 모르게 말했습니다. 하지만 작가님은 코웃음 쳤습니다.

"하! 경찰은 나를 가장 의심하고 있을 게다."

"네? 그게 무슨……."

"그날 내가 허드렛일하느라 바빴으니까!"

작가님이 버럭 소리쳤습니다. 입분은 놀라서 몸을 움츠렸습니다. 평소 작가님은 자기 생각에 몰두하다가 무심코 크게 소리 내곤 했고, 그때마다 놀란 입분에게 사과했습니다. 하지만 지금은 그렇지 않았습니다. 작가님은 아랑곳하지 않고 초조하게 외쳤습니다.

"결국엔 돈이 문제다! 영화 찍는답시고 몇 안 되는 사람들로 소꿉장난 흉내나 내었으니 결국 사달이 벌어진 거지! 나는 작가야! 이야기만 그럴듯하게 만들어주면 되는 사람이라고! 그 뒤에는 촬영이 제대로 되어가는지 지켜보는 게 전부란 말이다! 그런데 손이 모자라다는 말에 넘어가 온갖 일들을 일일이 돕다가 결국 이런 꼴을……. 젠장!"

그러고 보면 작가님은 촬영 때마다 감독님과 함께 뭔가 하곤 했습니다. 손발이 잘 맞아 보여 그게 당연하다고 생각했는데, 그렇지 않았던 겁니다. 입분은 작가님을 달랬습니다.

"저도 봤어요. 그날도 작가님이 무척 바쁘셨잖아요."

"무척 바빴지. 암! 우에다 씨 건도 실수 없이 마쳐야 했고, 유진 양이 카메라를 어떻게 받는지도 점검해야 했으니까. 그놈의 계단을 타고 2층을 몇 번이나 오갔는지, 내 집으로 몇 번이나 갔는지 대체 모르겠다. 그런데 그사이 201호에서 우에다 씨가 죽었단 말이다! 2층을 오간 사람들은 죄다 의심받을 거고, 그러면 내가 가장 수상하다 여겨질 게 뻔하지!"

"작가님이 뭘 하는지 본 사람이 있으면 편들어줄 것 같은

데요."

"마쓰 씨와 김 군, 사토가 날 봤지. 하지만 경찰은 그들을
한패 취급할 거다. 같이 일했으니 내게 불리한 이야기는 안 할
거라고 생각할 테지! 그러면 우리들을 죄다 잡아넣을 거고!"

'김 군'이라는 사람이 누구인지 의아해하던 입분은 조감독
이라고 불리던 키 큰 남자를 떠올렸습니다. 그 사람의 성이
김씨인 모양이었습니다.

"유진 언니도 작가님을 봤다던 걸요. 작가님이 일하느라 분
주히 1층과 2층을 오가셨다고 했어요."

작가님의 찌푸린 얼굴에 더욱 주름이 졌습니다. 저래서는
얼굴을 펴도 주름이 새겨져버려서 영영 펴질 것 같지 않았습
니다.

"유진 씨가? 아, 그러고 보니 2층에 올라갔을 때, 4층 회랑
에서 유진 씨가 날 불렀었지. 무슨 옷을 입어야 할지 모르겠
다고 하소연하기에 적당히 대답하고 얼른 할 일을 하러 갔는
데……."

이상한 소리가 나는가 싶더니 음악이 멎었습니다. 작가님
은 전축 옆 손잡이를 신경질적으로 돌렸습니다. 태엽 감기는
소리가 멎자 곧 다시 음악이 들렸습니다. 작가님이 짜증을
냈습니다.

"젠장, 대체 언제까지 전기 없이 지내야 하는 건지 모르겠

군. 잠들 만하면 태엽이 풀리고, 태엽을 감으면 잠이 깨고, 이게 대체 무슨 소동극이란 말이냐!"

그제야 입분은 어제부터 아파트에는 전기가 끊긴 상태라는 걸 떠올렸습니다. 거실에 놓인 전축은 전기로 돌아가는 거라 어쩔 수 없이 태엽으로 움직이는 작은 전축을 쓰는 게 분명했습니다. 창밖으로 소리가 나가면 시끄러울 것 같다고 괜한 생각을 하다가 입분은 무심코 중얼거렸습니다.

"우에다 씨는 왜 죽은 걸까요……."

"그 사람의 진짜 모습 때문에 죽었겠지. 그 사람은 집주인이라는 걸 숨기고 관리인인 척하고 다녔지. 왜 집주인이라고 당당하게 행세하지 않았을까? 그게 알려지면 곤란한 사정이 있었을 테니까! 말하지 못할 그 이유가 그 사람을 해쳤는지도 모른다."

시끄러운 나팔 소리에 귀를 기울이며 작가님이 말을 이었습니다.

"사람은 완전히 하얗지도 까맣지도 않다. 다들 껄끄러운 것, 혹은 죄라고 할 것을 품고 있지. 단지 그렇게 물든 색깔이 연회색이냐 진회색이냐 그 차이만 있을 뿐이야. 사람이 아무 이유 없이 죽는 경우는 드물지. 이유가 있어서 죽는 것이다. 죽어야 할 무언가가 있었기 때문에."

문득 어릴 적 겪은 끔찍한 기억이 떠올랐습니다.

갑자기 들이닥친 순사에게 끌려간 부모님. 며칠 후 성한 곳 하나 없는 몸으로 돌아온, 그리고 곧바로 영영 눈을 감은 부모님. 입분의 손을 꼭 붙들려 애쓰던 어머니의 차가운 손.

부모님이 갑작스레 죽고 만 건 무엇 때문이었을까? 부모님이 잘못을 저질러서? 그렇다면 그건 무슨 잘못이었을까?

부모님을 잃고 난 뒤 오갈 곳 없어진 입분은 식모 따위를 하며 어떻게든 살아남으려 발악했습니다. 전전긍긍한 끝에 결국 명성아파트까지 왔습니다.

내가 여기까지 온 건 대체 무엇 때문이었을까? 내가 여기로 와야만 할 무언가가 있었던 걸까? 그런데 왜 나는 그걸 모르는 거지?

눈물이 차오르려는 것을 꾹 참았습니다. 자신은 힘없는 아이에 지나지 않았습니다. 하지만 힘이 없다고 해서 아무것도 하지 못하는 건 아니었습니다. 눈물을 흘릴 겨를은 없었습니다.

"당장 필요한 건 술인데, 과연 사줄까 모르겠군. 일단 써놓기는 해야겠지……."

겨우 책상에 앉은 작가님은 종이에 이런저런 걸 써 내려가며 혼잣말을 중얼거렸습니다. 평소와는 달리 입분이 뭘 하는지 신경조차 쓰지 않았습니다. 한참 뒤에야 작가님이 쓰는 걸 끝냈습니다. 종이를 받아 들고 고개 숙여 인사하는 입분에게 작가님이 물었습니다.

"다른 집 사람들은 어찌 지내더냐? 네 마님이라거나, 유진 씨라거나, 히로타 씨는……."

"그분들도 다들 걱정이 가득하셨어요."

입분은 그렇게만 말했습니다. 작가님이 뭔가를 망설이는가 싶더니, 그냥 손짓했습니다. 가보라는 신호에 입분은 고개를 꾸벅 숙이고 얼른 밖으로 나왔습니다. 작가님이 말하려던 게 무엇인지 궁금했지만 더 물어보고 싶지는 않았습니다.

은색과 암갈색

— 204호 마쓰 감독, 조감독 김 군, 주연 사토 씨

문을 몇 번 두드리는 것만으로 204호의 문이 열렸습니다. 조감독님이 입분을 내려다보며 의아한 표정을 지었습니다. 뒤에서 마쓰 감독님의 목소리도 들렸습니다.

"누가 온 거야? 응? 너는 무슨 일이냐?"

곧 어리둥절한 털북숭이 얼굴이 보였습니다. 입분이 얼른 말했습니다.

"미우라 경부님께서 아파트 주민들이 뭐가 필요한지 듣고 오라고 하셨어요. 다들 밖에 못 나가니 대신 사주겠다고……."

두 사람의 얼굴이 굳어졌습니다. 조감독님이 작게 물었습니다.

"무슨 꿍꿍이일까요? 순사 놈들이 사정 봐주는 게 이상하

잖아요. 그럴 놈들이 아닌데."

"……일단 이 아이부터 안에 들어오라고 하자."

입분의 뒤를 슬쩍 보며 감독님이 속삭였습니다. 201호 앞에 선 순사가 신경 쓰이는 것 같았습니다.

204호는 어두컴컴했습니다. 응접실의 창문마다 커튼이라는 천이 무척 두껍게 드리워져 있었습니다. 마님이나 유진 언니의 집에 쳐진 커튼은 얇고 하늘거리는 것이었습니다. 이렇게 두꺼워서 빛 하나 들어오지 못하도록 해놓은 건 처음이었습니다. 구석에만 어렴풋하게 등불이 켜져 있는 응접실은 어둑어둑해서 마치 해 지기 직전 같았습니다.

커튼이 살랑거리는 걸 보니 창문은 열려 있는 모양이었습니다. 하지만 환기가 전혀 되지 않아서 집 안은 덥고 담배 연기가 자욱해 공기가 매캐했습니다. 입분은 기침을 멈출 수 없었습니다. 감독님이 미안한 기색을 보였습니다.

"미안하다. 내내 커튼을 쳐두었거든. 이봐, 잠깐 환기 좀 하자고."

조감독님이 건성으로 주위를 살펴본 뒤 고개를 끄덕였습니다. 감독님이 커튼을 걷자, 밝은 빛이 눈을 쏘았습니다. 담배 연기가 가득 차서 뿌연 안개가 낀 것만 같았습니다.

감독님의 수염은 제대로 다듬지 않아 너저분한 반면 조감독님의 얼굴은 잔털 하나 없이 반질거려서 면도를 한 게 분명했습니다. 너무나 다른 두 모습에서 딱 하나, 눈이 부셔서 찌푸린 표정만은 같았습니다. 커튼을 연 뒤 조감독님은 어디론가 가버렸고 감독님은 집 여기저기를 살폈습니다. 찡그린 얼굴이 그 어느 때보다 진지하게 보였습니다.

"필름은 없군. 다행이야."

"왜 다행이라는 건가요?"

감독님이 겨우 얼굴을 펴고 웃었습니다. 나이에 맞지 않는 순진해 보이는 웃음이 입분은 퍽 좋았습니다.

"배우들이 연기하는 모습을 카메라로 찍는 건 너도 봐서 알지? 그걸 기록하는 게 바로 필름이다. 그런데 필름은 빛에 닿으면 자칫 손상될 수가 있어서, 이렇게 어둡게 해두거든. 나중에 필름을 현상할 때는 아예 암실이라는 어두컴컴한 방에서 작업한단다. 거긴 희미한 빨간빛만 어스름하게 켜져 있지."

입분도 암실이라는 곳을 상상해보았지만 이야기로만 듣던 경찰서의 취조실이나 형무소의 독방 모습만 떠올랐습니다. 사방이 어둡고 우중충한 공간이라면 무섭기만 할 것 같았습니다. 조금 전까지 커튼이 쳐져 있어서 깜깜하던 집도 그보다는 밝을 터였습니다.

그때 떠오른 생각이 있었습니다. 입분이 급히 외쳤습니다.

"감독님, 얼른 필름을 확인해봐요! 거기 침입자가 찍혀 있을지도 몰라요!"

감독님이 웃음을 터뜨렸습니다. 황당해하는 미소가 떠올랐습니다.

"이거 참, 네가 상상하는 것과는 좀 다르단다. 카메라를 계속 쭉 돌릴 수는 없어. 영상을 필름에 기록하려고 카메라를 돌리는 건데, 그 필름이 무척 비싸거든. 모르는 사람 눈에는 암갈색 띠 뭉치로만 보이겠지만, 그게 한두 푼 하는 게 아니라서 필요한 장면을 찍을 때만 필름을 넣어 돌려야 한단다. 게다가 촬영할 때는 카메라에 불필요한 게 찍히지 않도록 계속 신경 쓰니까, 더더욱 수상한 자의 모습이 찍혔을 리는 없지."

입분은 그날 오전에 1층이 분주했던 걸 떠올렸습니다. 그때 감독님들이 카메라에 담길 것을 신경 쓰고 있었다면, 바깥에서 낯선 사람이 들어온 것도 곧바로 알아차렸을 겁니다.

"그렇다는 건……."

입분은 무심코 나온 말을 멈췄습니다. 갑자기 아득한 어둠에 잠기는 것처럼 무서운 생각이 떠올랐습니다.

명성아파트에 사는 사람 중에 우에다 씨를 죽인 범인이 있다는 거야?

그날 아파트에 있었던 사람들은 모두 우에다 씨를 죽일 수 있었습니다. 유진 언니도, 작가님도, 히로타 교수님도, 301호에서 지루하게 선풍기 바람만 쐬고 있었을 마님도, 심지어 감독님이나 조감독님, 사토 씨도 촬영 도중 잠깐 평계를 대어 빠져나간 뒤 끔찍한 짓을 벌일 수 있었을 겁니다.

갑자기 집 안이 답답해 보였습니다. 감독님과 조감독님이 무서워졌습니다. 이 두 사람이 범인일지도 몰랐습니다. 하지만 입분은 티 내지 않으려 애썼습니다. 만약 범인이라고 의심하는 걸 안다면, 두 사람은 곧장 입분에게 덤벼들어서…….

그제야 미우라 경부가 왜 자신에게 심부름을 부탁하면서 주민들을 살피라는 이상한 지시를 했는지 알아차렸습니다. 경부 역시 아파트 주민 가운데 범인이 있다고 의심하는 게 분명했습니다. 우에다 씨를 죽인 건 불온한 자의 짓이라고 경부가 외치던 것도 떠올랐습니다. 아파트 주민 중 정말로 그런 자가 숨어 있다면 그 사람이 범인이라고 생각하는 것 같았습니다. 그러고 보면 경부가 유진 언니를 의심하는 말을 했었던 것도…….

괜한 생각을 얼른 잊어야 했습니다. 입분은 아무렇게나 말을 던졌습니다.

"감독님과 조감독님은 계속 카메라 앞에 계셨겠네요? 그전에 촬영하던 때처럼요."

"응? 뭐, 그렇지."

감독님이 영문을 모르는 채 대답했습니다. 하지만 엉터리 대답이라는 건 입분도 잘 알았습니다.

식사 준비를 하면서 본 바로는, 감독님과 조감독님, 작가님은 카메라 앞에만 있지 않았습니다. 카메라가 돌아갈 때는 뒤에 가만히 서 있다가, 카메라가 멈추면 분주히 여기저기를 다녔고 누가 2층으로 가서 물건을 가져오는 일도 무척 잦았습니다. 우에다 씨가 죽은 날 역시 마찬가지였을 겁니다. 그렇다면…….

그때 방에서 나온 조감독님이 감독님에게 다가와 종이를 쓱 내밀었습니다. 감독님이 종이를 보며 물었습니다.

"다 적었나? 빠뜨린 건 없지?"

조감독님은 고개를 끄덕였습니다. 조감독님은 뭔가를 말하기보다는 다른 이의 말을 듣기만 하는 과묵한 사람이었습니다. 감독님이 종이에 쓴 걸 살피며 중얼거렸습니다.

"담배랑 술이라. 과연 저자들이 순순히 사줄까……. 이봐, 김 군. 사토에게도 물어봤어?"

조감독님이 고개를 저었습니다. 감독님이 한숨을 쉬었습니다.

"아직도 자는 거야? 얼른 깨워. 뭐가 필요한지 물어봐야……. 아니, 일단 이것만 써보자고. 담배는 어쩔 수 없이 같은 걸 피워야 할 거고, 술도 마찬가지야. 먹을 게 부족하지도 않고 조명 켤 연료도 넉넉하니까 조금만 더 버텨보자고. 어차피 하루이틀이면 끝날 거야. 이 사건 조사를 오래 끌 리 없으니까."

"오래 끌 리 없다니요?"

입분이 물었습니다. 턱수염을 손으로 쓸며 감독님이 앓는 소리를 냈습니다. 바깥이 조용하기만 해서 그 소리가 크게 울렸습니다.

"관리인 씨, 아니, 집주인 씨가 목 졸리고 칼에 찔린 채 죽었고, 벽에는 참으로 불측한 글씨가 빨간색으로 적혀 있었다며? 그런데 주민 중에 이상한 생각을 품은 이는 없을 테다. 내 눈에 수상해 보이는 사람은 없었거든. 작가 죠 씨가 지식인인 양 으스대지만 그 사람은 공산주의니 조선 독립이니 하는 걸 외치기보다 그저 큰돈 벌 궁리만 할 뿐이고."

작가님은 늘 돈을 많이 벌어야 한다고 투덜거렸습니다. 작가란 게 정작 글로는 도저히 돈 벌 방법이 없으니 굶어 죽거나 폐병 걸려 죽기 딱 좋은 직업이라는 둥, 작가를 먹여 살리지 못하는 조선 문단과 독자가 후진적이라는 둥, 알아듣지 못할 어려운 말을 종종 했었습니다.

"경찰이 아파트에 사는 주민들을 조사한다면 다들 결백하다는 걸 알게 될 거고, 자연스레 외부에서 침입한 자가 벌인 짓이라고 의심할 거다. 집주인 씨가 순사 옷을 입었으니 그를 순사라고 착각해서 죽인 게 분명해."

감독님이 딱 잘라 말했습니다. 평소의 웃는 얼굴이 아니라, 카메라 앞에 섰을 때처럼 굳고 험악한 얼굴이었습니다.

그때 갑자기 든 생각이 있었습니다.

평소 명성아파트에서 순사 옷을 입고 돌아다닌 건 감독님이었습니다. 어쩌면 범인은 순사 옷을 입은 우에다 씨의 뒷모습을 보고 감독님이라고 착각한 것인지도 몰랐습니다. 그렇다면 감독님에게 원한을 가진 사람이…….

하지만 대체 누가 감독님을 해치려 한 걸까? 늘 내게는 웃어 보이잖아?

영화 찍는 사람들에게 마구 호통치는 감독님을 봤잖아. 야단맞은 누군가가 원한을 가진 건지도 몰라.

머리가 어지러워졌습니다. 너무 많은 생각을 한 탓인지 열이 끓어오르는 것 같았습니다.

"저는 가볼게요."

입분은 일부러 큰 소리로 인사했습니다. 이 집에 사는 사람들을 두고 너무 의심하는 티를 내서는 안 되었습니다. 204호 밖으로 나가는 시간이 너무나 길게 느껴졌습니다. 무섭고 외로운 잠깐을 어떻게든 견디고 입분은 204호 문을 닫았습니다. 감독님과 조감독님이 입분을 보는 표정에는 걱정이 어려 있었지만, 눈빛만은 날카로웠습니다. 그 너머에는 평소와 다른, 뭔가 숨겨진 날 선 감정도 있는 것만 같았습니다.

경찰과 마님

204호 밖으로 나온 입분은 혹시라도 잊은 게 있는지 다시 쪽지를 확인해보았습니다.

202호 히로타
맥스웰 커피가루
각설탕
본정(本町)의 빵가게에서 파는 식사용 단팥빵 다섯 개

203호

원고지와 타이핑 용지(급히 써야 할 원고가 있소.)

담배 두 갑(가장 비싼 걸 사줄 수 있소?)

술(위스키로 주면 감사하겠소. 워카나 비루도 환영하오.)

204호
담배 10
술 3

이유진 402호
쌀 두 홉과 다꾸앙,
간장 한 홉, 파 한 단과
그 외 반찬 삼을 채소가 필요합니다.
불을 밝힐 기름도 필요합니다.
부탁드리겠습니다.

교수님은 까다로운 주문을 적었고, 작가님은 필요한 것마다 뽐내는 문장을 덧붙였습니다. 감독님 집의 주문은 물건 이름과 숫자만 적혀 있었고, 유진 언니의 주문은 정중하게 청하는 문장이었습니다. 쓴 사람의 성격이 그대로 보이는 듯한 주문이었습니다.

1층에는 박 순사부장이 우두커니 서 있었습니다. 입분을 본 그가 소리쳤습니다.

"나오지 말라는 지시를 듣지 못했나!"

"미우라 경부님이 허락하셨어요. 아파트 각 집을 다니면서 필요한 물건이 있는지 알아보라고 하시며……. 다 듣고 나서 순사부장님께 전하라고 하셨어요."

입분은 대답했습니다. 얼굴을 찌푸린 채 쪽지를 받아 훑어본 뒤 순사부장이 물었습니다.

"301호는 뭐가 필요하지?"

"쌀 한 홉이 필요하고요, 등유나 초를 가져다주실 수 있나요? 불 밝힐 게 필요하거든요."

쌀은 아슬아슬하게 한 끼 먹을 만큼만 남아 있었지만, 채소는 사건이 있기 전날 미리 잔뜩 사두었던 게 다행이었습니다. 순사부장이 품을 뒤적여 수첩과 몽당연필을 꺼냈습니다.

"여기다 적어라."

무심코 손을 내밀려다가 멈칫했습니다. 입분은 크게 고개를 저었습니다.

"저, 글자를 몰라요."

순사부장이 다시 얼굴을 찌푸렸습니다. 거짓말한 걸 들켰나 조마조마했지만 순사부장은 수첩에 글자를 쓱쓱 쓰고는 가라고 손짓했습니다. 입분은 꾸벅 인사하고 얼른 계단을 올랐습니다.

3층으로 올라간 입분은 잠시 숨을 가다듬었습니다. 떨리는 마음을 진정시킨 뒤 303호 문을 두드렸습니다. 곧 문이 열리고, 미우라 경부가 들어오라고 손짓했습니다.

경부의 집에 들어선 입분은 깜짝 놀랐습니다. 마치 우에다 씨가 죽어 있던 201호와 똑같아 보여서였습니다. 아파트에 원래 갖춰둔 물건 외에는 아무것도 더해진 게 없었습니다. 심지어 입구 옆에 걸어두는 큰 거울이나 응접실 한편에 놓은 작은 책상과 의자 또한 그대로였습니다.

경부님은 아파트에 잠만 자러 오는 걸까? 하지만 여기보다 싼 집도 있을 텐데.

입분은 자신을 노려보는 눈빛에 정신을 차렸습니다. 경부의 손짓을 따라 머뭇거리며 의자에 앉자, 경부가 으르렁거렸습니다.

"어떻게 되었지?"

내려다보는 눈길을 받자 몸이 떨렸습니다. 입분은 다른 사람들의 집에서 본 것을 전했습니다. 하지만 모든 걸 말하지는 않았습니다. 적어도 유진 언니의 집에서 본 종이는 말하면 안 되었습니다. 경찰은 공산주의자를 싫어해서 경찰서에 잡아들여 마구 고문한다고 했습니다. 유진 언니가 끔찍한 일을 겪는 건 싫었습니다.

"별다른 건 없군. 수상한 걸 보지는 않았고?"

어떻게든 말을 끝내자 경부가 물었습니다. 입분은 머뭇머

못 고개를 끄덕였습니다. 거짓말한 걸 눈치챌까 봐 두려웠지만 경부는 더는 관심을 보이지 않고, 책상 위 종이를 집었습니다.

"이것도 박 순사부장에게 전달하고 집에 돌아가도록. 지시가 내려오기 전까지는 밖에 나오지 마."

입분은 얼른 303호에서 나와 한달음에 다시 1층으로 갔습니다. 종이에 적힌 '貴重品連鎖盜難事件捜査報告(귀중품연쇄도난사건수사보고)' 같은 제목은 일부러 못 본 척했습니다. 박 순사부장이 눈을 부라렸지만 입분이 내민 종이를 보고는 얼굴을 찡그린 채 받아 들었습니다. 다시 계단을 올라가는데 투덜거림이 들렸습니다.

"미우라 놈, 자기가 할 일은 자기가 해야지. 내가 무슨 심부름꾼도 아니고, 왜 그놈 사건 보고서까지 대신 내야 하지?"

이런 건 못 들은 척해야 했습니다. 301호 앞에 도착하고 나서야 겨우 마음이 놓였습니다. 마님은 앉은 채로 부채를 하느작거리고 있었습니다. 마님이 손짓했습니다.

"여기 앉거라. 네가 보고 들은 걸 내게도 이야기해주겠니?"

경부님과는 달리 마님은 모든 이야기를 듣는다 해도 다른 사람이 곤란해질 것 같지 않았습니다. 입분은 자세히 이야기를 전했고, 마님은 고개를 끄덕이거나 갸웃거리기만 했습니다. 본 것 중에서 무엇을 경부에게 전했는지까지 모두 말하자 마님이 미소를 지었습니다.

"도움이 되었다."

뭐가 도움이 된 건지 알 수 없었습니다. 마님은 다시 선풍기를 보며 멍하니 중얼거렸습니다.

"명성아파트에 사는 사람들은 다들 뭔가 숨기고 있는 듯하다. 경부가 그걸로 어떤 결론을 내릴지는 모르겠지만, 이것만으로는 우리에게 날벼락이 떨어지지는 않겠지. 하지만 감시 때문에 출입하지 못하니, 조사가 길어지면 괜한 불똥이 튈 수도 있어. 어찌하면 좋을까……."

마님의 입에서 긴 한숨이 흘러나왔습니다. 입분은 뒤늦게 일어섰습니다. 저녁 식사를 슬슬 준비해야 할 때였습니다. 만약 순사의 감시가 더 길게 이어진다면, 내일은 채소 따위를 사 와달라고 부탁해야 할 것 같았습니다.

마님과 입분이 저녁 식사를 막 시작할 때 거친 노크 소리가 났습니다. 입분이 급히 문을 여니 박 순사부장이 서 있었습니다.

"부탁한 것이다."

입분은 초 세 자루와 종이봉투에 담긴 쌀을 받았습니다. 순사부장이 든 바구니에 쌀이며 채소며 기름병 따위가 보였습니다. 평범한 물건들이 순사복과 어울리지 않아 우스꽝스러웠지만, 내색할 수는 없었습니다.

"고맙습니다."

입분이 인사했지만 순사부장은 본 척도 하지 않고 거친 걸음으로 302호 쪽으로 갔습니다. 계단으로 올라가는 뒷모습을 멍하니 지켜보다가 얼른 문을 닫았습니다. 입분이 초와 쌀을 보이자 마님이 중얼거렸습니다.

"순사가 오늘 더는 찾아오지 않겠구나."

저녁 식사를 마친 뒤 설거지를 하려는데 마님이 뭔가를 가져왔습니다. 입분이 외쳤습니다.

"깽깽이네요, 그거?"

"바이올린이라고 한다. 깽깽이는 속된 말이니 함부로 쓰지 말거라. 속된 말을 쓰면 사람들이 너도 속된 사람이라고 얕잡아볼 수 있다."

"마님은 바이올린을 켤 줄 아시나요?"

"그러니 꺼낸 것 아니냐."

마님이 바이올린을 상자에서 꺼내는 걸 입분은 계속 지켜보았습니다. 마님이 여태 바이올린을 꺼낸 적은 한 번도 없었기 때문에, 마님이 악기를 연주하는 모습조차 상상해본 적 없었습니다. 놀랍고 신기하고 두근거렸습니다.

줄을 잠시 만지작거린 뒤 마님이 바이올린을 턱에 괴었습니다. 새카맣게 변한 창밖을 향해 선 마님의 등이 촛불을 받아 곧아 보였습니다. 마님이 활을 움직이자 유랑 악사가 켜는

깽깽이와는 다른 아름다운 소리가 났습니다. 몇 번인가 길고 짧게 소리를 낸 뒤 마님이 민망한 표정을 지었습니다.

"너무 그렇게 뚫어져라 보지 말거라. 오랜만에 만진 거다 보니 조율도 해야 하고, 몸도 좀 풀어야 하고……"

마님이 다시 활을 움직였습니다. 귀를 간질거리는 길고 짧은 소리가 창밖으로 퍼져나갈 것처럼 울렸습니다. 입분은 멍하니 귀를 기울이다가 열린 창 너머에서 새 우는 소리를 듣고서야 정신을 차렸습니다. 마님이 급히 턱에서 바이올린을 떼며 말했습니다.

"새도 내 연주를 듣고 싶었던 모양이다. 부끄럽구나."

"마님, 멋져요! 한 곡만이라도 좋으니, 좀 더 들려주세요!"

입분이 흥분해서 외쳤습니다. 마님의 얼굴에 다시 민망한 기색이 떠올랐습니다. 평소 태연한 모습만 보이던 마님이 지금은 무척 평범한 사람처럼 보였습니다. 멋쩍어하는 표정을 지으면서 마님은 다시 턱에 바이올린을 괴었고, 곧 느리고 아름다운 노래가 흘렀습니다. 어머니가 옛날에 불러준 적 있는 〈고향의 봄〉이었습니다.

촛불의 아련한 빛을 받으며 마님이 켜는 바이올린에서는 아름다운 소리가 났습니다. 입분은 입술만 들썩이며 소리 내지 않고 노래를 따라 불렀습니다. 오늘 계속 요동치기만 했던 마음이 어느덧 가라앉았습니다.

해방과 초대

다음 날 오전이었습니다. 입분은 쌀도 아낄 겸 쌀죽을 묽게 끓이며 순사에게 뭘 더 사달라고 부탁할지 고민했습니다. 생각은 커다란 노크 소리 때문에 끊어졌습니다. 문이 열리자마자 박 순사부장이 대뜸 말했습니다.

"돈을 받으러 왔다."

"네?"

영문을 몰라 입분이 되물었습니다. 순사부장이 거칠게 말했습니다.

"명성아파트 거주자들의 이동을 제한할 필요가 없어졌다. 그 전에 어제 반입한 물건들의 구매 비용을 받아 오라는 경부님 명령이 있었다."

입분은 놀랐습니다. 그때 뒤에서 마님의 목소리가 들렸습니다.

"범인이 잡힌 겁니까?"

"아니다. 하지만 거주자들의 조사를 마무리해도 될 이유가 생겼다. 사건과 관계없는 사람은 더는 알 필요 없다."

순사부장의 말투가 딱딱한 게 화가 잔뜩 난 듯했습니다. 마님도 더는 묻지 않고 지갑을 가져왔습니다. 돈을 건네받은 순사부장이 말했습니다.

"12시 이후부터는 바깥으로 나가도 상관없다. 하지만 201호는 절대로 들어가지 말도록. 오늘 중으로 전기도 다시 연결할 거다."

순사부장이 계단을 올라가는 걸 보다가 입분은 문을 닫았습니다. 마님이 중얼거렸습니다.

"인색한 자들이다. 우리가 비싼 걸 요구한 것도 아니지 않으냐. 초와 쌀 정도는 대신 사줘도 될 것 같은데."

입분은 대꾸하지 않았습니다. 다른 집에서 주문한 물건들이 비싼 것들이라 순사부장이 거기서 한바탕 실랑이하리라는 생각이 이어졌지만, 죽 끓는 소리가 요란해져서 급히 가야 했습니다.

12시가 되자마자 마님이 장을 봐 오라고 했습니다. 햇볕이 뜨거울 때 심부름시키는 일은 드물었습니다. 밖을 좀 돌아다니며 놀란 마음을 가라앉히라는 배려인 듯했습니다.

입분이 301호에서 나오는데 위쪽에서 발소리가 났습니다. 302호 앞 계단으로 내려온 건 생각대로 유진 언니였습니다. 입분을 본 언니가 종종걸음으로 다가와 꼭 껴안았습니다.

"이쁜아! 다행이다. 경찰이 더는 우리를 의심하지 않을 거야. 참 다행이야……."

언니의 품은 더웠습니다. 입분은 문득 어제 보았던 종이를 떠올렸습니다. 언니는 그것 때문에 경찰을 두려워했는지도 모릅니다. 혹은 더 무서운 이유가 있어서일 수도…….

괜한 생각을 얼른 지웠습니다. 남을 함부로 의심하고 싶지 않았습니다. 입분이 물어보려는데 유진 언니가 먼저 말했습니다.

"난 잠깐 외출하려고 나왔단다. 요즘 경성 날씨가 유례없이 덥기야 하지만, 갇힌 것보다야 낫잖아. 일단 나가서 바람이라도 쐬어야지."

그러고 보면 언니는 산뜻하고 가벼운 양장 차림이었습니다. 꾸밈 많은 차림새와 몸에서 풍기는 향수 내음을 맡으며 입분은 마음이 놓였습니다.

그래, 무서운 일은 끝난 거야. 이제 더는 걱정하지 않아도 돼.

입분은 유진 언니와 함께 아파트 계단을 내려갔습니다. 201호 앞에 여전히 순사가 서 있는 게 보였습니다. 언니가 작게 중얼거렸습니다.

"저 순사, 언제까지 저기 서 있는 걸까? 어머나, 맞은편 계단에 가깝게 섰잖아. 저기서 올려다보며 내 집을 감시하려는 건 아니겠지? 아니, 아니야. 저기서는 402호 도어가 보이지 않잖아. 하지만 내편 계단으로 출입하는 건 보일 텐데⋯⋯."

유진 언니는 2호와 3호에 붙은 계단을 '내편', 1호와 4호에 붙은 계단을 '맞은편'이라고 부르곤 했습니다. 늘 같은 계단을 오르내리니 내편과 맞은편의 구분이 생긴 모양입니다. 그렇게 따지면 입분 또한 내편과 맞은편의 구분이 있었습니다. 유진 언니와는 정반대였지만⋯⋯.

"그런데 이쁜아, 너도 외출하려는 거지? 어디 가려는 건데?"

"마님이 장을 봐 오라고 하셔서⋯⋯."

입분의 말은 물건을 정리 중인 감독님과 조감독님과 마주치면서 멈췄습니다. 작업복 차림인 감독님이 유진 언니에게 인사했습니다.

"무사히 계셨군요!"

"아니, 설마 영화 촬영을 다시 하려는 건가요? 그런 일이 있었는데, 아직도⋯⋯."

조감독님의 손에 들린 카메라를 보는 유진 언니의 얼굴에 놀란 표정이 떠올랐습니다. 하지만 감독님은 태연했습니다.

"불행한 일은 불행한 일이고, 산 사람은 자기 할 일을 해야

마땅하지요. 아파트가 헐리기 전에는 얼른 촬영을 마쳐야 할
테니……."

"아파트가 헐린다고요?"

입분은 저도 모르게 끼어들었습니다. 감독님이 고개를 갸
우뚱거렸습니다.

"듣지 못했느냐? 이 아파트를 곧 허물 거라던데. 더는 쓸모
가 없으니까……."

"아니, 그게 무슨 소리예요? 대체 누가 그랬나요? 설마 그
사이 새 집주인이 나타났어요?"

유진 언니가 물었습니다. 감독님이 고개를 끄덕였습니다.

"202호에 사는 히로타 교수님이요. 알고 보니 우에다 씨의
처남이랍니다. 우에다 씨의 가족이 없어서 그분이 모든 유산
을 상속받았고, 명성아파트를 처분할 권리도 생겼다고……."

"네?"

입분은 아득해졌습니다. 히로타 교수님의 집에서 받은 종
이에 두 사람의 이름이 나란히 있었고, 분명 '家族關係(가족
관계)'라는 글자도 보았습니다. 언니가 놀라서 외쳤습니다.

"히로타 씨에게 사정을 들어봐야겠어요!"

"그분은 막 외출했습니다. 상속에 관한 서류를 내러 간다더
군요. 자기가 여기를 상속받게 되었다, 아파트를 철거할 거다,
그렇게 통보하고서는 바로 가버리는데 어찌나 날렵하던지요!"

유진 언니의 얼굴에 놀람과 걱정이 떠올랐습니다. 입분 또한 마찬가지였습니다. 두 사람의 속도 모르고 감독님이 태평히 중얼거렸습니다.

"히로타 교수님도 참 행운아지요. 우에다 씨는 아파트를 가진 사람이니 남긴 재산도 많을 겁니다. 이 땅만 해도 꽤 가치 있잖습니까? 경성의 땅이니까요. 우에다 씨가 죽으면서 그야말로 횡재한 거지요! 잇카쿠센킨(一攫千金)!"

감독님의 말에 우에다 씨가 죽은 걸 안타까워하는 감정은 전혀 느껴지지 않았습니다.

문득 오싹해졌습니다. 201호에서 우에다 씨를 발견한 건 입분과 마님, 히로타 교수님이었습니다. 그리고 교수님은 옆집인 202호에 살고 있었습니다.

교수님이 우에다 씨를 죽인 게 아닐까? 일확천금을 위해서!

"이제 더는 끔찍한 일이 벌어지지는 않을 겁니다. 남은 시간 동안 우리는 영화를 열심히 찍고 가야지요. 아, 유진 씨, 오늘 시간 있습니까? 그날 못 했던 촬영 말인데요……."

"시간이라면 있긴 하죠. 그런데……."

감독님과 유진 언니가 진지하게 대화를 나누었습니다. 하지만 입분은 도무지 거기 신경 쓸 수 없었습니다. 마치 순식간에 넘쳐흐르는 솥의 거품처럼 의심이 끓어넘쳤습니다.

범인은 아직 명성아파트 안에 있는 게 아닐까?

뭔가를 대화하던 유진 언니가 얼른 촬영 준비를 해야 한다며 서둘러 위로 올라가버렸습니다. 혼자 남겨진 입분은 뒤늦게 걸음을 옮겼습니다. 결국 혼자 외출해야만 했습니다. 기분 탓인지 거리에 순사가 많이 보이는 것 같았습니다. 장을 보는 내내 상회 점원이 아파트에서 무슨 일이 벌어졌는지를 물었지만 입분은 우에다 씨가 죽었다는 말밖에 할 수 없었습니다. 세상이 점점 흉흉해진다는 점원의 중얼거림이 그저 불평 같지는 않았습니다.

장을 본 뒤 아파트를 향해 터덜터덜 걸어가는데, 뒤에서 목소리가 들렸습니다.

"입분아!"

윤기였습니다. 허겁지겁 다가오는 윤기에게 입분은 손을 쓱 내밀었습니다.

"신문 줘."

"……뭐?"

"작가님께 드릴 신문. 어차피 나한테 대신 전해달라고 하려던 거잖아?"

"야, 너는 왜 그런 말부터 하냐? 내가 얼마나 걱정했는데……."

"내 걱정을 했다고?"

뜻밖의 말을 듣고 입분이 되물었습니다. 윤기가 골이 난 얼굴로 대꾸했습니다.

"명성아파트에 순사들이 지켜 서고 있고, 그 안에서 뭔가 흉흉한 일이 벌어졌다고 하잖아. 사람들이 아무도 출입하지 못한다고 하니까 어떻게 된 건지 궁금해서 마음 졸였단 말이야. 너한테 무슨 일이 생겼나 싶어서……."

평소와 다르게 솔직하게 들리는 윤기의 말투가 우스웠지만 듣기 멋쩍고 괜히 부끄럽기도 했습니다. 누군가 자신을 걱정해준 건 오랜만이었습니다. 입분은 일부러 퉁명스레 말했습니다.

"나만 곤란스러웠겠니? 다들 그랬지 뭐."

"대체 무슨 일이 있었던 거야?"

"……우에다 씨가 돌아가셨어. 누군가 우에다 씨를 죽인 거야."

"소문대로였구나! 우에다가 죽었다는 게!"

윤기의 눈이 커지고 입이 벌어졌습니다. 윤기 역시 우에다 씨의 죽음을 슬퍼하기보다는 호기심만 가득해 보였습니다. 그 모습이 꼴 보기 싫어서 입분은 빠르게 걸었습니다.

"야! 입분아! 뭐야, 왜 그래?"

등 뒤에서 윤기가 외쳤지만 입분은 대꾸하지 않았습니다. 왜인지 눈물이 글썽였습니다.

우에다 씨는 아파트를 가졌으니 부유한 사람이겠지. 그런 사람조차 죽은 뒤에는 아무도 슬퍼하지 않아. 그러면, 내가 죽으면 더더욱 아무도……

울적한 생각은 윤기의 목소리 때문에 끊어졌습니다.

"아파트 주위를 어슬렁거리던 남자가 범인인 거지?"

입분은 저도 모르게 발걸음을 멈출 뻔했습니다. 문득 엉뚱한 생각이 떠올랐습니다. 거기 몰두하느라 뒤에서 윤기의 부름에 귀 기울일 겨를이 없었습니다.

장을 다 본 뒤 301호로 돌아온 입분은 곧바로 마님에게 들은 것들을 전했습니다. 교수님이 명성아파트의 새로운 주인이 되고 곧 아파트를 허물 거라는 이야기를 들으며 마님은 팔짱을 낀 채 손가락을 까닥거렸습니다. 곤란하거나 성에 차지 않는 게 있을 때 보이는 습관이었습니다. 마님이 나직이 뱉은 말도 다르지 않았습니다.

"곤란하게 되었구나. 그래서, 순사들은 모두 돌아갔더냐?"

"201호 앞에 아직 순사가 지키고 있어요. 아파트 주변에도 순찰을 다니는 거 같았고요."

입분은 자기가 본 걸 말했습니다. 마님은 다시 중얼거렸습니다.

"곤란하게 되었어. 여기서 얼마나 더 머물지는 모르겠지만, 그때까지 보는 눈이 계속 붙어 있으면 번거로울 테지……."

입분은 잠자코, 눈을 감은 채 뭔가를 깊이 생각하는 마님을 지켜보았습니다.

마님은 명성아파트에서 떠나시려는 걸까? 그러면 나는 어떻게 되는 거지?

작년 겨울 야마자키 씨의 집에서 쫓겨난 뒤 겨우 마음 붙일 곳이 생겼다고 여겼는데, 좋았던 시간은 너무 금방 끝나고 말았습니다. 마님이 명성아파트를 떠날 생각을 한다는 건 입분 또한 마님에게 버려질지도 모른다는 뜻이기도 했습니다. 눈앞에 앉은 마님이 너무나도 멀게 느껴졌습니다.

나중에 감독님이나 작가님에게 지금까지 심부름한 값을 달라고 말해야겠어. 조금이라도 돈이 있어야 혼자서 어떻게든 더 버틸 수 있을 테니까.

눈에 맺히려는 눈물을 꾹 참고 입분은 생각했습니다.

그때 마님이 눈을 떴습니다. 마님이 나른하게 중얼거렸습니다.

"그러고 보니 이 아파트 사람들이 한자리에 모인 적은 한 번도 없었지. 여기에서 할까, 1층에서 하는 게 좋을까……. 뒷정리도 번거롭기는 한데……. 얘, 입분아."

갑작스러운 부름에 깜짝 놀라는 입분을 보며 마님이 웃었습니다.

"네가 해줘야 할 게 있다."

마님이 가벼운 외출복을 입고 바깥에 나간 사이 입분은

뜻밖의 심부름을 해야 했습니다. 명성아파트의 모든 집을 돌며 주민들에게 마님의 말을 전하는 일이었습니다.

"오늘 저녁 친목 모임을 가집시다."

정말로 느닷없었습니다. 마님이 가끔 충동적으로 일을 벌이는 걸 몇 번 겪은 적 있었습니다. 하지만 이번만큼은 도저히 영문을 알 수 없었습니다. 입분만 의아한 게 아니었습니다.

"너네 마님이 파티를? 갑자기 왜?"

유진 언니가 눈이 동그래져서 되물었습니다. '파티'라는 말이 모임을 뜻하는 외국어라는 걸 입분도 알고 있었습니다. 언니가 입은 파란 원피스가 잘 어울렸지만 자세히 볼 겨를은 없었습니다. 입분은 마님이 전하라고 한 대로 말했습니다.

"마님은 우에다 씨가 돌아가셨고 아파트도 앞으로 어떻게 될지 모르는데, 같이 살던 사람들끼리 너무 모른 척하고 산 게 아닌가 걱정하셨어요. 마님이 장 보러 나가시면서, 음식이며 술을 장만할 테니 저더러 아파트에 사는 분들을 부르라고 하신 거예요."

입분은 고개를 갸웃거리는 언니와 같은 심정이었습니다. 더위를 질색하는 마님이 한낮에 외출하는 것부터 뜻밖이었습니다. 싫어하는 땡볕 한가운데로 나가면서까지 모임을 열려는 이유가 있을 것 같았습니다.

미우라 경부는 아직 303호에 있었습니다. 사복 차림의 경부가 문 앞에 우뚝 선 채 차갑게 노려보았습니다. 입분이 덜덜 떨며 마님의 말을 전하자 경부의 얼굴이 굳어졌습니다.

"최연자가 대체 왜……."

하지만 경부는 고개를 끄덕이고는 밖으로 나와 문을 잠근 뒤 아래로 내려가버렸습니다. 홀로 남겨진 입분은 가슴을 쓸어내렸습니다. 경부의 발소리가 멀어지고 나서야 계단을 내려갔습니다.

영문을 모르겠다는 반응을 보인 건 작가님도 마찬가지였습니다. 여전히 어수선한 모습인 응접실 안을 오가며 작가님이 중얼거렸습니다.

"사람이 죽은 게 바로 얼마 전인데, 갑자기 연회를 연다고? 최 여사는 대체 무슨 생각인 거지? 죽음을 애도하는 마음이 없는 건가? 아니야, 속단하면 안 되지. 전한 그대로의 이유인지도 모르니까. 하지만 대체 왜 이렇게나 급작스레……."

입분은 한참 동안 우두커니 선 채 두서없는 중얼거림을 들어야 했습니다.

히로타 교수님은 202호에도, 아파트 어디에도 없었습니다.

유일하게 마님의 말에 반가워한 건 감독님 일행이었습니다. 입분의 말을 듣고 다들 즐거워했습니다. 감독님이 얼른 말했습니다.

"당연히 가야지! 여사님에게 영화 출연을 권할 기회가 생긴 거니……."

유진 언니가 영화에 나오는 게 아니었냐고 묻고 싶었습니다. 하지만 감독님이 조감독님과 사토 씨를 부르며 문을 닫아버렸습니다. 뭔가를 옮기며 컴컴한 집 안을 분주히 오가던 감독님 일행은 마치 두더지 같았습니다.

마님은 한참 후에 돌아왔는데, 그 뒤로 윤기도 왔습니다. 양손에 물건이 가득 담긴 상자를 들고 끙끙거리는 윤기를 보고 입분은 얼른 냉장기에 미리 넣어둔 찬물을 냈습니다. 상자를 내려놓은 뒤 윤기는 헤벌쭉 웃으며 잔을 받아 벌컥벌컥 물을 마셨습니다. 집 안 여기저기를 힐끔거리는 윤기를 어떻게 밖으로 내보낼지 고민하는데, 선풍기를 켜고 바람을 쐬던 마님이 물었습니다.

"다들 뭐라고 하더냐? 올 수 있다고 하시더냐?"

"감독님 일행과 작가님, 유진 언니는 올 수 있다고 했어요. 경부님은 고개만 끄덕이셔서 잘 모르겠고요. 교수님은 집에 안 계셔서 여쭙지 못했는데……."

"교수님과는 귀가할 때 동행했다. 그분도 흔쾌히 올 수 있다고 하셨다. 마침 아파트 주민들에게 전해야 할 말도 있었는데 계기가 만들어져서 잘되었다고 하시더구나."

갑작스러운 모임에 명성아파트 주민들이 모두 참가하게 된 것이 퍽 신기했습니다. 입분의 생각은 윤기의 말로 뚝 끊어졌습니다.

"마님, 오늘 여기서 뭔가 크게 여시려는 건가요? 에헤헤."

마님을 보며 헤헤거리는 윤기의 비굴한 표정과 말투가 꼴 보기 싫었습니다. 마님은 고개를 끄덕였습니다.

"사람들과 친목을 다지려고 모임을 열 생각이다."

"친목이라니요? 여기서 사람도 죽었고, 이 근처에 수상한 사람이 얼쩡거리고, 아무튼 이상한 일이 많잖아요? 게다가 아파트도 곧 허문다는 소문도 돌던데요. 그런데 갑자기 모임을 열면 다들 이상하게 보지 않을까요?"

마침 궁금한 걸 물어서 입분은 윤기를 말리지 않았습니다. 마님은 대수롭지 않게 대답했습니다.

"어지러운 때니까 더더욱 함께해야지. 일본국도 팔굉일우라는 말로 아시아의 모든 나라가 친구처럼 지내야 한다, 하나의 정신을 지녀야 한다고 외치는데, 우리라고 그런 걸 흉내 못 낼 건 없지. 지금이라도 아파트 주민들과 친목을 다지며 함께하는 것이 나쁠 리 없다."

평소보다 어렵게 들리는 말이었습니다. 마님이 어려운 단어를 섞어 길게 말할 때는 뭔가 숨기는 게 있어서였습니다. 마님이 술 따위를 더 사 오라고 하고 윤기가 웃으며 굽실거리는 걸 보면서도, 입분은 마님의 진짜 속마음이 무엇인지를 생각했습니다.

"이따 내놓을 술안주도 좀 살펴야겠구나. 뭘 내놓으면 좋을까? 애, 입분아?"

마님의 부름에 입분은 뒤늦게 정신 차렸습니다.

"지금 뭐가 남아 있는지 살펴볼게요."

"사 와야 할 게 있으면 얼른 이야기하거라. 네 친구가 기다리고 있으니까."

윤기가 실없이 실쭉 웃었습니다. 입분은 못 본 척하고 몸을 홱 돌렸습니다.

"저 아이가 낯을 가리니까, 친구인 네가 잘 대해주렴."

마님의 목소리도 듣지 못한 척했습니다. 윤기는 성가시게 굴 뿐이었습니다. 게다가 친구는 만들지 않는 게 좋았습니다. 아직도 언제 버려질지 알 수 없는 처지였습니다. 누군가를 친하게 여겼다가 그 사람에게 버려지면 정말로 슬플 것 같았습니다.

윤기가 나간 뒤, 입분은 멍하니 창밖을 보았습니다. 하늘은 어느덧 흐려져 있었습니다. 짙은 먹구름이 하늘을 가득 메웠습니다. 해 진 뒤에 비가 거세게 올 것 같았습니다.

비라도 오면 조금은 시원해지겠지?

무심코 아래를 보자 윤기가 보였습니다. 위를 멀거니 보던 윤기가 웃으며 손을 흔들었습니다. 입분은 저도 모르게 손을 들었다가 민망해서 얼른 몸을 돌렸습니다.

"저 아이와도 친하게 잘 지내려무나."

입분의 속도 모르고 마님이 말했습니다. 뒤에서 지켜보고 있던 모양이었습니다. 입분은 부끄러워서 빨개지려는 얼굴을 감춘 채 부엌으로 들어갔습니다. 지금부터 준비를 해야 저녁에 들이닥칠 손님들을 받을 수 있었습니다.

가능성과 의심

그날 저녁 301호에서 모임이 열렸습니다.

야마자키 씨 집에 있을 때 술상을 내간 적이 더러 있었습니다. 이런저런 술안주도 만들어보았고, 야마자키 씨가 손님과 정종을 마시며 이야기를 주고받을 때 술과 술안주를 부지런히 나르기도 했었습니다. 술이 풍기는 이상한 향기나 술을 마신 이들이 빨갛게 얼굴이 달아오른 채 느슨해지거나 소란을 피우는 모습도 익숙했습니다.

하지만 명성아파트에서 열린 모임은 전혀 달랐습니다.

301호는 마님의 취향에 맞춰 장식품은 많이 두지 않고 책상과 의자같이 꼭 필요한 것만 두었을 뿐이었습니다. 하지만 한 시간이나 이르게 온 작가님이 거실을 보고는 고개를 세차

게 저었습니다.

"아니, 안 돼! 이러면 안 된단 말이오! 이래서야 술만 마셔 댈 뿐, 유희가 전혀 없소! 최 여사가 모처럼 풍류 가득한 제안을 했는데, 이렇게 해서야 곤란하지!"

그렇게 말하고 나간 작가님은 잠시 후, 네모난 상자를 가져왔습니다. 입분이 본, 태엽을 감아 돌리는 전축이 그 안에 담겨 있었습니다. 마님의 허락을 받아 전축을 응접실 구석에 놓으며 작가님이 웃었습니다. 평소의 퉁명스러운 모습은 온데간데없이 들떠 보였습니다.

"파티라는 건 모름지기 시끌벅적해야 제맛이거든!"

꼭 그렇게 시끄러워야 하는 걸까?

입분은 알 수 없었습니다. 히로타 교수님도 입분과 같은 생각인 듯했습니다. 문을 노크하고 들어온 교수님은 전축을 보자 얼굴을 찌푸렸습니다.

"나는 좀 더 고상한 사교 모임인 줄 알았는데……."

양복을 멋지게 갖춰 입은 교수님의 투덜거림은 뒤이어 평소처럼 후줄근하게 입은 감독님과 근사하지만 가벼워 보이는 파란 원피스를 입은 유진 언니가 들어오면서 묻혔습니다.

거실 한가운데로 탁자와 의자를 옮겼고, 101호 응접실에 있는 가구도 301호로 가져왔습니다. 윤기가 끙끙대며 옮기는 걸 입분도 거들었습니다. 마님에게 돈을 받은 윤기가 헤헤

웃으며 허리를 꾸벅 숙인 뒤 입분에게도 실쭉 웃어 보이고는
가버렸습니다.

시간을 지켜 301호에 온 건 그렇게 네 명이었습니다. 초대
받은 이들이 자리에 앉는 걸 우두커니 서서 지켜보는데, 마
님이 유진 언니의 옆자리를 가리켰습니다.

"입분아, 너는 저기 앉거라."

교수님이 헛기침했습니다. 식모와 함께 앉는 게 못마땅한
모양이었습니다. 마님이 얼른 말을 덧붙였습니다.

"오늘은 명성아파트에 사는 사람들끼리 친근하게 지내자
는 취지로 모임을 열었습니다. 그러니 지금 여기서만큼은 신
분이나 격식 같은 건 잊고 편안히 즐기는 게 어떨지요?"

교수님은 얼굴을 찌푸렸지만 유진 언니나 작가님이 입분에
게 이야기를 걸어주는 걸 보고는 더는 말을 잇지 않았습니
다. 마님과 유진 언니, 작가님의 마음 씀씀이가 감사했습니다.

입분이 술안주로 만든 것은 거의 없었습니다. 마님과 윤기
가 사 온 군것질거리를 그릇에 담아내는 게 전부였습니다. 탁
자 위에 올려놓은 맥주와 포도주병 사이에는 모양이 예쁘지
만 낯선 술도 있었습니다. 술병을 집으며 감독님이 탄성을 질
렀습니다.

"스카치위스키 아닙니까! 내지나 조선에서 흉내만 낸 가짜
가 아니라, 외국에서 수입한 진짜잖아요! 나는 워카나 싸구

려 샴팡만 나와도 참 좋겠다 싶었는데, 여사님께서 큰돈을
쓰셨군요!"

"바쁜 분들을 초대했으니 이 정도의 성의는 보여야겠지요.
당연히 보드카와 샴페인도 준비하는 게 마땅하고요."

마님이 나긋하게 말했습니다.

술 마시고 대화를 나누면서 분위기는 한결 편안해졌습니
다. 감독님과 유진 언니가 잡담하며 가볍게 웃고, 교수님과
작가님은 맥주를 마시면서 바짝 붙어 앉은 채 작은 목소리
로 이야기를 주고받았습니다. 작가님이 가져온 전축에서 재
즈 음악이 흥겹게 퍼졌습니다.

노래를 부르자 사랑의 소나타
이 밤이 다 새도록 노래를 부르자
아, 어여쁜 아폴로
워카를 마시며 노래를 부르자

모두를 지켜보며 입분은 사이다를 홀짝였습니다. 거품이
보글보글 솟아오르고 마시면 입안이 따끔거렸지만, 그만큼
달콤하고 시원했습니다. 사이다를 마시자 트림이 나와서 참
느라 혼났습니다. 옆을 보니 마님 또한 위스키를 홀짝이며
웃는 얼굴로 모두를 지켜보고 있었습니다.

빈 술병이 늘어났습니다.

　춤이나 추잔다 사랑의 탭 댄스
　이 밤이 다 새도록 춤이나 추잔다
　아, 귀여운 아파슈
　샴팡을 마시며 춤이나 추잔다

작가님이 빨개진 얼굴로 외쳤습니다.
"우리도 춤을 춥시다!"
　기다렸다는 듯 유진 언니가 벌떡 일어나 작가님에게 다가
갔습니다. 두 사람의 춤은 서툴렀지만 신나는 음악 때문에
즐거워 보였습니다. 입분은 박수를 치며 두 사람을 정신없이
바라보았습니다. 이어서 일어선 건 뜻밖에 마님이었습니다.
마님이 웃으며 교수님에게 손을 내밀었고 교수님은 당황해하
며 맞잡았습니다. 춤에 무척 능숙한 마님과 춤이라고는 전혀
모르는 듯한 교수님의 움직임이 어우러져, 두 사람의 춤은 의
외로 그럴듯하게 보였습니다. 춤이 끝나자 감독님이 환호성
을 외쳤습니다. 감독님의 눈이 마님을 계속 따라갔습니다.

　춤추고 노래해 여기는 팔레스
　우리는 에로이카 그늘의 용사다

아, 상냥한 악마여
산토리 마시며 춤추고 노래해

분위기가 후끈 달아올랐습니다. 그 뒤 이야기가 열렬히 이어졌습니다. 일본이 중국에서 치르는 전쟁 소식, 구라파에서 독일과 이웃 나라 사이가 전쟁이 일어날지도 모를 만큼 험악하다는 신문 기사, 아직도 조선의 경제를 좀먹는 10년 전의 대공황 등, 어려운 이야기가 많았습니다.

포도주를 홀짝이던 유진 언니가 흐트러진 목소리로 말했습니다.

"세상이 얼른 평화로워졌으면 좋겠어요. 요즘 백화점도 예전만 못하거든요. 물가가 오르기만 하니 사는 사람은 없고 구경꾼만 늘었다니까요? 불경기가 끝나고 세상이 조용해져야 장사도 잘될 텐데요."

"영화도 마찬가지입니다. 다들 쉽고 안전하게만 돈을 벌려고 해서 무조건 할리우드 걸 수입해 틀기만 하면 된다는 극장주들이 그득하니, 영화 만드는 이가 발붙일 곳이 점점 준단 말입니다. 나라에서 이제라도 미국을 해로운 나라로 여겨 그곳 영화들을 배척하니 그나마 다행이지, 이거야 원."

감독님이 거칠게 투덜거리자 작가님이 새빨개진 얼굴로 크게 외쳤습니다.

"왜 이런 비극이 벌어지는 줄 압니까? 욕심 때문이에요! 인간이란 존재는 늘 문제투성이인데, 개중 가장 큰 문제가 바로 시커먼 욕심이지요! 그것이 뱃속에 한가득 들어차 있어서 온 세상이 이 꼴락서니란 말입니다!"

"작가 선생의 말이 정론이군. 암, 그렇고말고! 다들 금을 찾겠다고 혈안이거든!"

작가님 옆자리에 앉은 히로타 교수님이 말을 받고는 맥주를 벌컥벌컥 들이켰습니다. 교수님도 취한 게 분명했습니다. 작가님이 키득거렸습니다.

"이거야 원, 학식 높은 분께서 작가 나부랭이의 말이 옳다고 해주시니, 참으로 영광입니다!"

교수님의 꼬인 혀도 작가님의 정중한 말투도 우스웠습니다. 교수님이 다시 외쳤습니다.

"세상의 모든 죄악은 욕심에서 비롯되는 거야. 국가가 온갖 허울 좋은 명분을 앞세우며 전쟁을 일으키지만, 실은 옆 나라가 가진 걸 빼앗고 싶어서 폭력을 써서 강탈하려는 거지. 사람도 똑같아. 제 손에 쥔 것에 만족하지 않고 남의 손에 든 것까지 탐하는 건 어쩔 수 없는 일이야! 사회진화론에서도 약육강식을 외치지 않나. 더 많은 부를 거머쥐려면 남의 것을 가져야 하고, 남의 것을 가지려면 결국 그자를 죽여 없애야 해!"

"그거 재미있군."

갑작스레 나온 말에 집 안이 갑자기 조용해졌습니다. 입분은 떨어뜨릴 뻔한 컵을 꼭 움켜쥐었습니다. 불쑥 등장한 미우라 경부가 모두의 놀란 눈길을 받으며 빈 의자에 앉았습니다.

"왜 그러나? 나도 초대받았어. 아파트 주민끼리 친목을 다지자며 나를 초청하지 않았나?"

모두의 눈이 마님을 향했습니다. 마님은 술에 취해 상기된 얼굴로 고개를 끄덕였습니다.

"미우라 경부님도 명성아파트의 주민이시니 함께하면 좋다고 생각했습니다."

"대체 무슨 꿍꿍이로 나를 부른 건지 궁금해서 와봤더니, 이거 참, 재미있는 이야기를 하는 중이었군. 옆 나라가 가진 걸 탐해서 전쟁을 일으킨다고? 우리 일본이 중국에서 치르는 전쟁은 인도적인 행위야. 미개한 이류 국가에서 사는 어리석은 중국인들을 구하려는 선의에서 고난을 무릅쓰는 거지. 그런데 제멋대로 곡해하는 이유는 대체 뭐지? 게다가 살인에 대한 흥미로운 견해까지 나왔군. 계속해보게. 또 어떤 이야기가 나올지 궁금하니까."

작가님과 교수님이 얼어붙은 게 보였습니다. 다들 당황한 게 분명했습니다. 얼어버린 분위기를 깬 건 유진 언니였습니다.

"경부님, 용케 모임에 나오셨네요. 일 끝내고 오신 거죠? 무척 피곤하시겠어요."

"늘 바쁘고 힘든 일뿐이니 귀가하면 곧바로 잠들어버리지. 나도 아파트 사람들과 깊이 교류하고 싶다는 생각은 있었지만 그러지 못했는데, 마침 이렇게 좋은 계기가 생긴 참이오."

경부가 헛기침하더니 뜻밖에 어설픈 미소를 지었습니다.

"경계하지 않았으면 하오. 오늘은 나도 명성아파트 주민으로서 모임을 즐길 거요. 여기서 들은 건 다 잊도록 하지."

경찰이 하는 말을 믿을 수 없었습니다. 하지만 이대로는 분위기가 엉망이 될 것 같아서 입분은 용기를 냈습니다.

"경부님, 뭘 드실 건가요? 무슨 술을 좋아하시나요? 제가 한 잔 따라드릴게요."

미우라 경부가 웃었습니다.

"좋은 술이 많군. 그러면 나는 워카를 다오."

흉포한 맹수를 닮은 웃음이었습니다. 꺼림칙한 기분을 입분은 애써 떨쳐냈습니다.

분위기가 누그러졌습니다. 하지만 모두 잡담하다가도 경부의 눈치를 보았고, 경부도 대화에 슬며시 끼어들며 이야기를 듣고 있다는 기색을 드러냈습니다. 꾸민 듯한 들뜬 분위기가 어색했습니다.

애써 이어지던 평온함을 흔든 것은 뜻밖에도 마님이었습니다.

"경부님, 우에다 씨의 죽음은 아직 조사 중입니까?"

모두 조용해졌습니다. 웃고 떠드는 내내 언급되지 않았던 화제였고, 경부마저도 여태 사건 이야기는 한마디도 하지 않았습니다. 잔 속 술을 비운 뒤 경부가 얼굴을 찡그렸습니다.

"조금 전까지 조사하다가 왔네. 이 건 때문에 내가 오래 조사 중인 보석 연쇄 도난 사건도 잠시 미뤄둔 참이야. 지금은 수상한 자들을 추적하는 중이지."

"추적이라면…… 설마, 범인이 누구인지 아시는 거예요?"

유진 언니가 물었습니다. 경부는 고개를 저었습니다.

"경성에 암약하는 불온 단체를 조사하고 있어. 가정부에 엮인 자들이나 무정부주의자, 공산주의자, 혹은 그저 어중이떠중이 집단의 짓일지 아직 명확하지 않지만."

"집단이라고 말씀하시는 게 이상하군요. 우리가 모르는 증거가 있어서 그런 표현을 쓰시는 것 같단 말입니다. 우에다 씨 사건은 단독범의 소행이 아니라는 겁니까?"

작가님이 끼어들었습니다. 감독님도 고개를 끄덕이며 말을 이었습니다.

"그러고 보니 다수의 범행이라는 증거는 없었던 것 같은데요? 저도 작가 죠 씨에게 들은 게 다입니다만, 현장에는 벽에 글씨가 적혀 있을 뿐이라고 하던데요."

"이건 기밀인데…… 그놈들이 경찰서에 투서를 보냈소."

모두 조용해졌습니다. 놀란 눈길을 즐기듯 경부는 자기 잔에 위스키를 느긋이 따랐습니다.

"오늘 새벽 경찰서에 웬 놈들이 돌을 던져 창문을 깨뜨렸소. 불온 분자의 충동적인 소행인 줄 알았는데, 돌에 투서가 묶여 있었다더군. 거기에 '명성아파트라는 회색 성채에 숨은 일제의 흉악한 종놈을 처단했다. 우리의 의거는 계속될 것이다!'라는 괘씸한 말이 적혀 있었지. 삐뚤삐뚤하게 누구 글씨인지 모르도록 꾸몄지만, 그런 알량한 위장은 금방 들통날 거야. 그 소동 때문에 오늘 당신들의 감시가 끝난 거고."

"어째서입니까?"

마님이 물었습니다. 경부가 대답했습니다.

"당신들을 아파트에 억류한 다음 날 온 투서인데, 그사이 당신들이 외부와 연락을 취한 흔적은 없었어. 전화나 우편물이 오가는지 부하들이 감시했고, 심부름을 부탁한 물건에 수상한 점이 있는지도 모두 확인했지. 당신들이 직접, 혹은 외부와 연락을 취해 투서를 보냈을 리는 없다는 게 우리의 결론이오."

경부의 말대로였습니다. 어제와 오늘 사이 아파트에서 바깥으로 뭔가를 전할 수도, 몰래 빠져나갈 수도 없어 보였습니다. 아무리 우에다 씨를 죽인 무서운 자라 해도……

눈앞의 사람들을 의심하는 자신을 깨닫고 입분은 깜짝 놀랐습니다. 하지만 정작 모두의 얼굴은 밝아졌습니다. 경부의 말 때문에 의심이 풀린 게 분명했습니다. 그 뒤 사람들이 빠르게 술을 마셨습니다. 서로 잔을 채우고 다시 권하는 모습이 기뻐 보여서 더욱 이상해 보였습니다.

"경부님, 얼른 범인을 잡아주세요. 우에다 씨의 억울함을 풀어야 하잖아요?"

유진 언니의 혀 꼬인 목소리에 애교가 섞였습니다.

"옳소! 범인을 응징하라!"

작가님이 크게 소리치고는 낄낄거렸고, 어깨동무한 감독님도 웃음을 터뜨렸습니다. 경부는 새빨개진 얼굴로 외쳤습니다.

"범인? 잡아야지! 잡아야 하고말고……. 응? 알고 보니 이 안에 흉악한 자들과 내통하는 놈들이 숨어 있는 거 아니야? 거기 어깨동무한 둘, 당신들이 제일 수상해 보여!"

"경부님도 참, 무서운 농담을……."

마님이 새빨개진 얼굴로 손사래 치며 대꾸했고 유진 언니가 키득거렸습니다. 경부 역시 손가락질을 멈추고 크게 웃었습니다. 입분은 괜히 철렁했던 가슴을 다독였습니다. 작가님도 놀라지 않은 척 괜히 목소리를 높였습니다.

"세상에서 우리만큼 결백한 사람이 어디 있겠습니까? 가난뱅이 작가 놈과 빈털터리 영화감독이라니, 이만큼 하늘을 우러러 떳떳한 이도 드물지요!"

"헛소리! 가난한 놈들이 돈을 노리고 사람을 죽이는 사건을 내가 얼마나 본 줄 알아? 무일푼인 놈들이 가장 악독해! 남의 돈이 탐나서 흉악한 짓을 쓱 저지르니까!"

혀 꼬인 채 중얼거리던 경부가 홱 고개를 돌렸습니다. 그의 흔들리는 팔이 말없이 술을 홀짝이던 교수님을 가리켰습니다.

"교수, 당신도 범인일 수 있어. 우에다의 부인은 오래전 죽었고 우에다에게 다른 혈연은 없어서 처남인 당신 혼자 모든 유산을 상속받았지. 아주 그럴듯한 동기야! 큰돈과 이 아파트까지 손에 들어오는 거니까. 그걸 노리고 우에다를 죽였을지도 모르지."

어느새 모두의 잡담이 멎었습니다. 교수님이 굳은 얼굴로 말했습니다.

"미우라 경부, 많이 취했소."

"당신은 202호에 살지? 바깥의 눈치를 살피다 사람이 없을 때 슬쩍 나가서 201호로 들어갔겠지. 그러고는 방심하던 우에다의 목을 졸랐던 거야. 콱!"

경부는 조용해진 사람들을 훑어보며 히죽거렸습니다.

"왜들 정색하는가? 이건 다 가능성일 뿐이야. 진실이 밝혀지기 전까지는 가능성만 가득하거든. 그러니 작가 당신도 범인일 수 있지. 당신, 그날 몇 번이나 2층을 오갔다며?"

"네? 촬영 때문에 챙겨야 할 게 많았어요! 그래서 집에 다녀온 것뿐입니다."

"자기 집으로 가는 척하며 201호로 가서 우에다 씨를 해쳤을지도 몰라! 그래, 같은 방식으로 감독 당신도 범인이 될 수 있지. 당신도 2층을 계속 오갔다고 하니까. 그렇지 않나?"

사람들의 얼굴이 굳어졌습니다. 그때였습니다. 마님이 경부를 바라보며 말했습니다.

"재미있네요. 경부님은 저 또한 범인으로 의심할 수 있을 것 같습니다만."

"맞아. 최연자, 당신도 범인일 수 있지. 201호 바로 위층에 사니 계단으로 금방 내려갈 수 있으니까. 우에다를 죽이고 곧장 자기 집으로 올라간 뒤 모른 척했던 거지. 어때? 지금이라도 자백하는 건."

경부의 눈초리가 취한 사람처럼 보이지 않았습니다. 입분은 마님이 대꾸하리라 여겼지만 뜻밖에 목소리를 낸 건 유진 언니였습니다.

"말도 안 돼요! 연자 씨는 죽은 우에다 씨를 가장 먼저 발견했잖아요? 이쁜이와 교수님도 옆에 있었는데, 처음 본 것처럼 거짓으로 꾸밀 수 있을 리 없잖아요?"

"우습군. 영화에 출연하려고 연기 연습을 하는 사람이 그런 말을 다 하다니. 그러는 이유진, 너도 범인일 수 있어.

4층에서 1층으로 내려오는 참에 다른 이의 눈을 피해 잠깐 201호에 갔겠지. 1층에 내려가다가 들렀다는 핑계를 대면서."

"아니에요! 잠깐 들른다는 것부터 말이 안 된다고요! 저는 1층으로 내려갈 때 201호가 있는 쪽의 계단은 이용하지 않는다고요! 경부님도 아시잖아요? 주민들 모두 자기 집 가까운 곳에 붙은 계단만 쓰는 것을요! 그런데……"

"그렇다면 저 식모 계집은 어떨까?"

경부에게 갑자기 지목당한 입분은 소스라치게 놀랐습니다. 숨이 멎는 것만 같았습니다.

"웃기는 게 말이야, 저 계집만은 범인일 가능성이 무척 낮아. 키가 작아서 우에다의 목을 조르기도 어려운 데다, 우에다가 저항하면 순식간에 제압당하겠지. 게다가 그날 저 아이 혼자 음식 준비하느라 쩔쩔매고 있었다면서? 영화 찍는답시고 거들먹거리며 쌀을 축내는 자들의 밥을 혼자서 지으려면 1층 부엌에 꼼짝없이 있어야겠지."

"마치 우리가 식충이인 양 말씀하시는군요. 세상 사람들이 예술가를 밥벌레로 여기는 풍조는 잘 알고 있습니다만."

작가님의 투덜거림을 듣고도 경부는 말을 멈추지 않았습니다.

"이 아파트에 사는 이 중 식모 계집을 제외한 너희 모두 범인일 수 있어. 상부에서 투서를 보낸 무리를 찾아 진상을 밝히라는 지시가 내려와서 거기 집중하고 있지만, 나는 아직도 너희가 수상해. 누가 흉악한 마음을 숨기고 있을지 모르니까. 아, 물론 식모 계집이 범인일 가능성도 있어. 우에다를 죽인 자의 공범이라면······."

입분은 놀라서 눈물이 맺혔습니다. 경부의 무서운 말을 끊은 건 마님이었습니다.

"경부님 또한 범인일 수 있지요. 경부님도 그날 집에 온종일 계셨으니, 다른 이들의 눈에 띄지 않고 몰래 집 밖으로 나와 범행을 저지를 수 있었을 겁니다."

"뭐?"

사람들이 이렇게나 많은데 집이 정말로 고요해졌습니다. 경부의 씩씩거리는 숨소리만 들렸고, 다른 사람들은 숨쉬기조차 잊은 것 같았습니다. 마님의 말이 이어졌습니다.

"가능성만으로는 그 누구도 범인일 수 있습니다. 명확한 증거 없이는 제가 범인일지, 경부님이 범인일지, 이렇게 그저 의심만 할 뿐이지요."

경부가 뭐라고 말하기 전에 마님이 위스키병을 들었습니다.

"저도 취했나 봅니다. 멍청한 소리를 다 했네요. 경부님, 사과드리겠습니다. 제 술을 받아주시겠습니까?"

"경부님께서 늘 노고가 크시다는 걸 우리도 잘 압니다. 그렇고말고요!"

"심려가 크셔서 우리를 걱정해주신 거겠지요, 아무렴요."

"미우라 경부야말로 일본을 지키는 대들보가 아닌가. 나랏일에 한결같이 충성스러운 모습에 감동했소!"

작가님과 감독님도, 심지어 교수님도 괜스레 말을 건넸습니다. 다들 얼굴이 새빨개진 경부가 화를 냈다가는 분위기가 어떻게 흐트러질지 모르기에 그러는 게 분명했습니다. 하지만 유진 언니는 거기 끼어들지 않았습니다. 언니는 눈을 크게 뜬 채 입술만 달싹이며 혼잣말을 중얼거렸습니다. 언니가 가끔 뭔가를 생각할 때 그런 적이 있었습니다.

마님이 몇 번이나 사과하고 다른 이들도 경부를 치켜올린 덕분에 경부의 노기가 겨우 풀렸습니다. 어쩌면 잔이 비자마자 다시 채우기를 거듭한 위스키 때문일 수도 있었습니다. 잠깐 사이 경부의 얼굴은 더욱 붉어졌고, 혀는 더욱 꼬였습니다.

"이 아파트, 곧 나가야 한다니, 안 되고말고. 아무렴, 안 된다고. 내가 갈 곳이, 응? 갈 데가 없는데, 감히 나더러, 나가라고, 대체 무슨 그런…… 죄다 유치장에…… 처넣어서…… 손톱에 쇠꼬챙이를…… 박아 넣어야……."

미우라 경부의 말이 끊겼습니다. 꾸벅꾸벅 흔들리는 경부의 고개를 보는데 나직한 한숨이 들렸습니다. 누가 낸 건지는 알 수 없었지만 그 사람도 입분과 같은 마음일 터였습니다.

"저 사람, 술버릇이 참 고약하군."

감독님이 중얼거렸습니다. 마님이 물었습니다.

"마침 경부님이 말을 꺼낸 참이니 여쭙고 싶네요. 히로타 교수님, 저희가 나갈 때를 미뤄주실 수 있습니까? 새로 살 곳을 구할 시간이 필요합니다. 올해 안까지 여유를 주신다면······."

다시 조용해졌습니다. 대답을 기다리는 모두를 보며 교수님은 고개를 저었습니다.

"안 되오. 아무리 늦어도 한 달 안에는 아파트를 허물 계획이오."

"아파트를 허문다니요? 이유가 궁금합니다."

"건물 상태가 좋지 않소. 여기를 허물고 새로 짓는 게 좋을 듯하여······."

"그건 이상합니다. 작은 문제가 여럿 있긴 하지만, 교수님도 명성아파트가 꽤 괜찮은 건물이라는 건 잘 아실 텐데요. 미흡한 게 있다고 해도 수리하는 정도면 충분히 보완될 문제입니다."

입분은 유진 언니를 보았습니다. 언제나 402호에 흠이 많다고 투덜거렸으니 이야기에 끼어들 것 같았습니다. 하지만 정작 언니는 여전히 뭔가를 생각하느라 듣지 못하는 눈치였습니다. 마님의 말이 이어졌습니다.

"건물을 허물고 새로이 짓는 건 돈이 무척 많이 들 겁니다. 그걸 고려하시면 아파트를 허무는 건 현명하지 못한 처사일 듯하니……."

"아파트는 허물 거요! 여긴 내 거야! 아무에게도 못 줘!"

모두 깜짝 놀랐습니다. 교수님이 왜 화내는 건지 알 수 없었습니다. 의자에 기댄 채 고개를 숙이고 있던 미우라 경부가 신음을 흘리며 눈을 떴습니다. 작가님이 얼른 경부에게 다가갔습니다.

"그렇지 않아도 모임을 마무리하려던 참이었어요. 어서 일어나십시오. 자, 자, 제가 부축해드리겠습니다."

경부가 작가님의 부축을 받아 일어나자 유진 언니가 얼른 다가가 거들었습니다. 교수님은 일어서며 불쾌한 듯 괜한 헛기침을 뱉었고 감독님 또한 기지개를 켜는 척 교수님을 매서운 눈으로 째려보았습니다. 마님이 입분에게 부드럽게 말했습니다.

"모두 돌아가시는구나. 입분아, 잘 배웅해드려라."

교수님은 인사도 없이 종종걸음으로 나갔고, 감독님은 억지로 미소를 보이며 마님께 인사했습니다. 경부를 부축한 작가님이 눈인사를 건넸고, 유진 언니가 그 뒤에 바짝 붙은 채 입분의 머리를 쓰다듬었습니다.

"이쁜아, 내일 또 보자."

그렇게 모임이 끝났습니다. 모두가 301호를 나간 뒤에도 이쁜은 바깥을 지켜보다가 뒤늦게 문을 닫았습니다.

문이 닫히자 발소리가 뚝 끊겼습니다. 공기가 달라진 것만 같았습니다. 바닥에 가라앉아 있던 먼지가 솟구쳐 오르며 눈앞을 희뿌옇게 덮은 듯, 조용한 응접실이 갑갑했습니다. 무언가를 생각하는 마님도 신경 쓰였습니다. 우아한 옷차림도 마님이 두른 근심을 가리지는 못했습니다.

이쁜이 뒷정리를 시작하고 나서야 마님도 자리에서 일어났습니다.

"대충 치우고 얼른 자자. 청소는 내일 마저 하자꾸나. 1층에서 가져온 집기도 그때 돌려놓으면 될 게다."

"네, 마님."

이쁜은 나직이 대답했습니다. 조마조마한 기분이었습니다. 갑작스레 조용해진 탓인지, 아파트에서 나가야만 한다는 게 정해져서인지, 그건 잘 알 수 없었습니다.

콰르릉.

천둥소리가 났습니다. 잔뜩 찌푸린 하늘에서 드디어 비가 쏟아질 모양이었습니다. 이쁜은 얼른 거실의 창문을 모두 닫았습니다. 번개가 번쩍일 때마다 이쁜은 움츠러들었습니다.

정리를 마친 뒤, 이쁜은 창고 방에 도망치듯 돌아가 누웠

습니다. 몸이 피곤해서 금방 잠들 것 같았지만 정작 잠은 오
지 않았습니다. 입분은 괜히 바깥에 귀 기울였습니다. 하지
만 발소리는커녕 아무런 소리도 들려오지 않았습니다.

한참 뒤에야 겨우 잠이 왔습니다.

쿵.

어딘가에서 둔탁한 소리가 울렸습니다.

천둥소리일까?

밖에서 난 소리가 무엇인지, 혹시나 잘못 들었는지를 생각
하기도 전에 입분은 까무룩 잠들어버렸습니다.

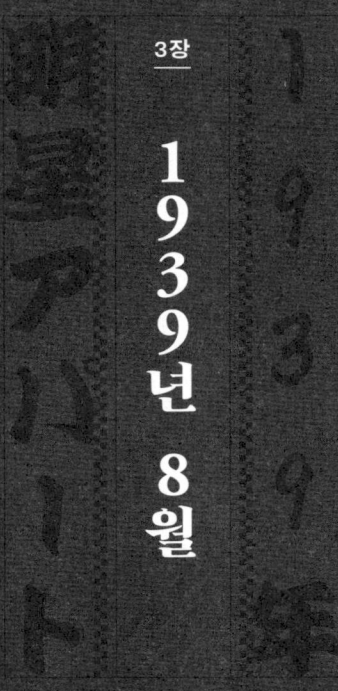

3장

1939년 8월

절망과 분노

"입분아, 입분아!"

누가 세차게 몸을 흔드는 통에 입분은 잠에서 깼습니다.

"……마님?"

잘 떠지지 않는 눈으로도 마님이 당황해하는 게 보였습니다. 마님이 창고 방으로 오는 일이 거의 없다는 걸 뒤늦게 떠올리자 순식간에 잠이 달아났습니다.

"제가 뭘 잘못했나요?"

입분은 급히 물었습니다. 야마자키 씨 집에 있을 때는 야마자키 부인이 곧잘 입분이 잘못한 걸 따지러 방에 들이닥치곤 했습니다. 하지만 마님은 대답 대신 입분을 일으켰습니다.

"급하다. 얼른 나오려무나!"

나직하지만 놀란 목소리였습니다.

입분은 겨우 301호 밖으로 나왔습니다. 바깥은 깜깜해서 지금이 몇 시인지 짐작할 수가 없었습니다. 습한 공기 냄새가 비릿했습니다. 아직 비가 오는지 그쳤는지도 알 수 없었습니다.

마님은 입분을 이끌고 아래로 내려갔습니다. 마님 손에 들린 초를 넣은 등의 불빛이 걸음 따라 어지러이 흔들렸습니다. 두 사람의 발소리가 회랑에 음산하게 울렸습니다.

"대체 무슨 일로……."

1층에 내려온 입분이 다시 물었을 때 마님이 우뚝 멈추었습니다. 한발 늦게 멈춘 입분은 영문을 모르고 눈만 깜박였습니다. 그때 어둠에 덮인 1층 한가운데 뭔가가 보였습니다.

순간 냄새가 느껴졌습니다. 피 냄새였습니다.

하지만 그 형체는 빨간색이 아니라 파란색으로 뒤덮여 있었습니다. 어제 본 적 있는 색이었습니다.

"유진 언니?"

입분은 저도 모르게 중얼거렸습니다. 무심코 걸음을 옮기려는데 마님이 어깨를 붙잡았습니다. 더는 가까이 가지 말라는 제지였습니다. 하지만 입분은 이미 똑똑히 보고 말았습니다.

유진 언니가 눈을 부릅뜬 채 누워 있었습니다. 입가에 시커먼 게 흘러내렸고 목이 부자연스럽게 꺾여 있었습니다. 어렴풋한 초의 불빛으로도 언니의 몸이 꼼짝도 하지 않는 것을, 언니가 전혀 숨을 쉬지 않는 것을 알 수 있었습니다.

몸이 덜덜 떨렸습니다. 다리에 힘이 풀려 쓰러지려는 걸 간신히 버텼습니다.

"나는 여기에 남아 누가 오는지 감시하겠다. 너는 얼른 경부님께 가서 상황을 전해라."

마님의 목소리는 침착했습니다.

계단으로 도로 올라가 303호까지 빙 돌아서 가는 길이 너무 멀었습니다. 어둠 속을 헤치고 간신히 떼는 걸음이 힘겨웠습니다. 떨리는 다리에 힘이 들어가지 않았습니다. 몇 번이나 넘어질 뻔했지만 가까스로 문 앞에 도착했습니다.

"경부님, 경부님!"

입분은 303호의 문을 두드렸습니다. 두꺼운 문 너머로 소리가 들릴지 알 수 없었지만, 하염없이 문을 두드리며 외쳤습니다.

"경부님, 일어나주세요! 제발요! 제발! 경부님!"

어느덧 목소리에 울음이 섞였습니다. 눈에서 마구 눈물이 흘렀습니다.

파란색이 떠올랐습니다. 유진 언니의 처참한 모습이 떠올랐습니다. 언니가 웃던 게 떠올랐습니다. 언니가 자기 신을 신게 해주었던 기억이 떠올랐습니다. 언니의 목소리가 귓가를 스쳤습니다.

'이쁜아, 내일 또 보자.'

다리의 힘이 풀렸습니다. 입분은 주저앉고 말았습니다.

"경부님, 경부님, 제발…… 유진 언니가…… 언니가……
언니……."

입에서 나오는 목소리가 말인지 통곡인지, 입분조차 알 수
없었습니다.

아래층에서 문 열리는 소리가 났습니다. 이어서 귀에 익은
작가님의 목소리가 들렸습니다.

"뭐냐? 이 밤중에 왜 이리 시끄럽게 구는 거냐?"

"작가님, 얼른 1층으로 와주십시오. 한시가 급합니다!"

더 아래에서 마님이 외치는 소리가 들렸습니다. 발소리가
이어지고, 곧 작가님의 놀란 목소리가 들렸습니다.

입분은 주저앉은 채 문을 보았습니다. 눈앞의 닫힌 문은
열릴 것 같지 않았습니다. 문 너머의 침묵은 뜻밖에 익숙했
습니다. 야마자키 씨 집에 있을 때 늘 마주한 고요함이었습니
다. 그곳 사람들은 필요한 게 있을 때만 입분을 불렀고, 그 외
에는 입분이 없는 것처럼 굴었습니다. 입분이 불러도 그들은
못 들은 척했습니다. 그들이 미천하다고 여기는 이들을 없는
사람처럼 취급하던 모습을 몇 번이나 보았습니다. 마치 입분
에게 하던 것처럼.

얼마나 시간이 지났는지 모릅니다.

아래층에 소란스러운 기색이 늘고 감독님과 작가님, 교수님의 목소리가 울렸습니다. 곧 마님이 입분을 301호로 데려갔습니다. 마님 옆에는 경찰 제복을 입은 낯선 사람이 있었습니다. 마님이 물을 가져왔습니다. 물을 마셨지만 아무런 생각도 할 수 없었습니다. 물결에 떠밀리듯 몸이 붕 뜬 느낌이었습니다. 마님의 걱정스러운 목소리가 들렸습니다.

"이 아이가 크게 놀란 것 같으니, 일단 재우겠습니다."

마님의 손길에 이끌려 창고로 갔습니다. 하지만 입분은 넋이 나간 채 모든 일을 멍하니 지켜볼 뿐이었습니다. 입분을 눕히고 마님이 속삭였습니다.

"어서 자거라. 자고 일어난 뒤에 이야기하자꾸나."

입분은 고개를 끄덕였습니다. 문이 닫힌 뒤에도 그저 천장을 바라보았습니다. 생각이 뒤늦게 따라왔습니다.

언니는 왜 죽은 걸까? 왜 죽어야만 했던 걸까? 언니는 스스로 죽은 걸까? 아니면……

아무리 두드려도 열리지 않던 303호 문이 떠올랐습니다. 화가 치밀어 올랐습니다.

경부는 언니가 죽은 까닭을 밝혀내지 않을 거야. 관심조차 보이지 않을지도 몰라. 내가 문 두드리는 소리도 듣지 않았으니까. 경찰들 모두가 그럴 거야.

마님은 유진 언니의 죽음에 대한 진실을 밝히려 할까? 모르겠어. 하지만 마님에게 기대해서는 안 돼.

유진 언니가 죽은 이유를 알아내야 해. 내가 유진 언니 대신 복수해야 해.

맹렬하고 난폭하게 들끓는 생각들을 마주하다가 입분은 그만 잠들고 말았습니다.

아침이 되어 눈을 떴을 때 입분은 어지러움을 느꼈습니다. 유진 언니의 마지막 모습이 여전히 머릿속을 맴돌았습니다. 아침 식사를 만들고 같이 먹는 동안 마님이 걱정 어린 눈으로 지켜보았습니다. 아무렇지 않은 척했지만 잘되지 않은 모양이었습니다. 식사가 끝날 무렵 거칠게 문 두드리는 소리가 났습니다. 문을 열자 미우라 경부가 서 있었습니다.

"최연자는 안에 있나?"

드문드문 자란 수염, 흐트러진 제복 차림, 몸에서 풍기는 술 냄새가 꼴사나웠습니다. 여태 곯아떨어졌다가 갓 눈뜬 게 분명했습니다. 다시 화가 솟구쳤지만 입분은 애써 참고 대답했습니다.

"마님께 알리겠습니다."

마님은 경부의 방문에 놀란 것 같지 않았습니다. 그러고 보면 아침부터 사람을 맞이할 때처럼 단정하게 입고 있었습니다. 마님의 침착한 모습이 머리에 쓴 이상한 모자보다도 더욱 낯설었습니다. 집에 들어오자마자 경부가 대뜸 물었습니다.

"어떻게 이유진의 시신을 발견했지?"

"몸이 뜨거워서 잠이 오지 않았습니다. 술을 너무 많이 먹었나 싶어 근처를 산책하려고 했습니다. 종종 혼자서 밤 산책을 다녀오곤 합니다. 그런데 1층에서 변고를 보고 말았습니다. 이 일을 다른 사람들에게 알려야겠다 싶어 얼른 3층으로 올라가 입분을 깨웠지요. 1층에 내려와 다시 상황을 확인한 뒤, 입분에게 경부님을 불러오라고 지시하고서 저는 그곳을 지켰습니다."

"지키다니? 대체 왜?"

"누가 유진 씨에게 해코지한 건지, 스스로 목숨을 끊은 건지 전혀 알 수 없어서였습니다. 만약 살해당했다면 거기에 범인이 누구인지 증거가 남아 있을지도 몰랐습니다. 게다가 처음 유진 씨를 발견했을 때 아주 잠깐이지만 발소리가 들렸던 것도 같았습니다."

"발소리?"

"계단이 두 군데 있지 않습니까? 제가 내려온 곳 맞은편에서 무슨 소리가 잠깐 울렸습니다. 제가 잘못 들었는지 정말로 누가 있었는지를 알 수 없어서 1층을 계속 살펴야 할 것 같았습니다. 하지만 혼자만 있으면 위험할 수 있으니 얼른 입분을 부르러 간 겁니다."

"이봐, 식모 계집."

갑자기 경부가 말을 걸자 입분은 놀라서 몸을 움츠렸습니다. 경부가 추궁했습니다.

"왜 나를 깨우지 않은 거지? 사건이 벌어졌다고 알려야 하지 않느냔 말이다!"

"경부님을 부르러 갔어요. 몇 번이나 문을 두드렸는데, 몇 번이나! 그런데, 그런데 경부님은 전혀 깨질 않으시고……."

너무 화가 나서 말을 이을 수 없었습니다. 일어나지 않은 건 경부인데 오히려 입분이 잘못한 듯 윽박지르니 억울해서 눈물이 나왔습니다. 마님이 다가와 껴안아주었습니다.

"이 아이가 계속 문 두드리는 소리를 저도 들었습니다. 하지만 아무런 반응이 없더군요. 마침 정 작가님이 바깥의 소란을 듣고 나오셨기에 그분께 경찰을 불러와달라고 부탁드렸습니다. 경찰이 올 때쯤에는 마쓰 감독님도 깨어나셔서 1층으로 오셨고, 그분이 불러서 히로타 교수님도 오셨습니다. 여전히 경부님은 아무것도 눈치채지 못하고 잠들어 계셨지만 말이지요."

마님의 목소리는 나긋했지만 날이 서 있었습니다. 경부가 소리쳤습니다.

"너! 나를 모욕하는 것이냐?"

그때 맹렬한 노크에 이어 문이 벌컥 열리더니 순사가 들어왔습니다.

"경부님, 얼른 와주십시오! 402호에서 나온 게 있습니다!"

입분은 벌떡 일어나 급히 밖으로 나가는 경부를 매섭게 노려보았습니다. 사건이 벌어진 뒤에나 허둥지둥 움직이며 윽박지를 뿐인 경부가 밉게 보였습니다.

"402호는 유진 씨의 집인데……. 대체 뭐가 있었던 걸까?"

마님이 작게 중얼거리는 소리가 들렸습니다. 입분은 침착해지려 애썼습니다. 하지만 한번 끓어오른 감정은 좀처럼 눌러지지 않았습니다. 곧 마님이 입분을 떼어놓았습니다.

"입분아, 어제 네가 본 게 있으면 모두 이야기해주렴."

생각을 더듬어가면서, 요동치는 감정을 꺼내지 않으려 애썼습니다. 이야기를 모두 듣고도 마님은 말하지 않았습니다. 얼굴에 드리운 건 분명 걱정이었습니다. 하지만 무엇을 걱정하는 건지는 알 수 없었습니다.

마무리와 자투리

점심 식사를 마친 뒤 마님은 선풍기 바람을 쐬었습니다. 비가 내린 다음이라 더위가 누그러들었지만, 마님은 그저 돌아가는 선풍기 날개를 볼 뿐이었습니다. 입분도 옆에 우두커니 앉았습니다. 지루하게 오가는 잡담조차 없었습니다. 마님은 생각에 잠겨 손가락으로 책상을 톡톡 두드렸습니다. 입분도 잇따른 살인을 생각했습니다. 열린 창밖으로 사람들의 목소리가 작게 울렸습니다. 하지만 문 너머는 조용했습니다.

갑작스러운 노크로 조용한 시간이 끝났습니다. 문을 열자 박 순사부장이 서 있었습니다.

"경부님이 부르신다. 모두 101호로 내려오도록."

입분과 마님은 1층으로 갔습니다. 1층 한가운데는 비어 있었지만 핏자국이 또렷하게 남아 있었습니다. 마님이 입분을 말없이 이끌었습니다.

응접실에는 이미 주민들이 모두 모여 있었습니다. 걱정스러운 얼굴을 한 사람들 앞에 경부가 팔짱을 끼고 서 있었습니다. 마님과 입분이 오자마자 경부가 말했습니다.

"이유진은 자살했다."

"자살이요?"

작가님이 물었습니다. 웅성거리는 모두의 얼굴에 다양한 감정이 오갔습니다. 안도, 의아함, 두려움. 의미를 알 수 없는 감정들이었습니다. 경부가 대답했습니다.

"죄책감에 못 이긴 거지. 이유진이야말로 우에다 신타로 살인 사건의 진범이었으니까!"

다시 모두 웅성거렸습니다. 입분 또한 혼란스럽기는 마찬가지였습니다.

유진 언니가 우에다 씨를 죽였다고?

그럴 리 없었습니다. 언니는 입분이 모르는 무서운 모습을 숨겼을지도 몰랐습니다. 하지만 다른 사람을 죽이고 모른 척 할 리는 없었습니다. 마님이 물었습니다.

"그건 경부님의 생각일 뿐이지 않습니까?"

경부는 당당하게 대답했습니다.

"증거가 있다. 이유진이 유서를 남겼다!"

"유서라고?"

"유서?"

감독님과 히로타 교수님이 동시에 말했습니다. 경부가 종이를 들어 보였습니다. 거기에는 타자기로 친 글씨가 가지런하게 쓰여 있었습니다.

그 일이 있은 뒤로 매일 잠을 이루지 못했어요.

내 마음속에 불안이 생겨났습니다. 불안은 점점 커져만 갑니다.

이를 어떻게 하면 좋을까요. 대체 내가 어찌해야 할까요?

나는 이만 죽음의 문 너머로 가겠어요. 모두, 안녕히.

짧은 네 줄의 문장이었습니다. 종이에 적힌 걸 읽으면서도 입분은 알 수 없었습니다.

대체 어디에 우에다 씨를 죽였다는 말이 있는 거지?

"이 유서야말로 고백이다. 이유진의 타자기에 끼워져 있었으니 명백한 증거지. 죄책감을 이기지 못하고 결국 제 목숨을 끊은 것이다."

"그건 경부님의 생각일 뿐이지 않습니까?"

의기양양해하는 경부를 보며 마님이 되물었습니다.

"이건 타자기로 쓴 글입니다. 유진 씨가 직접 손으로 쓴 게 아니라는 겁니다. 다른 사람이 타자기를 쳤을 수도 있습니다. 또한 내용도 이상합니다. 범행을 저지른 죄책감을 남긴 거라면 우에다 씨를 죽인 이유 또한 적혀 있었을 겁니다."

"이유진이 과거 공산주의자들과 어울린 적이 있었다. 지금은 백화점에서 일하며 평범한 척하고 있었지만, 실은 공산당을 추종하는 음흉한 본성을 숨기고 있었다. 그들에게 명성아파트에 사는 순사를 죽이라는 지령을 받은 뒤, 201호에 있던 사람이 나인 줄 알고 죽인 거지! 실수를 알아차리고 두려움과 죄책감에 사로잡혀 결국 스스로 몸을 던진 것이다."

"우에다 씨와 경부님을 오인했다는 건 이상합니다. 아파트에 갓 이사 온 사람이라면 혹 그럴 수도 있겠지만 유진 씨는 모든 주민과 낯을 익혔고 우에다 씨와도 자주 대화했습니다. 게다가 유진 씨는 그날 촬영했으니, 앞 시간에 우에다 씨가 경찰로 분하여 촬영한다는 것도 이미 알았을 수 있습니다. 제복을 입었다는 이유만으로 착각했다는 건 이상합니다."

"우에다를 죽이려던 것일 수도 있다. 공산당의 지령이 담긴 문서를 우에다가 402호에서 보고 만 거겠지!"

"그것도 이상합니다. 우에다 씨는 관리인으로 열심히 일하셨지만, 남의 집에 불쑥 들어오지는 않았습니다. 최근에 우에다 씨가 입주민들의 집에 들어올 사정 같은 건 없기도 했지요. 그런데 어떻게……."

"이유진이 우에다를 죽일 다른 이유가 있었겠지!"

미우라 경부가 분노를 터뜨렸습니다.

"공범이 있었다고 말할 참이냐? 아니면 이곳 주민과 외부의 불순한 자가 연결되어 있는지 수색해야 한다는 건가? 최연자, 아니, 가야마 렌코. 당장 너부터 조사해줄까? 응?"

"아닙니다. 제 생각이 짧았습니다."

마님이 고개 숙였습니다. 하지만 억지 주장과 윽박지름에 굽히는 건 마님답지 않았습니다. 입분이 이상하다고 여기는 게 마님이 짚은 점과 같았기에 더더욱 그러했습니다. 어쩌면 범인을 찾지 못한 미우라 경부가 유진 언니에게 누명을 씌웠을 수도 있었습니다. 입분도 자기가 하지 않은 일을 했다고 의심받아 쫓겨났으니, 경부가 그런 짓을 하지 말라는 법은 없었습니다. 경부는 믿을 수 없는 사람이었습니다.

"사건은 이걸로 끝났다. 우에다 신타로를 죽인 건 이유진이다. 이상!"

미우라 경부는 응접실 밖으로 나가버렸습니다. 발소리가 멀어지는 걸 들으며 모두 얼굴을 찌푸렸습니다. 하지만 아무도 더는 말을 잇지 않았습니다.

긴 침묵을 깨뜨린 건 교수님이었습니다.

"다들 모였으니 지금 말해야겠군. 모두 8월 말까지 퇴거하시오. 사람이 둘이나 죽은 아파트에 대체 누가 살려 하겠소? 차라리 얼른 허무는 게 낫지!"

응접실을 나가는 교수님의 걸음이 급했습니다. 날짜를 미뤄달라거나 사정을 봐달라는 말에서 도망치려는 것 같았습니다.

입분은 불안했습니다. 유진 언니의 죽음이 제대로 해결되지 않은 데다 아파트의 마지막 날이 곧 닥친다는 사실까지 묵직하게 짓눌렀습니다. 8월이 끝나면 어디에서 무엇을 하게 될지, 그때도 마님과 함께 있게 될지 알 수 없었습니다.

그걸 정할 마님은 입을 다문 채 무언가 생각하듯 미간을 찌푸렸습니다. 마님을 방해할 수는 없었습니다. 입분은 다른 이들이 나가는 걸 지켜보았습니다. 감독님과 작가님이 뭔가를 속삭이다 고개 젓는 모습도, 사토 씨가 기지개를 펴는 모습도, 조감독님이 손가락으로 셈하는 모습도 늘 보던 것이었습니다. 하지만 거기 유진 언니의 모습은 없었습니다. 언제나 짓궂지만 다정한 말을 건네던 언니를 더는 볼 수 없었습니다. 언니의 기억만 가진 채 입분 홀로 덩그러니 남았습니다.

301호로 돌아온 뒤 마님은 시원하고 가벼운 평상복으로 갈아입었습니다. 하지만 다시 선풍기 바람을 쐬는 마님의 마음은 어딘가 딴 데로 간 것 같았습니다.

"8월 말까지 거처를 구할 수 있을지 모르겠다. 이만한 곳을 찾기 어려운데, 어쩌면 좋을까."

"어떻게 해야 할까요?"

입분은 저도 모르게 물었습니다. 식모가 무례한 짓을 한 셈이었지만 마님은 꾸짖지 않았습니다. 마님의 고운 얼굴엔 어떤 표정도 보이지 않았습니다. 그래서 입분은 다시 물었습니다.

"앞으로 저는 어떻게 해야 할까요?"

"그걸 왜 내게 묻는지 모르겠구나."

앞으로 입분이 어떻게 될지는 마님의 뜻대로 정해질 터였습니다. 마님이 데려갈 수 없다고 하면 떠나야 하고, 아니면 마님을 따라가면 되었습니다. 여태 그래왔던 것처럼.

하지만 입분의 질문은 그런 의미만 담고 있는 게 아니었습니다.

마음이 갑갑했습니다. 유진 언니는 자살하지 않은 게 분명했습니다. 하지만 그걸 어떻게 경부나 다른 사람들에게 말해야 좋을지 알 수 없었습니다. 혼자 외쳐보았자 믿을 사람은 아무도 없을 게 분명했습니다.

입분은 더듬더듬 말했습니다. 유진 언니의 죽음은 자살이 아닌 것 같다고, 하지만 다른 사람들에게 말해도 믿어줄 것 같지 않다고, 열심히 제 생각을 말했습니다. 이야기를 들은 마님은 한참 침묵하다가 물었습니다.

"너는 왜 유진 씨가 죽은 이유를 밝히려는 거니? 미우라 경부를 비롯해 명성아파트 주민 모두, 유진 씨가 죽으면서 모든 일이 끝났다고 생각한다. 네가 의문을 보이면 다들 불쾌해할 거다. 이미 끝난 이야기를 다시 한다고 여겨 좋아하지 않겠지."

"끝난 이야기가 아니에요. 유진 언니가 자살한 게 아니라면 언니를 죽인 사람이 있고, 어쩌면 그 사람이 우에다 씨도 죽였겠죠. 그런 사람이 아파트에 숨어 있는 게 무섭지 않으세요?"

"세상은 겉으로 드러난 모습이 전부가 아니다. 사람들은 모두 속에 꺼림칙한 걸 숨기고 있거든."

"꺼림칙한 것이라니요?"

"너는 아직 모를 만도 하겠지. 하지만 그게 세상의 진실이다. 나는 범인이 명성아파트에 숨어 있다고 해도 겁나지 않는다. 사람이 자기 흉악함을 감추고 아무렇지도 않은 척 사는 건 오히려 당연한 일이니까. 범인이 나를 해치지만 않으면 두려워할 이유도 없다."

마님의 말을 이해할 수 없었습니다. 덥고 습한 한여름의 공기가 응접실 안을 가득 채웠습니다. 불쾌한 기분이 온몸을 뒤덮었습니다.

"범인을 찾아서 경부님에게 알려야 하는 게 아니고요?"

"미우라 경부를 믿어야 할 이유가 있을까? 그가 두 사람을 죽였을지도 모르지."

경부가 우에다 씨와 유진 언니를 죽였다고?

입분은 오싹해졌습니다. 마님이 술에 취해서 경부에게 던진 말이 떠올랐습니다. 단순한 술주정이 아니라 마님이 진심으로 의심을 품고 있어 한 말이라는 걸 뒤늦게 깨달았습니다.

"경찰이라고 해서 누구를 죽이지 말라는 법은 없지. 아니, 오히려 경찰이야말로 많은 이를 거리낌 없이 잡아가고 취조하고 죽이지 않더냐. 사람 하나둘 죽이는 건 쉬울지도 모른다."

"마님!"

위험천만한 말을 참지 못하고 입분은 외쳤습니다. 하지만 마님은 아랑곳하지 않았습니다.

"아파트에 사는 누구라도 범인이 될 수 있다. 미우라 경부가 범인일 수도 있고, 히로타 교수, 정 작가, 마쓰 감독 일행, 심지어 내가 범인일지도 몰라."

"그건……."

마님이 입분에게 다가와 어깨에 두 손을 올렸습니다. 어딘지 차갑게 느껴지는 손길에 꼼짝도 할 수 없었습니다. 입분을 내려다보며 마님이 말을 이었습니다.

"무섭지 않으냐? 내가 범인이라면 맹랑한 말을 하는 너를 당장 죽일지도 모른다."

마님의 눈빛에 이상한 기운이 감도는 것 같았습니다. 고개를 돌리고 싶었지만 차마 그럴 수 없었습니다. 그랬다가는 마님의 손이 목으로 향할 것만 같았습니다. 입분은 겨우 입을 움직였습니다.

"제가 범인일 수도 있잖아요."

입분을 쳐다보며 마님이 대답했습니다.

"네가 범인일 리는 없지."

"어째서인가요? 아파트 사람들 모두 뭔가 숨기고 있다고 하셨잖아요. 그러니 저도……."

"너는 우에다 씨를 죽일 시간이 전혀 없었다. 네가 유진 씨를 죽일 이유도 없어. 유진 씨를 그렇게나 잘 따랐으니까. 혹여나 죽일 이유가 있었다고 해도 앞뒤 정황이 전혀 맞지 않는다. 유진 씨가 죽은 밤에 네가 나 모르게 밖으로 나갈 방법이 있었을까? 내 방에서는 문소리가 잘 들린다. 잠을 깊이 자는 편이 아니라서 그런 소리에 금방 깨곤 하지."

그러고 보면 처음 명성아파트에 왔을 때, 밤중에 창고 방에서 나와 화장실에 갔다가 그 소리에 잠이 깬 마님과 마주친 적이 있었습니다. 그 뒤 입분은 밤에는 화장실에 가지 않는 버릇을 들였습니다. 화장실은 마님 방 옆이었기 때문에 조심해야 했습니다.

"만약 네가 나갈 방법이 있었다고 치자. 그러면 유진 씨를 어떻게 난간 너머로 밀 수 있었을까? 네가 402호에 찾아갔다면 유진 씨는 굳이 밖에서 이야기하지 않고 안으로 들이려 했겠지. 게다가 바깥으로 유인할 수 있었다고 해도 유진 씨를 난간 너머로 밀기는 어렵다. 넌 덩치도 작고 힘도 약하니 그러기 쉽지 않아. 자칫 너까지 함께 떨어지고 말 게다."

모두 맞는 말이어서 입분은 저도 모르게 고개를 끄덕였습니다.

"무엇보다도 유진 씨가 남겼다는 종이야말로 네가 범인이 아니란 걸 알려주는 증거다. 너는 타자기를 쳐본 적 있니?"

입분은 고개를 저었습니다. 드디어 마님이 웃었습니다. 마님이 입분의 어깨에서 손을 뗐습니다. 조금 전까지 감돌던 으스스한 분위기도 사라졌습니다.

"유진 씨가 남겼다는 글을 보니 깨끗한 종이에 문장을 여러 줄 썼더구나. 타자기 쓰는 법도 모르는 사람이 새 종이를 넣고 타자를 깔끔하게 칠 수 있을까? 너는 손으로 몇 자 쓰는 게 다일 뿐, 타자기로 줄을 바꿔가며 문장을 쓰지는 못할 거다."

자신을 꿰뚫어 보는 듯한 말에 부끄럽고 민망해서 입분은 고개를 숙였습니다. 마님은 다시 의자에 앉았습니다.

"나는 네가 그날 밤 무슨 일을 했는지 보지 않았다. 하지만 이 정도는 충분히 짐작할 수 있다. 네가 범인이 아니라고 말한 건 그 때문이지."

"마님, 혹시 누가 범인인지 알고 계신가요?"

입분은 급히 물었습니다. 입분이 범인이 아니라고 딱 잘라 말한 마님의 말은 누가 들어도 옳게 여길 것 같았습니다. 마님이라면 범인 또한 분명 짐작하는 바가 있을 터였습니다.

"글쎄다."

하지만 마님의 대답은 애매했습니다. 입분이 몇 번이나 물었지만 마님은 애매한 대답을 반복할 뿐이었습니다. 입분은 풀이 잔뜩 죽어 고개를 푹 숙인 채 중얼거렸습니다.

"우에다 씨가, 유진 언니가 죽었는데, 그분들을 죽인 사람이 어딘가에 숨어 있는데, 그걸 밝혀내지 못한다니……. 분해요. 마님은 누구인지 아실 수 있는데, 저는 그걸 알 수 없는걸요……."

"난 어려운 걸 하지 않았다. 그저 생각해본 것뿐이지. 이 사람은 어떤 일을 할 수 있는지, 왜 그런 일을 해야 하는지, 다른 사람도 그렇게 할 수 있는지, 그걸 궁리해볼 뿐이다."

무심한 말투였지만 입분은 정신이 번쩍 들었습니다.

마님의 말대로였습니다. 작가님이 들려준 셜록 홈스라는 탐정 이야기도 떠올랐습니다. 어떤 사람의 모습에서 눈에 띄는 이상한 걸 보고 그의 정체를 알아맞힌다는 놀라운 이야기를, 입분도 흉내 낼 수 있을지 몰랐습니다.

"내가 범인을 알아낼 수 있을까?"

입분은 저도 모르게 중얼거렸습니다.

쿡, 웃음소리가 들렸습니다. 깜짝 놀라 고개를 들자 마님의 입가에 가느다랗게 미소가 걸린 게 보였습니다. 민망해서 얼굴이 달아올랐습니다.

"퍽 재미난 생각을 하나 보구나."

하지만 마님은 그렇게만 말할 뿐이었습니다.

헛수고와 실마리

저녁거리를 사 오겠다고 말하며 입분은 밖으로 나갔습니다. 하지만 적당히 둘러댄 구실이었습니다. 장을 보러 다녀온다는 핑계로 이런저런 걸 알아보고 싶었습니다.

입분은 여전히 화가 나 있었습니다. 우에다 씨와 유진 언니를 죽인 사람을 찾아내지 않으면 도저히 풀릴 것 같지 않았습니다.

나는 대체 왜 화가 난 걸까?

하지만 이것만은 몇 번이나 되물어봐도 알 수 없었습니다.

아파트 안은 햇빛이 들지 않아 그나마 시원한 편이었습니다. 밖은 무척 더웠습니다. 어제 내린 비로 습기가 가득해 견디기 어려웠습니다. 입구에 우뚝 선 채 입분은 생각했습니다.

그런데 어디서부터 조사하지?

마님의 말이 떠올랐습니다.

'그저 생각해본 것뿐이지. 이 사람은 어떤 일을 할 수 있는지, 왜 그런 일을 해야 하는지, 다른 사람도 그렇게 할 수 있는지, 그걸 궁리해볼 뿐이다.'

명성아파트에 사는 이들의 모습이 뒤이어 떠올랐습니다.

우에다 씨와 유진 언니를 죽일 수 있었던 사람은 누구일까? 왜 두 사람을 죽인 걸까?

답이 나오기는커녕 생각이 너무 많아졌습니다. 입분은 혼잣말을 했습니다.

"한 번에 하나씩 해야 해."

처음 식모가 되었을 때는 일을 너무 못한다고 매일 혼났습니다. 야마자키 씨 집에 있을 때는 부인이 한 번에 많은 일을 시키고 일하는 도중에도 계속 일을 덧붙였습니다. 쩔쩔매며 고생할 때, 이웃집에 사는 나이 많은 식모 아주머니가 말했습니다.

'일은 한 번에 하나씩 해야 해. 내 몸뚱이가 하나뿐이니까 한 번에 하나밖에 못 하는 게 당연하잖니? 대신 주인이 시키는 건 모조리 기억해서 빠뜨리는 게 없도록 하거라. 그러면 쫓겨나지 않을 수 있고, 주인집 사람들이 오모니, 오모니라고 부르며 대접도 잘해준단다.'

하지만 그걸 가르쳐준 이웃집 식모 아주머니도 결국 몸담던 집에서 쫓겨났습니다. 입분이 야마자키 씨 집에서 쫓겨나기 한 달 전의 일이었습니다. 당시에 내지인들이 모여 사는 그 동네에서 귀중한 보석이며 장신구가 감쪽같이 사라지는 일이 종종 벌어졌고, 그때마다 식모나 허드렛일하는 이들이 의심받았습니다. 아주머니도 주인집의 물건을 훔쳤다는 이유로 급료도 제대로 받지 못한 채 쫓겨나고 말았습니다. 늘 자신을 '오모니'라 부르며 가족처럼 대한다는 집에서 하릴없이 떠나는 아주머니의 뒷모습을 야마자키 씨 집 대문 틈으로 몰래 본 기억이 생생했습니다.

옛 생각이 길어져서 입분은 고개를 저었습니다. 일단 유진 언니의 죽음부터 생각하기로 했습니다. 장을 보면서, 신선한 채소를 고르면서 입분은 언니와 있었던 일을, 우에다 씨가 죽은 뒤 언니가 보인 이상한 행동을 다시 떠올려보았습니다. 유진 언니의 집에 놓인 불온한 글자가 적힌 종이라거나, 그 종이를 본 입분에게 화내는 모습이라거나, 모임에서 홀로 뭔가 계속 골똘히 생각하던…….

"얘, 뭐 하니? 돈 달라니까?"

상회 점원의 타박을 듣고 정신을 차렸습니다. 얼른 돈을 내고 거스름돈으로 받은 동전을 세어보면서 입분은 생각을 정리해보았습니다.

돌아가는 걸음은 급했습니다. 아파트에 가서 확인해야 할 게 있었습니다. 하지만 아파트로 올라가는 오르막길 앞에서 윤기와 마주치고 말았습니다. 못 본 체하고 지나가려 했지만 윤기가 팔을 붙잡았습니다.

"야, 별일 없었어?"

"별일이라니?"

윤기의 손을 뿌리치며 입분이 퉁명스레 물었습니다. 윤기가 걱정스러운 얼굴로 말했습니다.

"그때 그 수상한 남자, 다시 아파트 옆을 얼씬거리던데?"

"뭐?"

"조금 전에 그자가 아파트 뒤편에서 나오는 걸 봤어. 내 옆을 지나가면서도 날 못 본 척하더라. 어제 4층에 사는 누님이 죽었다며? 그자가 누님을 꾀어내어 죽인 거 아냐?"

윤기의 지레짐작에 대꾸하고 싶지 않았습니다. 하지만 문득 궁금해졌습니다.

얼마 전부터 계속 아파트 주변을 서성인다는 낯선 남자는 누구일까? 사건과 무언가 관계있는 사람일까? 그자는 왜 아파트 안에 들어오지 않는 걸까?

"그 사람이 어디서 나온 거야?"

"말했잖아. 늘 서성이던 아파트 뒤에서 나왔다고."

"그리로 데려가줘."

윤기가 얼굴을 찌푸렸습니다. 하지만 군소리 한마디 하지 않고 입분을 아파트 뒤편으로 데려갔습니다.

아파트 뒤편에서는 여기저기 열린 창문들이 보였습니다. 301호의 열린 창문을 올려다보자 얼마 전 이 자리에서 손 흔들던 윤기와 눈이 마주친 게 떠올랐습니다. 만약 마님이 고개를 내밀어 아래를 보면 입분과 윤기가 있는 걸 알아볼 터였습니다. 그때 뭐라고 변명하면 좋을지는 일이 벌어진 뒤에 생각하면 될 터였습니다.

"너, 오늘 좀 이상하다."

윤기가 툭 말했습니다. 입분이 째려보자 윤기가 멋쩍어했습니다.

"평소에는 안 그랬잖아. 내가 뭐라고 말해도 들은 체 만 체 했었지? 그런데 오늘은 나한테 이래라저래라 시키고 있잖아. 게다가 아까부터 뭔가 단단히 골이 나서 얼굴도 찌푸리고."

입분은 놀라서 얼굴을 만졌습니다. 저도 모르게 그런 표정을 짓고 있었다는 게 민망하고 부끄러웠습니다. 눈치 없는 윤기의 말이 이어졌습니다.

"너 좋아해주던 누님이 죽어서 화난 거야? 하지만 순사들이 수군거리는 말을 들으니, 그 누님이 우에다를 죽인 범인이라면서?"

"그런 거 아니야."

입분은 딱딱하게 말을 끊었습니다. 하지만 윤기는 아랑곳하지 않았습니다.

"하기야 우에다는 죽어도 싸. 아파트 사는 사람들에게야 사람 좋은 척 허허 웃고는 있었지만 내게는 맨날 호통치고 아랫사람 부리듯 했거든. 이 주변에 오래 산 사람들에게도 안 좋은 소문이 쫙 퍼져 있었어. 땅 살 때부터 속아서 아파트를 이상한 땅에 괴상하게 지은 멍청이인데, 정작 자기가 대장이라도 되는 것처럼 군다고. 예전에는 군인이어서 다른 사람을 아랫것처럼 대한다고도 하고, 여자를 밝혀서 집적거린다고도 하고……. 아마 그 누님에게도 그렇게 대했겠지. 누님도 그런 자니까 죽어 마땅하다고 여겼을 거야."

"죽어 마땅한 사람은 없어."

입분의 굳은 얼굴을 보고 윤기도 말을 멈췄습니다.

죽은 사람더러 죽어 마땅하다고 하는 건 말도 안 되었습니다. 그렇다면 죽을 처지에 놓인 이들 또한 죽어 마땅하다는 것일 터인데, 입분이야말로 부모님을 잃은 뒤 줄곧 그런 처지였습니다. 하지만 자신이 죽어 마땅하다고 여긴 적은 단 한 순간도 없었습니다.

하지만 윤기가 한 말도 신경 쓰였습니다. 하는 짓이 마음에 드는 건 없어도 없는 이야기를 지어낼 녀석은 아니었습니다. 윤기 또한 우에다 씨의 또 다른 모습을 본 것이 틀림없었습니다.

'사람은 완전히 하얗지도 까맣지도 않다.'

작가님의 말이 떠올랐습니다.

'사람들은 모두 속에 꺼림칙한 걸 숨기고 있거든.'

마님의 말도 떠올랐습니다.

우에다 씨 또한 속에 입분이 모르는 어두운 걸 품고 있었을지도 몰랐습니다. 어쩌면 그게 우에다 씨가 죽게 된 까닭일 수도……

"한 번에 하나씩 해야 해."

입분은 다시 중얼거렸습니다. 지금은 여기에 온 목적, 아파트 밖을 어슬렁거리는 낯선 남자의 정체를 궁리해야 했습니다.

어제 내린 비 때문에 흙이 젖어 있어 발자국 또한 또렷하게 남아 있었습니다. 아파트를 향해 서 있던 게 분명해 보이는 발자국이었습니다. 입분은 윤기에게 물었습니다.

"그 남자가 뭘 했어?"

"아파트 어딘가를 빤히 보았을걸. 전에 그랬던 것처럼."

입분은 발자국 위에 서서 열심히 아파트 쪽을 보았습니다. 하지만 아무것도 보이지 않았습니다. 201호도 마찬가지였습니다. 천장과 벽이 맞닿은 곳만 아슬아슬하게 보일 뿐이었습니다.

"낯선 남자, 얼마나 컸어? 너랑 내 키를 합친 만큼?"

"그거보다는 좀 작을 거 같은데……. 내가 너 목말 태우면 비슷하겠다야."

"그럼 목말 태워줘."

"응?"

윤기가 멍하니 입분을 보았습니다. 멍청해 보이는 표정이었 지만 뭐라고 할 겨를이 없었습니다.

발자국이 난 곳에 서게 한 뒤 입분이 재촉하자 윤기가 마지못해 허리를 굽혔습니다. 허름한 윗도리 위로 드러난 가느 다란 목이 새까맣고 꼬질꼬질했습니다. 못 본 걸로 여기려 애 쓰며 윤기의 어깨에 올라탔습니다.

"으아……."

윤기가 낑낑거리며 몸을 일으켰습니다. 제대로 서기는커 녕 비틀거리는 게 고작이었습니다. 갑작스레 높아진 데다 계 속 흔들리니 어지러웠습니다. 머릿니나 빈대가 있을지도 모 른다는 생각을 애써 떨쳐내고 윤기의 머리를 꽉 붙든 채 고 개를 들자, 좁고 기다랗게 난 아파트의 창문 너머가 보였습니 다. 201호의 창문 너머로 문 옆에 적힌 새빨간 글씨가 보였습 니다.

그 순간 눈앞이 휘청였습니다. 입분은 넘어지는 윤기의 어 깨에서 겨우 뛰어내릴 수 있었습니다. 바닥에 나동그라진 윤 기가 헐떡였습니다. 젖은 흙까지 묻어버려서 가여운 꼴이었습니다. 하지만 윤기를 걱정할 틈이 없었습니다. 장 봐 온 바구니를 잽싸게 들었습니다.

"고마워! 나, 당장 가봐야 해!"

"어? 야! 뭔데, 대체?"

윤기가 소리쳤습니다. 하지만 입분은 뒤에서 들려오는 소리를 무시했습니다.

'어른이 되면 보이는 게 달라지니까.'

유진 언니가 했던 말이 계속 머릿속에 맴돌았습니다.

긴 낮과 짧은 밤

　명성아파트 1층은 더위와 고요로 뒤덮여 있었습니다. 촬영이 없는지 넓은 공간은 텅 빈 채 그저 조용했습니다. 101호의 문은 닫혀 있었고 뻥 뚫린 102호 너머로 영화 촬영 때문에 바닥이 볼품없이 파인 흉한 모습이 그대로 보였습니다. 그 집들 앞으로 두 개의 계단이 나 있었습니다.

　위층을 오가는 두 계단을 지켜보다가, 입분은 102호 앞에서 시작하는 우측 계단을 올랐습니다. 평소 오르던 쪽이 아니라서 우측에 난 계단은 낯설게 느껴졌습니다. 하지만 이 계단은 유진 언니에게는 '내편'이었고 늘 익숙히 다녔을 곳이기도 했습니다.

　2층으로 올라가자 203호 앞이었습니다. 회랑의 대각선으로 201호의 닫힌 문이 보였습니다. 하지만 문을 지키는 순사는 없었습니다. 회랑은 고요했습니다.

입분은 201호 앞으로 갔습니다. 자기 발에서 나는 고무신 소리 말고 다른 소리는 나지 않았습니다. 문은 잠겨 있지 않았습니다. 입분은 주위를 둘러본 뒤 얼른 안으로 들어갔습니다.

문 안은 뜨겁고 습한 공기와 비릿한 냄새로 가득했습니다.

며칠 전의 끔찍한 기억은 여러 흔적으로 남아 있었습니다. 바닥에 아직도 핏자국이 있었습니다. 우에다 씨가 죽어 있던 모습이 다시금 떠올랐습니다. 울렁거리는 속을 참으면서 입분은 주위를 둘러보았습니다. 벽에 적힌 핏빛 글씨는 마주 보기 무서웠습니다. 하지만 어떻게든 꾹 참고 거기 남은 것들을, 이미 빛이 바래었거나 아직 색이 그대로 남은 획들을 살펴보았습니다. 머릿속에서 수많은 생각이 오갔습니다.

201호를 나선 뒤, 입분은 202호 앞으로 갔습니다. 입분에게는 '맞은편'이고 유진 언니에게는 '내편'이었던 우측 계단을 올랐습니다.

미우라 경부의 집인 303호 앞에서 입분은 괜히 걸음을 멈추었습니다. 하지만 경부는 경찰서에 가고 없을 터였습니다. 입분은 301호로 돌아가는 대신 다시 우측 계단을 올랐습니다.

4층에 올라오자 까마득히 높던 천장도 조금은 더 머리와 가까워진 것 같았습니다. 회랑 한가운데의 큰 공백은 아찔했습니다. 입분은 402호 앞으로 갔습니다. 닫힌 문 앞에 출입을 금지한다는 한자가 쓰인 나무 팻말이 세워져 있었습니다. 그 너머의 모습이 어떨지 궁금했습니다. 하지만 문을 열지 않았습니다. 그랬다가는 유진 언니와의 기억들이 쏟아질 것 같았습니다. 지금은 그걸 마주 볼 때가 아니었습니다.

입분은 402호 앞의 난간으로 다가가 조심스레 고개를 내밀었습니다. 그 아래, 이제는 희미해진 자국이 보였습니다. 유진 언니가 흘린 피는 아직 아파트 1층 바닥에 남아 있었습니다.

그때 발소리가 들렸습니다. 좌측 계단에서 누군가 올라오는 소리였습니다. 입분은 저도 모르게 몸을 굳혔습니다. 모습을 보인 건 뜻밖에도 마님이었습니다.

"너, 거기서 뭐 하는 것이냐?"

마님이 우뚝 멈춰 선 채 물었습니다. 얼굴에 놀란 기색이 역력했습니다. 자유롭게 입은 편한 옷과 머리에 쓴 괴상한 모자가 이곳과는 전혀 어울리지 않아 보였습니다.

"그냥 올라와본 거예요."

입분은 대답했습니다. 마님이 손짓했습니다. 같이 내려가자는 신호였습니다.

뒤따라 내려가면서 입분은 망설였습니다. 마님이 왜 4층에 올라오려고 했는지 듣고 싶었습니다. 하지만 머릿속에 너무 많은 생각이 오가서 좀처럼 정리되지 않았습니다.

301호에 돌아온 뒤 마님은 더는 아무것도 묻지 않았습니다. 입분도 저녁을 준비하느라 분주하게 움직였습니다.

가지를 볶아서 나물을 만들어야지. 배춧잎으로는 된장국을 끓이고……

다른 생각이 솟아올라 몇 번이나 손을 멈춰야 했지만, 겨우 반찬 만들기를 끝냈습니다. 거실에 앉은 마님은 선풍기 바람을 쐬었지만 선풍기를 보지 않았습니다. 입분은 자신을 가만히 쳐다보는 눈길을 못 본 척 분주히 움직였습니다. 기나긴 낮은 그렇게 저물었습니다.

조용히 저녁 식사를 하던 중이었습니다. 문득 마님이 말했습니다.

"슬슬 이삿짐을 꾸려야 하겠지."

입분은 대답하지 않았습니다. 멈춰버린 입분의 수저를 보며 마님이 말을 이었습니다.

"이사하고 나면 네가 차려주는 밥을 더는 먹지 못하겠다."

"그렇군요……"

저도 모르게 중얼거린 뒤 입분은 얼른 입에 밥을 퍼 넣었습니다. 입이 비어 있으면 자기를 거둬달라고, 버리지 말아달라고 하소연하고 말 것 같았습니다. 하지만 마님은 이미 결정을 내린 뒤였습니다. 마님의 뜻을 돌릴 말은 도무지 떠오르지 않았습니다.

"네가 장을 보러 간 사이 히로타 교수님이 찾아오셨다. 철거 작업을 서둘러야 하니 일주일 뒤에 집을 비워달라고 하더구나. 나도 내일부터 급히 살 곳을 찾아야 한다. 당장 내 앞가림도 곤란한 상황인데 너까지 거둘 수는 없다."

입분은 묵묵히 고개를 끄덕였습니다. 입에 넣은 걸 계속 씹기만 했습니다. 이미 밥알은 씹고 또 씹어 은근한 단맛만 남았지만 우물거려야만 했습니다. 눈물이 핑 돌았습니다. 평소 입분이 울면 마님이 달래주곤 했습니다.

"너도 얼른 새로이 갈 곳을 알아봐야 할 게다."

하지만 마님은 눈물 글썽이는 입분을 보고서도 그렇게만 말할 뿐이었습니다.

저녁상을 물린 뒤에야 기나긴 낮이 저물었습니다. 어둠에 잠긴 하늘을 창 너머로 지켜보며 입분은 몸을 떨었습니다. 더운 공기는 도저히 식지 않았지만, 오랜만에 다시 홀로 맞이하게 될 밤은 무섭기만 했습니다. 하지만 몸이 떨리는 건 무서워서만은 아니었습니다. 불쑥불쑥 솟아오르는 감정을 억누르기는 쉽지 않았습니다.

어느덧 자야 할 시간이 되었습니다. 마님이 선풍기를 끄는 걸 보고 입분도 일어났습니다.

"잘 자렴."

마님의 인사를 끝으로, 거실의 불도 꺼졌습니다. 입분은 창고로 돌아갔습니다.

뜬눈으로 천장을 바라보며 입분은 기다리고 또 기다렸습니다. 마님이 잠드는 시간은 빠른 편이었고 입분도 거기 맞춰 잠드는 습관을 들였습니다. 하지만 오늘은 잘 수 없었습니다. 아는 수를 전부 세어보고, 아는 조선어 단어와 국어 단어를 입속으로 중얼거리고, 그렇게 몇 번을 더 되풀이한 뒤 입분은 자리에서 일어났습니다. 발소리를 내지 않으려 애쓰며 거실로 나가는 동안 가슴이 쿵쾅거렸습니다.

책상 위에 놓인 종이를 집었습니다. 거기에 몇 번이나 생각했던 짧은 문장을 적었습니다. 아직 쓸 수 있는 글자는 많지 않았지만, 301호를 영영 나가기 전에 남길 글에 긴말은 필요하지 않았습니다. 써야 할 것들을 다 적은 뒤 괜히 옷매무새를 가다듬고서는 다시 귀를 기울였습니다. 마님의 방에서 인기척은 나지 않았습니다. 문을 조심스레 열었습니다. 바깥으로 나간 뒤 소리 내지 않으려 애쓰며 301호 문을 닫았습니다.

입분은 그렇게 다시 혼자가 되었습니다.

몸이 떨렸습니다. 하지만 야마자키 씨 집에서 쫓겨났을 때와는 모든 것이 달랐습니다. 무엇보다도 입분은 이다음에 어디로 가야 할지 알고 있었습니다.

한 발 한 발 계단을 내려왔습니다. 어둡고 깊은 밤이었습니다. 어둠에 뒤덮인 아파트의 회랑으로 작은 발소리가 울렸습니다.

2층에 내려온 뒤 잠깐 망설였습니다. 하지만 고민은 짧았습니다. 입분은 걸음을 옮겼습니다.

똑똑.

문을 두드리는 소리가 회랑에 울렸습니다. 문 너머로 나직이 들리던 웅성거리던 소리가 뚝 그쳤습니다. 곧 문이 열렸습니다.

"누구요?"

작가님이 고개를 내밀었습니다. 그 눈이 입분과 마주치자 얼굴에 놀란 표정이 떠올랐습니다.

"입분이 아니냐. 네가 이 시간에 어쩐 일로⋯⋯."

"부탁드릴 게 있어서 왔어요. 혹시 지금은 곤란하신가요?"

웅성거리는 소리를 떠올려보면 작가님 집에 누군가 있는 것 같았습니다. 미처 생각하지 못한 일이었습니다. 하지만 이미 말을 꺼낸 뒤였습니다. 작가님은 싱긋 웃었습니다.

"들어오너라. 어차피 너도 아는 이가 와 있으니까."

"다행이네요."

진심이었습니다. 작가님의 손짓을 따라 입분은 작가님의 집에 들어갔습니다.

"아니, 얘야. 너는 이 시간에 어쩐 일이냐?"

감독님이 거실에 있었습니다. 작가님의 책상 위에 쌓여 있던 책이며 타자기는 다른 곳으로 치워져 있었고 그 위에 술병과 잔이 놓여 있었습니다. 의아해하는 감독님의 눈길이 신경 쓰여 입분은 괜히 두리번거렸습니다.

"조감독님과 배우님은 안 오셨나요?"

"그 친구들은 204호에 있단다. 나는 죠 씨와 이야기할 게 있어서 여기 온 거고……."

"대체 이 늦은 시간에 부탁이라니? 무슨 일이라도 있었던 거냐?"

감독님의 말을 끊고 작가님이 말했습니다. 갑자기 찾아온 입분을 얼른 돌려보내고 싶다는 생각이 엿보였습니다. 하지만 그럴 수 없었습니다. 입분은 작가님에게 꼭 할 말이 있었습니다.

작가님이 가리킨 대로 감독님의 옆자리에 앉았습니다. 작가님이 부엌에서 물을 가져왔습니다. 물을 한 모금 마신 뒤 입분은 조심스레 말했습니다.

"오늘 마님께서, 명성아파트에서 나간 뒤에는 저를 거두지 않겠다고 말씀하셨어요."

"저런."

작가님의 대꾸에 걱정이 실려 있어서 다행이었습니다. 입분은 고개를 숙였습니다.

"작가님, 저를 식모로 써주실 수 있나요? 저, 음식도 만들 줄 알고 옷도 곧잘 고쳐요. 떨어진 셔츠 단추도 잘 다는 걸요. 작가님 심부름도 할 수 있고, 비밀도 지킬 수 있어요. 그리고……."

"너를 식모로? 그거 괜찮은 제안인데."

뜻밖에도 말을 꺼낸 건 감독님이었습니다. 감독님이 싱글 싱글 웃으며 말을 이었습니다.

"네가 밥을 잘 만들어준 덕분에 우리도 그동안 고생을 덜 수 있었다. 남은 촬영은 더는 못 하겠지만……."

"아파트가 헐리기 때문인가요?"

"그렇지. 여기가 헐리면 여태 찍은 것들만으로 영화를 만들기는 어려워. 그렇다고 새로운 곳을 찾기도 어렵고."

"감독님은 여태 여기서만 영화를 찍으셨나 보네요."

입분은 괜히 중얼거렸습니다. 그러는 와중에도 작가님은 입을 꾹 다문 채 곰곰이 생각했습니다. 하지만 고민은 길지 않았습니다.

"내가 이전에 네게 식모로 거둬주겠다고 말했던 기억이 난다. 그런데 말이다, 그건 그저 해본 말일 뿐이었다. 솔직히 지금까지 나 혼자서 그럭저럭 내 생활을 꾸려왔단 말이다. 지금은 굳이 식모가 필요하지 않아."

예상했던 대답이었지만 거절하는 말을 들으니 기분이 가

라앉았습니다. 몸이 떨리는 걸 숨기려 애쓰며 입분은 작가님과 감독님을 보았습니다.

"하지만 저를 거두시면 크게 도움이 될 거예요. 식모 일도 그렇고요."

식모로 거둬달라는 부탁이 거절당한다면 반드시 해야 할 말이 있었습니다.

"그런데 하나 여쭤볼 게 있어요."

열린 창문 너머의 어둠은 고요했습니다. 창문으로 여전히 뜨거운 바람이 들어오는 걸 느끼며, 입분은 요동치는 가슴을 달래면서 말했습니다.

"작가님은 왜 우에다 씨와 유진 언니를 죽인 건가요?"

과정과 목표

정적이 흘렀습니다.

작가님은 눈을 크게 떴고, 옆에 앉은 감독님은 입을 쩍 벌렸습니다. 작가님의 눈빛이 사납게 빛났습니다. 입분이 여태본 사람들의 눈길 중 가장 무서웠습니다. 고개를 돌리고 싶은 걸 꾹 참으며 입분은 말했습니다.

"작가님은 우에다 씨를 죽인 뒤 유진 언니도 죽였잖아요."

"이상한 말을 다 하는구나."

작가님의 목소리는 평소처럼 태연했습니다. 감독님이 급히 물었습니다.

"죠 씨가? 대체 왜?"

"이유는 저도 몰라요. 하지만 작가님이 두 사람을 죽인 건 사실이에요."

입분은 대꾸했습니다. 작가님이 미소를 지었습니다. 하지만 눈빛은 여전히 사나웠습니다.

"미우라 경부가 유진 씨는 자살했다고 말했어. 그런데 왜 나를 의심하는 거지?"

"언니가 남긴 유서 때문이에요. 그거, 언니가 쓴 게 맞나요?"

대답은 나오지 않았습니다. 입분은 떨리는 목소리를 누르려 일부러 더 크게 말했습니다.

"거기 적힌 글, 유진 언니의 말투 같지 않았어요. 유진 언니는 외국어 단어를 섞어서 말하길 좋아했으니까요. 하지만 종이에 쓴 글은 마치 영화배우가 말하는 대사처럼 보였고, 외국어는 어디에도 없었어요. 게다가 유서 속 글을 분명히 어디서 보거나 들은 기억이 났어요. 대체 어디서? 한참 생각하다가 겨우 떠올랐죠. 유서에 쓰인 것과 같은 말을, 작가님이 각본을 쓰던 도중 제 앞에서 읊으신 적이 있었던 것을요. 그렇지요?"

작가님은 대답하지 않았습니다. 작가님을 보며 감독님이 신음을 흘렸습니다.

"작가님은 한밤중에 언니를 찾아가셨겠지요. 영화 촬영을 마저 해야 하니 얼른 논의해야 한다는 핑계를 대지 않으셨을까요? 하지만 실은 언니가 뭔가 알아차렸다는 걸 눈치채서였어요."

"알아차리다니, 대체 뭘?"

"마님께서 아파트 주민들을 불러 모았던 때를 기억하시죠? 그때 미우라 경부님이 형편없이 취해서 여기 사는 누구라도 범인이 될 수 있다고 말했었어요. 유진 언니가 깜짝 놀라서 자기는 범인이 아니라고 했는데 그러면서 대꾸한 말이 있었 죠. '저는 1층으로 내려갈 때 201호가 있는 쪽의 계단은 이용 하지 않는다고요! 주민들 모두 자기 집 가까운 곳에 붙은 계 단만 쓰는 것을요!'라고요."

"며칠 전 일인데 그 말을 용케 기억하고 있구나. 어떤 배우 는 방금 본 대본도 돌아서면 잊어버리던데."

감독님의 말에 신경 쓸 겨를은 없었습니다.

"그 뒤 유진 언니가 계속 뭔가 곰곰이 생각하는 걸 보았어 요. 그때 언니는 예전 일 중 이상한 점을 알아차렸던 게 분명 해요."

"말도 안 된다. 그게 대체 무슨 허튼소리냐?"

"제가 미우라 경부님의 심부름으로 온 날을 기억하시나요? 그때 유진 언니는 제게 우에다 씨가 죽던 날의 일을 말해주 었어요. 줄곧 4층에 있었는데, 아래층에 내려가려고 집을 나 섰다가 마침 아래에서 발소리가 들렸고, 난간에서 내려다보 니 작가님이 맞은편에 보이는 계단에서 올라오셨다고, 그래서 촬영 때 무슨 옷을 입을지 조언을 구했다고요."

"맞아. 바쁜데 나를 불러서 짜증 났었지. 내 집에서 가져올 게 있어 올라간 참이었으니까."

"그때 작가님이 집에 가려 하셨다는 건 거짓말이에요."

입분이 딱 잘라 말했습니다.

"명성아파트 사람들은 늘 자기가 쓰는 계단을 올라요. 402호에 사는 유진 언니는 아파트 입구에서 봤을 때 오른쪽에 있는 계단으로 올라갔어요. 그래야 덜 돌아가니까요. 작가님도 언니와 같은 계단을 쓰시죠. 계단을 올라가자마자 바로 203호가 나오니까요."

"흠."

"그런데 유진 언니 집 앞 난간에서 내려다보이는 계단은 왼쪽에 난 계단이에요. 작가님이 그곳으로 올라가면 2층에 올라간 뒤에도 복도를 또다시 빙 돌아서 가야 집에 도착하실 수 있어요. 집에 가야 하는데 왼쪽 계단을 써야 할 이유는 없어요. 일부러 그쪽에 가야 할 일이 있다면 모르지만요. 그러니까, 201호에 가야 했다거나."

몸이 떨렸습니다. 모든 것을 알고 있다고 당당하게 말했지만 사실 짐작일 뿐이었습니다. 작가님이 그럴듯하게 변명한다면 죄다 엉망이 되고 말 터였습니다. 작가님은 입분을 지켜볼 뿐이었습니다. 입분은 그 입에 걸린 웃음을 못 본 척하려 애썼습니다. 감독님이 작가님 대신 물었습니다.

"죠 씨가 201호에 가서 집주인을 죽였다는 거지? 하지만 어떻게? 자기를 죽이려는 사람이 있으면 저항한단 말이다. 게다가 끈으로 목을 졸라 죽였다면서? 끈을 들고 가면 이상하다고 여겼을 거다."

"이렇게 말하셨겠지요. '촬영해야 할 장면이 바뀌었습니다. 이 밧줄을 쓰는 장면인데…… 말로 설명하기가 좀 어렵군요. 잠깐 등 뒤에 서도 될까요? 어떻게 연기해야 할지 알려드리겠습니다.' 작가님이 연기를 가르쳐준다면서 사토 씨의 등 뒤에 서서 그분이 움직이는 걸 일일이 바로잡았잖아요? 그렇게 우에다 씨의 등 뒤에 선 작가님은 바로 앞에 있는 우에다 씨의 목에 끈을 감았어요."

작가님이 끈으로 우에다 씨의 목을 조르는 모습을 떠올리자 입이 바싹 마르는 것 같았습니다. 입분은 겨우 말을 이었습니다.

"작가님은 그렇게 우에다 씨를 죽였어요."

작가님은 코웃음 쳤습니다.

"허, 참. 내가 우에다 씨를 죽였다면 왜 굳이 칼로 또 찔렀지? 목 졸라 죽인 걸로 충분하지 않으냐? 이미 죽은 사람을 또 해쳐야 할 만큼 원한에 찼을까? 설마."

"붉은 게 필요했으니까요. 작가님은 벽에 붉은색 글씨를 써야 했어요. 원래 거기에 적혀 있던 걸 숨기셔야 했으니까요."

작가님의 얼굴이 굳어졌습니다. 크게 뜬 눈으로 입분을 보는 표정에 놀라움이, 정체를 알 수 없는 감정이 느껴졌습니다. 감독님이 더듬더듬 물었습니다.

"숨기다니, 대체 뭘?"

입분은 책상 한쪽 구석에 놓인 연필과 종이를 집었습니다. 작가님도 감독님도 제지하지 않았습니다. 입분은 201호의 벽에 적혀 있던 걸 옮겨 썼습니다.

"벽에는 이렇게 글자마다 동그라미가 쳐져 있었어요. 처음에는 그게 글자를 강조하려는 건 줄 알았어요. 하지만 동그라미의 크기가 들쭉날쭉하고 글자도 가지런하게 띄워져 있지 않은 게 이상했어요. 첫 글자를 너무 크게 써서 뒤의 글자를 작게 쓴 걸까 싶었지만, 마지막에 쓴 '立' 자도 '大' 자만큼

컸으니 그런 것도 아니었어요."

입분은 종이를 보는 감독님과 자신을 보는 작가님을 향해
말했습니다.

"오늘 낮에 마님의 심부름을 다녀올 때 201호에 가봤어요.
그때 볼 수 있었죠. 벽에는 여전히 글씨가 남아 있었지만 색
이 바래어버렸고, 그 뒤에 무언가 빨간, 하지만 물감과는 다
른 걸로 그은 획 몇 개가 남아 있던 것을요."

입분은 다시 글자를 썼습니다.

"'102'라는 숫자였어요. 우에다 씨를 발견했을 당시에는 물
감으로 글자를 쓴 지 얼마 지나지 않아서 가려져 있었지만,
실은 이 글자가 먼저 적혀 있었던 거죠."

아무도 대꾸하지 않았습니다.

"작가님은 낯선 자가 홈통을 타고 창문을 넘어와 우에다
씨를 죽인 것처럼 꾸미려고 하셨겠지요. 하지만 문 옆에 걸

린, 아파트의 모든 집에 놓여 있는 거울이 문제였을 거예요. 그게 있다면 우에다 씨가 등 뒤에서 나타난 낯선 사람을 확인하고 도망치려 했을 테니 작가님이 뜻한 대로 보여지지는 않을 거예요. 그래서 작가님은 거울을 치우려 하셨어요."

"처음부터 201호에 거울이 없었을지도 모르지."

"아니에요. 거울은 있었어요. 아파트의 모든 집에 놔두는 가구 중에 그 거울이 있었고, 혹시라도 거울이 없었다면 우에다 씨는 다른 빈집으로 갔을 테니까요. 자기가 연기하는 모습을 볼 수 없는데 계속 머물러 있을 이유는 없잖아요?"

감독님의 놀란 얼굴과 작가님의 차가운 미소를 보며 입분은 말을 이었습니다.

"그런데 뜻밖에 거울 뒤에 '一○二'라는 글씨가 나타났어요. 작가님은 당황했어요. 이유는 몰라도 그 글씨를 가려야 한다고 생각하셨죠. 우에다 씨가 차고 있던 칼로 찔러 피를 낸 것도 글씨를 빨간 걸로 가리려 했기 때문이었어요. 하지만 글씨를 피로 덮기 어렵다는 걸 알아차리셨고, 뒤늦게 촬영용으로 만든 빨간 물감에 생각이 미친 거지요. 작가님은 1층으로 내려가서 물감을 챙겨왔어요. '大韓獨立(대한독립)' 네 글자를 덧대어 쓴 건 우에다 씨를 순사라고 착각한 자가 죽인 것처럼 보이게 하려는 생각이셨겠지요. 작가님이 아닌 다른 사람이 의심받게 하려는 속임수였던 거예요."

"……."

"그런데 작가님이 201호로 가는 걸 유진 언니가 봤어요. 그때는 이상하게 여기지 않았지만, 어제 모임 때 언니는 작가님이 그쪽 계단을 쓸 이유가 없다는 걸 알아차렸죠. 언니가 무언가 알게 된 걸 눈치챈 작가님은 언니를 집 밖으로 꾀어내고서는 난간에서 밀어 죽였어요. 그 뒤 언니의 타자기에 종이를 넣고 적당한 말을 썼어요. 마치 유서처럼 보이도록!"

목소리가 높아지고 말았습니다.

"넌 지금 이야기를 꾸며냈을 뿐이다. 거기에 증거는 없어."

작가님은 태연했습니다. 서늘한 기운이 감도는 눈을 애써 무시하며 입분이 말했습니다.

"미우라 경부님께 알릴 거예요. 그분이 다시 조사하면 뭔가를 발견할지도 몰라요. 지문이라는 걸로 사람을 찾을 수 있다는 거, 저도 어릴 적에 들어서 잘 알거든요. 타자기나 종이에서, 아니면 언니의 집 어딘가에서라도 작가님의 지문이 나올 거예요."

"그럴 리가 없지."

작가님이 이죽거렸습니다.

"이, 이봐, 죠 씨."

감독님이 당황했습니다. 작가님을 마주 보며 입분은 말을 이었습니다.

"타자기에서 유진 언니의 지문이 발견되지 않을지도 몰라요. 하지만 그것도 이상하지 않나요? 유진 언니가 타자기로 유서를 친 뒤 굳이 지문까지 닦아야 할 이유는 없으니까요. 다른 사람이 일부러 지운 게 아니라면요. 경부님이 그걸 눈치채면 다시 조사할 테고, 빛바랜 글자 아래 숨었던 글자를 발견할 거고, 그날 사람들이 어떻게 움직였는지 또 심문할 거고, 결국 작가님의 범행이 드러나고 말겠지요."

또다시 침묵이 흘렀습니다. 감독님은 당황해서 둘을 번갈아 보았습니다. 작가님은 입으로는 웃으면서도 입분을 매섭게 노려보았습니다. 입분은 떨리는 몸에 애써 힘을 주었습니다. 이제부터가 중요했습니다.

"저를 고용해주세요. 그러면 작가님이 두 사람을 죽인 건 입 다물게요. 누가 물어봐도 대답하지 않을 거예요. 비밀을 지키겠어요."

작가님의 얼굴에 당황해하는 기색이 떠올랐습니다. 입분과 감독님을 번갈아 오가는 시선은 참과 거짓을 알아내려는 게 분명했습니다.

입분은 진심이었습니다. 유진 언니를 죽인 사람에게 복수하고 싶다는 마음은 진짜였습니다. 하지만 세상에 혼자 버려지는 건 더욱 싫었습니다. 살아남고 싶다는 마음이 더 간절했습니다.

"내가 왜 그래야 하지?"

한참 뒤, 작가님의 입이 움직였습니다.

"내가 우에다 씨와 유진 씨를 죽였다면, 너 하나쯤 더 죽여도 문제 될 게 없어. 너를 거두어들인 뒤 언제 배신할지 몰라 마음 졸이는 것보다 그게 더 나을 텐데?"

그런 무시무시한 말이 나올지도 모른다고 짐작했었지만, 직접 들으니 당장 도망치고 싶었습니다. 하지만 어떻게든 버텨야 했습니다.

"작가님은 그럴 수 없어요. 이미 감독님도 제 말을 들었으니까요. 작가님이 감독님까지 해치기는 어렵겠죠. 감독님도 작가님이 범인인 걸 알았을 테니······."

입분은 말을 멈춰야 했습니다. 너무 긴장하느라 미처 신경 쓰지 못한 게 있었습니다.

감독님은 왜 여기에 있는 거지?

그때 감독님이 입분의 어깨에 손을 올렸습니다. 차갑고 섬뜩하게 느껴지는 손이었습니다.

"얘야, 조금 더 생각해봤어야지. 죠 씨가 '102'라는 숫자를 왜 감춰야 했는지. 대체 102호에 뭐가 있는지, 나와 죠 씨가 거기서 뭘 하려 했는지, 그것까지 의심했어야지."

어깨를 쥔 감독님의 손에 힘이 들어갔습니다. 아파서 비명이 터져 나왔습니다. 하지만 감독님의 억센 손이 입을 꽉 틀어막았습니다.

　감독님도 작가님과 한패라는 걸, 입분은 너무 늦게 알아채고 말았습니다.

구덩이와 무더기

"죠 씨, 당신이 너무 안이했던 거야."

입분의 입을 막고 몸을 팔로 감싸 조이며 감독이 짜증을 냈습니다. 버둥거리는 입분을 보며 작가가 머리를 긁었습니다.

"설마 이런 꼬맹이가 눈치챌 줄은 몰랐는데……."

"조심해야 한다고 몇 번을 말했어? 당신이 대충대충 해서 4층 여자도 알아차리고 만 거잖아! 내가 그걸 수습하느라 얼마나 고생했는데!"

"죄송하다고 몇 번을 말해요? 좀 더 붙들고 있어봐요. 밧줄을 이쪽에 둔 것 같은데, 어디 놔두었더라?"

가까운 사람끼리 하는 가벼운 말다툼처럼 보여서 오히려 무서웠습니다. 유진 언니가 죽은 뒤 미우라 경부가 모두를 모앗을 때 작가와 감독이 웃으며 대화하던 모습을 떠올렸습니다. 그때 이들은 사건이 거짓으로 뒤덮인 채 끝나서 안심했던 게 분명했습니다.

발버둥 쳤지만 소용없었습니다. 천으로 입이 틀어막혔고 손도 등 뒤로 돌려져 꽁꽁 묶이고 말았습니다. 꼼짝도 할 수 없게 된 입분을 넘어뜨린 뒤에야 감독이 한숨을 내쉬었습니다.

"얘는 어떻게 할 거야?"

"죽여야죠."

작가가 아무렇지도 않게 대답했습니다. 입분은 어떻게든 일어나려 했지만 몸을 제대로 가눌 수조차 없었습니다. 입분을 내려다보며 작가가 이죽거렸습니다.

"죽일 거면 다른 데서 하죠? 아직 이 집에서 며칠은 더 자야 하는데. 여기서 죽이면 꿈자리가 사나울 거 같다고요."

"4층 여자 때처럼 할까? 이 아이도 4층에서 던지면 단숨에 죽을 거야."

"안 됩니다. 똑같은 모양의 죽음이 반복되면 멍청한 경부도 이상하다고 여길 거라고요. 102호로 가죠. 거기서 얘를 죽인 뒤 구덩이에 잠시 묻어 감추면 됩니다. 아니다, 그냥 이대로 묻어버려도 될 것 같고요."

"이 아이의 주인이 행방을 찾을지도 모르잖아?"

"최연자 씨요? 아까 얘가 제 입으로 말했잖아요. 그 사람이 더는 거두지 않기로 했다고요. 혹시라도 그 사람이 찾으면 식모 계집이 한밤중에 도망친 게 아니냐고 말하면 되겠죠."

무서운 대화가 오갔습니다. 입분을 보는 감독과 작가의 얼굴에 물건을 보는 듯한 섬뜩한 표정이 떠올랐습니다. 살려달라고 외치려 했지만 입에 쑤셔 넣어진 천 때문에 소리가 제대로 나오지 않았습니다.

감독이 입분을 번쩍 들어 어깨에 짊어졌습니다. 마구 버둥거렸지만 감독의 억센 팔은 꿈쩍도 하지 않았습니다. 작가가 203호의 문을 열었습니다. 그 너머로 섬뜩한 어둠이 덮여 있었습니다.

"집 앞에 계단이 있는 게 이럴 때는 좋군요."

"이 아파트 문이 두꺼운 것도 좋아. 이 계집애가 여기서 아무리 저항해도 소리가 문 너머로 넘어가진 않았잖아."

두 사람의 중얼거림이 회랑에 퍼졌습니다. 혹시라도 누가 대화를 듣지 않을까 싶었지만, 아파트는 고요할 뿐이었습니다. 어둠 속에서 입분을 구하러 나서는 이는 아무도 없었습니다.

1층으로 내려온 둘은 102호로 갔습니다. 그곳에는 더욱 짙은 어둠이 깔려 있었습니다. 구덩이를 파느라 불룩 솟아오른 흙더미가 흐릿하게 입분의 눈에 들어왔습니다.

나는 저기에 묻혀서 죽고 말 거야.

눈물이 차올랐습니다. 세상에 홀로 남겨진 뒤에도 어떻게든 살아남아보려고 발버둥 친 입분의 노력은 허무하게 끝나고 말았습니다.

감독이 입분을 흙무더기에 던지다시피 내려놓았습니다. 어떻게든 기어보려는 입분을 감독이 밟았습니다. 아파서 소리를 질렀지만 입을 막은 천 때문에 비명조차 제대로 나오지 않았습니다. 작가가 혀를 찼습니다.

"너무 상처 내지 말아요. 피라도 나면 어쩌려고 그래요?"

"어차피 죽을 건데, 무슨 상관이야?"

감독의 목소리는 평소처럼 들뜬 듯 가벼웠습니다. 입분은 계속 몸을 비틀며 헛되이 저항했습니다. 두 사람의 말에 깃든 섬뜩함에서 도망치고 싶었습니다.

그때였습니다.

"잠깐만요."

움직임을 멈춘 작가가 바깥을 사납게 노려보았습니다. 감독도 고개를 돌렸습니다. 입분의 귀에도 똑똑히 들렸습니다.

바깥에서 발소리가 났습니다.

규칙적으로 나는 또각거리는 소리가 점점 커졌습니다. 마치 102호에 다가오기라도 하는 것처럼…….

갑자기 앞이 밝아졌습니다. 입분은 얼굴을 찡그렸습니다. 작가도 감독도 눈을 가렸습니다. 저 너머의 누군가가 든 등

불 빛은 아련했지만 어둠에 익숙해진 눈에는 부시기만 했습니다.

"여기 있었군요."

귀에 익은 목소리가 들렸습니다.

마님의 목소리가 밝은 빛처럼 느껴진 건 야마자키 씨 집에서 쫓겨난 뒤로 두 번째였습니다. 입분은 구해달라고 외치려 했지만 작고 꼴사나운 신음만 나올 뿐이었습니다.

하지만 반가움은 곧 사라졌습니다. 꿈틀거리는 입분을 보면서도 마님은 놀란 기색이 전혀 없었습니다. 마님의 말투 또한 선풍기 바람을 쏘일 때처럼 한가로이 들렸습니다.

"두 분이 무척 재미있는 걸 하는 듯한데요."

작가와 감독은 얼어붙은 것처럼 꼼짝도 하지 못했습니다. 작가가 더듬거렸습니다.

"최 여사, 이, 이건……."

"결국 저 아이가 당신들의 계획을 눈치챈 거로군요?"

"계획이라니, 잠깐만, 그게 무슨……."

감독의 말은 마님의 여유로운 목소리로 끊어졌습니다.

"나는 알고 있습니다. 당신들이 여기서 금을 파낼 계획이라는 걸."

금?

뜻밖의 단어에 입분은 놀랐습니다. 마님의 엉뚱한 이야기가 대체 무엇 때문에 나왔는지 알 수 없었습니다. 하지만 작가와 감독의 당황해하는 모습을 보면 정말인 것 같았습니다.

마님은 손에 든 등을 문 옆 벽에 삐죽 튀어나온 못에 걸었습니다. 102호 안에 촛불의 아련한 빛이 퍼졌습니다. 모두의 얼굴에 다른 표정이 떠올라 있었습니다. 덥수룩한 수염 위로 보이는 감독의 눈이 마구 깜박였습니다. 작가는 매섭게 마님을 노려보았습니다. 정작 마님은 퉁명스러운 표정을 지었습니다. 입분은 그게 기분 나빠서 지은 게 아니라, 혼자 재미난 걸 숨길 때 일부러 짓는 표정이란 걸 알고 있었습니다. 작가가 작게 물었습니다.

"설마, 그걸 추리해낸 건가?"

마님은 대꾸하지 않았습니다. 작가의 목소리가 높아졌습니다.

"당신이 종종 밖에서 오는 손님을 만난다고 했어. 그 기묘한 손님들은, 사실 의뢰인 아냐? 이상한 사건 이야기를 듣고 당신이 조언을 주는 거지. 마치 셜록 홈스처럼! 맞아, 당신은 탐정이야. 그래야 이게 모두 다 설명이 돼! 그렇지 않고서는 당신이 우리가 금을 파내려 한다는 걸 알 수 있을 리 없어!"

마님이 평소 손님을 맞을 때의 이상한 차림, 특히 셜록 홈스 책에 그려진 것과 같은 모양의 괴상한 모자가 다시금 떠올랐습니다. 하지만 마님은 고개를 갸웃거렸습니다.

"과연 작가님답게 상상력이 풍부하시군요. 하지만 엉터리입니다. 나는 정의로운 탐정 같은 게 아니에요. 그 반대라면 모를까."

"뭐?"

"금 이야기는 히로타 교수님에게 들었습니다. 조금 전 교수님이 301호에 찾아와 넌지시 권유했지요. '아파트를 허물면 나는 부자가 된다. 가야마 여사는 내 부인이 되어라'라고 요약할 제안이었습니다. 추잡한 말이 더러 섞여 있었지만."

불쾌하다는 듯 말하는 마님의 표정은 정작 졸려 보였습니다. 감독이 급히 물었습니다.

"그자가 대체 뭐라고 했지?"

"굳이 불쾌한 말을 옮겨야 할까요? 요점은 명성아파트 아래 금맥이 묻혀 있다는 것이었습니다. 교수님이 아파트 주변을 탐사하며 그 가능성을 의심했고, 102호를 파헤칠 때 바위 속에 섞인 금빛 광물의 조흔색을 확인했더니 정말로 금광맥이 있다는 게 밝혀졌다더군요."

조흔색!

교수님의 집에 금색이 묻은 하얀 도자기 조각이 있었습니다. 그게 아파트 주변의 돌을 확인한 거였다면……

"우에다 씨의 죽음으로 교수님이 이곳을 물려받았으니 금을 파내어 부자가 되는 일만 남았다고 하시더군요. 그제야 당신들의 정체를, 특히 영화 촬영을 한다고 거짓말한 이유를 알아차렸습니다."

"알아차렸다고?"

눈을 껌벅거리며 감독이 되물었습니다.

"당신들이 처음 아파트에 왔을 때부터 가짜라는 걸 알았습니다. 벌이는 짓이 미심쩍었습니다. 영화를 촬영하는 사람이 해야 할 걸 하지 않고, 하지 않아도 될 걸 했으니까요."

마님은 입을 가리고 하품했습니다. 입분의 처참한 꼴을 보고서도 태연하게 구는 게 무섭게 보였습니다. 마님의 말이 이어졌습니다.

"굴을 판 것부터 말해볼까요? 각본에 땅굴을 파는 장면이 나온다고 해서 굴을 직접 파는 건 미련한 짓입니다. 바깥의 흙을 가져와 적당히 우뚝하게 쌓아두는 것만으로도 눈속임할 수 있으니까요. 영화는 눈속임의 예술입니다. 영화를 찍는 이들은 은막 속 영상이 진짜처럼 보이게 하려고 수많은 속임수를 쓰지요. 그런데 당신들은 말도 안 되는 짓을 한 겁니다. 굴을 파는 데 들일 돈으로 촬영 현장을 거들 사람을 고용하는 게 더 도움이 되었을 테니까요. 게다가 나나 유진 씨에게 여배우가 되라고 권유한 것도 말이 되지 않았습니다. 우에다 씨처럼 잠깐 등장하는 역할이라면 모를까, 영화 내내 연기할 여배우가 촬영이 시작되고도 준비되지 않은 건 있을 수 없는,

영세하다는 변명이 통하지 않는 중대한 오점이었습니다."

감독은 더욱 빠르게 눈을 껌벅였습니다. 마님의 말을 믿지 못하는 것 같았습니다.

"당신들이 왜 영화를 촬영한다고 거짓말하는지 궁금했지만, 속셈을 알기 전까지는 지켜보기로 했습니다. 그런데 우에다 씨가 죽은 뒤, 각 집의 주민들이 경찰에게 부탁한 물품들이 무엇인지를 저 아이에게 듣고 의심이 깊어졌습니다."

나동그라진 입분을 흘끗 본 뒤, 마님은 태연하게 말을 이었습니다.

"유진 씨와 히로타 교수님은 먹을 것을 사달라고 했고 저 또한 마찬가지였지요. 사건 때문에 장 볼 겨를도 없이 출입이 금지당했기 때문입니다. 하지만 어째서인지 작가님은 원고지와 술, 담배를 사달라는 청만 했고, 204호도 먹을 것을 요청하지 않았습니다. 게다가 조명으로 쓸 것 또한 마찬가지였습니다. 사건 다음 날까지 아파트의 전기가 끊겨져 있어서 저는 조명으로 쓸 것도 요구했습니다. 하지만 당신들은 아니었지요. 먹을 것과 조명 중 하나를 미리 사두었을 수는 있습니다. 하지만 두 가지를 모두 미리 준비하다니, 우연이라기엔 지나쳐 보이지요. 대체 왜? 경찰이 주민들의 출입을 통제할 경우를 예상해서 미리 준비한 게 아닐까? 그런 의심이 들 수밖에요. 그런데 살인 사건이야말로 그런 상황이 벌어지기에 적

격이지요."

마님의 차가운 눈이 입분을 보았습니다.

"저 아이가 내게 들려준 다른 집의 정황 중 이상한 게 있었습니다. 히로타 교수님이 사건이 일어난 날 열린 창문으로 옆집 201호에서 시끄러운 소리가 계속 났다고 증언했다더군요. 하지만 그게 말이 되지 않는다는 걸 작가님과 감독님, 두 분이 몸소 증명해주었습니다."

"증명이라니, 대체……."

감독이 물었습니다. 마님은 미소를 지었습니다.

"203호에 사는 작가님은 실내에서 전축을 시끄럽게 틀고 있었다고 하더군요. 하지만 204호는 창문이 열린 채였지만 고요했다고 합니다. 옆집인 203호의 소리가 넘어오지 않았던 거지요. 그렇다면 202호에서도 201호의 소리가 넘어오지 않았을 겁니다. 게다가 아파트의 문은 두꺼워서 닫으면 소리가 넘어오지 않습니다. 그런데 교수님은 어떻게 그 집이 시끄럽다는 걸 안 걸까요? 교수님의 증언이 말이 되지 않는다는 걸 그렇게 알 수 있었던 겁니다."

모두 침묵했습니다. 마님의 나직한 말만이 계속 이어졌습니다.

"교수님과 작가님, 감독님이 수상하다는 건 그렇게 알았습니다. 세 사람이 힘을 합쳐 우에다 씨를 해쳤을지도 모른다는 의심이 깊어졌지요. 하지만 왜 이제야 우에다 씨를 죽여야 했을까? 우에다 씨의 재산을 물려받는 게 목적이었다면 더 일찍 일을 벌여도 되었을 텐데, 대체 왜? 그러다가 조금 전 교수님의 제안을 듣고 비로소 모든 사실을 알게 된 겁니다."

입분은 몸부림치는 것도 잊은 채 마님을 보았습니다. 등불에 비친 마님은 신비롭고도 불길한, 아파트를 뒤덮은 어둠을 지배하는 존재처럼 보였습니다.

"범죄의 이유를 들어보면 때로는 동정할 수도 있고 눈감아줄 수도 있다. 하지만 살인은 다르다'라는 말을 들은 적 있습니다."

"헛소리로군."

작가가 내뱉었습니다. 정작 사람을 죽인 사람이 그렇게 말하니 괴상하게 들렸습니다. 마님이 미소를 지었습니다.

"저도 그렇게 생각합니다. 살인 또한 때에 따라서는 적당히 타협할 점이 생긴다는 거지요. 우리 모두 겉모습을 꾸며 속내를 감추고 있습니다. 사람을 죽인 당신 두 사람도, 여기서 당신들에게 제안하려는 나도 마찬가지입니다."

"제안이라니?"

작가가 물었습니다. 마님이 대답했습니다.

"교수님이 아파트를 서둘러 철거하려는 것도, 당신들이 남은 시간 촬영하느라 분주해지기는커녕 오히려 여유롭게 구는 것도 앞으로 금을 파낼 예정이기 때문이지요. 조선 여기저기에 파묻힌 금을 캐내어 부자가 될 꿈에 부푼 이들이 많다고 들었습니다. 물론 나도 그렇습니다."

"뭐?"

"당신들의 사업에 나도 들어가고 싶다는 겁니다."

작가도 감독도 아무런 대꾸를 하지 못했습니다. 입분조차 멍하니 마님을 바라볼 뿐이었습니다. 뒤늦게 감독이 물었습니다.

"당신…… 식모아이를 구하러 온 게 아니었나?"

"그럴 리가 없지 않습니까. 비밀을 아는 자는 적어야 합니다. 갈 곳 없는 아이니, 사라져도 찾을 사람은 아무도 없을 겁니다. 흙무더기 아래 묻으면 쉽게 끝나겠지요."

마님의 입에서 작가가 한 것과 같은 말이 나왔습니다. 묶인 입분을 내려다보는 마님의 눈길이 차갑고 매서웠습니다.

신음이 흘러나왔습니다. 마님의 말이 차가운 칼날처럼 아프게 찔러서였습니다. 눈앞이 흐려졌습니다. 저도 모르게 새어 나온 눈물 때문이었습니다.

"뭐야, 당신도 악당이었던 건가?"

작가가 웃으며 말했습니다. 마님은 마주 미소 지었습니다.

입분은 완전히 혼자가 되고 말았습니다.

실타래와 매듭

입분이 뒤늦게 몸부림치고 소리를 흘려도 소용없었습니다. 아무도 관심을 주지 않았습니다. 머리 위에서 음산한 대화가 이어졌습니다.

"당신이 사업에 굳이 끼어들 필요가 있나? 히로타의 부인이 되는 게 편할 텐데."

"작가님, 생각해보세요. 내가 교수님의 부인이 되면 그가 주는 돈을 받으며 눈치만 보고 지낼 뿐입니다. 나는 그러고 싶지 않습니다. 내 돈을 온전히 마음대로 쓰고 싶습니다."

"대단하시군. 여자 혼자 무언가를 하겠다니, 이 아파트에 조선의 콜론타이 여사가 계셨을 줄은 미처 몰랐군그래."

"황금을 탐내는 사람에게 공산주의자의 이름을 빗대다니,

좀 어색하군요."

잠시 흐른 침묵은 마님의 질문으로 깨졌습니다.

"묻고 싶은 게 있습니다. 당신들은 뭐 하는 사람입니까? 작가님은 글쓰기 외에 별다른 일이 없어 보이지만 아파트에 살고 전축도 두 개나 가졌을 만큼 돈이 있지요. 감독님도 영화 촬영으로 위장하려 카메라 따위를 가져올 만큼 재력이 있습니다. 게다가 두 분 다 어두운 일을 많이 해본 것 같습니다만."

작가와 감독이 얼굴을 찌푸렸습니다. 작가가 이죽거렸습니다.

"최 여사는 혹시 들어본 적 없나? '호기심은 고양이를 죽인다'라고."

"'고양이는 목숨이 아홉 개'라고도 하더군요. 함께 사업해야 할 사람들을 좀 더 잘 알고 싶다는 게 뭐가 이상한가요?"

마님이 태연히 대꾸했습니다. 작가가 짧은 웃음소리를 냈습니다.

"대담하군. 뭐, 들려주지 못할 이유는 없어."

"이봐, 죠 씨!"

"괜찮아요, 마쓰 씨. 알려준다고 해서 앞으로 달라질 게 있습니까?"

작가는 야릇한 미소를 지었습니다. 감독은 불만스러운 표정이었지만 더는 말리지 않았습니다. 작가가 팔을 크게 벌려

보였습니다.

"우리는 경찰이 알면 체포할, 겉으로 드러나면 안 되는 일을 전문적으로 하고 있어. 이걸 일종의 회사라고 보면 이해하기 쉽겠지. 우리에겐 대표취체(代表取締)도 있고, 그냥 직원도 있어. 여기 마쓰 씨가 취체 역할이고 김 군이나 사토 씨 등은 직원이야. 경성에 우리 말고도 이런 일을 하는 무리가 있다고 하니, 경쟁사도 있는 셈이고. 당연히 중요한 일에 자문해주거나 잘못된 걸 지적하여 고쳐주는 이도 있는데, 그게 바로 내 역할이야. 이번 일에는 직접 손을 거들기도 했지만."

"작가님은 자문 범죄자로군요. 소설 속 모리아티 교수처럼."

"일이라니까, 일."

"그러면 범죄 회사의 감사역이라고 정정하지요."

작가의 불만 어린 대꾸에 마님은 태연히 맞받았습니다. 마님의 질문이 이어졌습니다.

"이제 명확히 알 것 같습니다. 히로타 교수님이 당신들에게 우에다 씨를 죽여달라고 의뢰한 거로군요?"

"맞아. 매형의 아파트에 얹혀살던 그자가 이 아래 금맥이 있는 걸 알고 눈이 돌아버린 거지. 하지만 금이 묻혀 있을 게 분명한 땅 위에 이미 아파트가 서버렸고, 주인은 그자가 아니었지. 그때 내가 나타난 거야. 그런 곤란한 문제를 그럴듯하게 해결할 수 있는 내가."

그러고 보면 히로타 교수님과 작가는 영화 촬영을 준비할 때 서로 가깝게 지내는 기색을 보였습니다. 아마도 그즈음 무서운 계획이 오갔을 겁니다.

"히로타는 선뜻 일을 맡겼지. 여기서 금이 나오면 자기가 절반, 우리가 절반을 가지자고 하더군. 좋은 제안 아닌가? 우선 정말로 금이 매장되어 있는지부터 확인해야 했지. 그래서 영화를 찍는다는 거짓말을 계획했어. 지하로 판 굴 연출을 해야 한다는 핑계로 땅을 팠고, 거기서 나온 돌을 히로타가 일일이 확인했어. 정말로 금맥이 묻혀 있다는 걸 확인하고 얼마나 신났는지 몰라. 그다음에는 당연히 아파트와 땅을 히로타가 상속받도록 해야 했지."

입분은 몸을 떨었습니다. 대본을 쓴다고 끙끙대던 작가의 모습, 밥을 지은 첫날 돌을 늘어놓고 말을 주고받던 교수님과 작가, 감독의 모습. 그게 실은 무서운 일을 꾸미는 중이었다니!

"그래서 우에다 씨에게 영화 출연을 제안했군요. 순사 역할을 해달라고 청하고서는 그를 죽인 뒤, 순사에 불만을 품은 자가 범행을 저질렀다고 위장하는 계획이었을 겁니다."

입분은 두려움에 떨며 마님을 보았습니다. 끔찍한 일을 벌인 사실을 들으며 들뜬 채 말을 잇는 마님이 낯설었습니다.

"무척 재미있는 구상입니다. 영화 촬영이라는 일 하나로 금맥이 실재하는지를 확인하면서 우에다 씨를 죽일 방법 또한 만들 수 있으니, 참으로 효율적이지 않습니까!"

작가가 웃음을 터뜨렸습니다.

"칭찬해줘서 고맙군! 우에다를 죽인 뒤 예상하지 못한 글씨가 나와서 당황했지만, 오히려 그 획 위에 전혀 다른 글자를 덧씌워서 그럴듯하게 수습할 수 있었지. 미우라 놈이 글씨를 보고 깜박 속아 넘어가서 날뛰는 걸 보니 참 우습던걸."

"유진 씨가 당신이 한 짓을 알아차린 상황도 전혀 예상하지 못한 거지요?"

"더 놀라운 게 뭔 줄 아나? 그 여자가 나를 협박하려 들었다는 거였어. 어제 모임이 끝난 직후 그 여자가 혼자서 나를 찾아오더니 대뜸, 우에다를 죽인 걸 알고 있다며 입을 다무는 대가로 돈을 달라고 했지. 참으로 간도 크더군. 마치 이 꼬맹이처럼."

작가가 입분을 내려다보며 밉살스레 이죽거렸습니다. 하지만 입분은 노려보는 것 말고는 할 수 있는 일이 없었습니다.

"나는 순간 떠올린 거짓 이야기를 말했어. 우에다가 과거에 군인으로 있으며 온갖 악행을 저질렀고, 그걸 조선 민족의 이름으로 벌한 것이라고 하니 그 여자가 동요하더군. 그래서 얼른, 내 행동을 모른 척해주면 동지들의 뜻을 모아 돈을 마련해주겠다고 달랬지. 그 여자가 그걸 믿고는 제 집으로 돌아가더군. 나는 얼른 마쓰 씨에게 갔어. 마쓰 씨가 곧바로 그 여자의 집으로 가서 영화 촬영으로 할 이야기가 있다며 문 바깥으로 꾀어냈어. 적당한 핑계를 대서 난간 아래를 보도록 했고. 마쓰 씨, 뭐라고 했던 겁니까, 그때?"

"저 아래 누가 있는 거 같다고. 혹시 작가 양반 아니냐고 말했었어. 멍청한 여자가 놀라서 아래를 보더군. 그때 쓱 밀었지."

감독의 온화한 목소리는 끔찍한 진상을 담고 있었습니다. 입분은 몸을 떨었지만 마님은 고개를 끄덕일 뿐이었습니다.

"그사이 나는 준비를 마쳤어. 그럴싸한 문장을 내 타자기로 친 뒤에, 4층에 올라가 여자의 타자기에 그걸 끼워 넣어서 그 여자가 쓴 것처럼 위장했어. 멍청한 경부 놈은 그게 그 타자기에서 친 거라고 믿어버리더군. 제대로 확인조차 하지 않고 말이야."

"그건 이 아이도 마찬가지야. 우리를 협박하면서 죠 씨가 그 여자의 타자기를 쳤을 거라고 말했잖나. 처음에 죠 씨도 그렇게 할 생각이었지? 그러지 않았던 게 다행이었어. 이 아이가 지문 이야기를 하는데, 어찌나 놀랐는지 몰라."

감독이 입분을 발로 툭 찼습니다. 아픔에 몸을 움츠렸습니다. 묶인 몸이 저리고 떨리는 데다 더운 공기에 땀까지 가득 배었습니다. 하지만 몸으로 느껴지는 고통보다 두려움과 분노가 끓어올라 더욱 힘들었습니다.

"1층에 내려와 여자가 죽은 꼴을 확인하고 돌아가려는데 갑자기 위에서 문 열리는 소리가 나더군. 최 여사, 당신이었어. 당신은 1층으로 내려갔다가 여자가 죽은 걸 보고는 급히 3층으로 올라가더군. 서로 다른 계단을 사용해서 다행이었지. 문 닫히는 소리를 듣고 나도 급히 집으로 돌아갔어. 당신이 꼬맹이를 불러오려 한다는 걸 알았으니까. 무사히 집에 돌아온 뒤, 아주 약간 문을 열고 너머의 기척을 엿듣다가 꼬맹이가 경부 집의 문을 두드릴 때 놀란 척 나왔지."

"그게 실수였습니다. 여기 문은 두꺼워서 제대로 닫으면 바깥의 소리가 잘 들어오지 않습니다. 당신이 이 아이의 기척을 알아차렸다는 걸 경부가 이상하게 여길 수도 있었습니다. 실제로 내가 그 점도 눈여겨봤으니까요."

"충고 고맙군. 아무튼, 일은 그렇게 된 거야."

"하나만 더 묻겠습니다. 201호 벽에 적힌 글자 위에 왜 그런 글자를 덧씌운 겁니까?"

"당연히 그래야지. 경찰이 102호를 조사하면 곤란하니까!"

작가가 대뜸 말했습니다. 고개를 갸웃거리는 마님을 보며 감독이 대꾸했습니다.

"여사님. 잘 생각해봐요. 죽은 우에다 옆의 '一ㅇ二'라는 글씨를 보면 경찰이 여길 수색하겠지. 그러다 금맥을 찾으려 구덩이를 판 걸 그놈들이 안다면, 가만히 놔둘 것 같소?"

"그럴 리가! 히로타를 범인으로 몰아 상속 자격을 박탈해 버리고, 아파트와 땅까지 총독부 소유로 삼겠지. 그놈들이 금을 가지려고! 하지만 금은 우리 거야! 내가 짜낸 기막힌 계획이, 엄청난 부를 손에 쥘 기회가, 고작 그따위 글자로 어그러져야 되겠나?"

감독의 꾸민 듯한 정중한 말투도, 작가의 사납고 난폭한 말투도 무섭기는 마찬가지였습니다. 하지만 마님은 아무렇지도 않아 보였습니다.

"굳이 '大韓獨立'이라고 덧쓴 건 의도적이었군요. 경찰의 눈길을 완전히 엉뚱한 곳으로 돌릴 수 있으니."

마님 또한 입분이 생각한 것과 같은 이유를 말했습니다. 작가가 킥킥거렸습니다.

"맞아, 급히 떠올린 잔꾀치고는 참 그럴듯했어. 벽에 먼저 적혀 있던 글자 획에 맞춰 덧쓰느라 반듯하게 적지 못한 게 옥의 티였지. 그 때문에 이 꼬맹이가 의심하고 말아서, 지금 귀찮은 일을 해야 할 처지가 된 거고."

작가의 이야기가 끝나자 마님이 고개를 끄덕였습니다.

"재미있게 들었습니다. 제가 짐작한 것과 크게 다르지 않았군요."

"짐작이라고? 무척 재미있군그래. 자기가 똑똑하다고 뻐기는 꼴이 참 재미있어. 그렇지 않습니까, 마쓰 씨?"

"그러게. 여사님은 그럭저럭 똑똑하지만, 아주 똑똑하지는 않은 것 같아. 우리의 범행을 추리해냈지만, 정작 우리가 일일이 다 이야기해주는 이유는 모르나 본데."

작가와 감독의 목소리가 낮아졌습니다. 마님이 태연히 대답했습니다.

"당연하지 않습니까? 제가 한패가 되었기 때문에 비밀을 알려준 것이지요."

"왜 그렇게 생각하지?"

감독이 되물었습니다. 작가도 웃었습니다. 두 사람의 눈빛이 싸늘하게 식었습니다.

"당신을 한패로 들이면 우리 몫이 줄잖아. 왜 그래야 하지? 식모아이를 묻는 김에 당신도 묻어버리면 그만이라고. 4층 여자를 죽인 것처럼."

그 순간 감독이 마님에게 덤벼들었습니다. 동시에 등불이 꺼지고 말았습니다.

눈앞이 완전히 깜깜해졌습니다. 시끄럽게 다투는 소리가 102호에 가득 찼습니다. 고함과 비명이 섞이고 둔탁한 소리가 이어졌습니다. 어둠에 파묻힌 채 입분은 몸부림쳤습니다. 곧 비참한 꼴을, 정을 주었던 사람이 죽는 걸 또다시 보게 될 터였습니다.

하지만 곧 뭔가 이상하다는 걸 알아차렸습니다. 세 사람만으로 이렇게 소란스러울 리 없었습니다.

그때 누군가 입분을 일으켰습니다. 놀라서 낸 비명은 입을 막은 천에 가로막혔습니다. 입분을 일으킨 사람이 몸을 움직이는가 싶더니 곧 재갈이 풀렸습니다.

"······마님?"

입분은 멍하니 물었습니다. 부드러운 몸, 좋은 향기. 분명히 마님의 품 안이었습니다.

눈앞이 다시 환해졌습니다. 102호 천장에 매달린 전구에 불이 들어왔습니다. 소란스러움은 가시지 않았지만 왜 그런 소리가 났는지는 이제 똑똑히 보였습니다.

작가와 감독이 바닥에 쓰러져 있었습니다. 그들의 얼굴에 시뻘건 자국이 나 있었고, 작가의 잘생긴 얼굴은 코피로 범벅이 된 형편없는 꼴이었습니다. 그들을 억누른 낯선 남자들 가운데 순사가 있었습니다. 박 순사부장이었습니다.

"드디어 잡았다. 범죄 조직 놈들······."

순사부장이 낯선 남자들의 도움을 받아 감독과 작가를 포박하는 걸 멍하니 지켜보는데, 마님이 입분을 묶은 줄을 풀었습니다. 저리고 시큰거리는 손목의 느낌에 신음이 새어 나왔지만 아픔에 신경 쓸 겨를이 없었습니다. 입분은 마님을 놀란 눈으로 바라보았습니다.

"대체 왜······."

"너를 구하려고 거짓말을 했다."

순간 다시 눈앞이 흐려졌습니다. 입분은 저도 모르게 마님에게 안겼습니다.

"죽는 줄 알았어요, 버려지는 줄 알았어요……."

"네 덕에 골치 아픈 일에 매듭을 지을 수 있었다. 고생이 참 많았다."

마님이 다독여주었습니다. 입분은 품에 안긴 채 마구 울었습니다. 자기가 참 많이 운다고, 참 부끄럽다고 생각하면서도 울고 또 울었습니다.

뒤늦게 도착한 한 무리의 순사들이 작가와 감독을 경찰서로 데려갔습니다. 박 순사부장을 도운 남자들은 그들이 도착하기 직전 어딘가로 가버렸습니다. 마님이 속삭였습니다.

"내가 부른 사람들이다. 워낙 급한 일이라 경찰에게 신고할 수 없었거든. 저들이 박 순사님을 불러와줘서 다행이었다."

박 순사부장이 뒤늦게 다가와 입분을 살폈습니다. 입분은 겨우 물었습니다.

"순사님은 여기 왜……."

"미우라 놈이 사건을 대충 마무리 지으려는 것 같아서, 나 혼자라도 현장을 살펴보러 온 거다. 이 주변을 살피는데 네 주인이 창 너머로 급히 불러 네가 자리를 비운 게 이상하다, 여기서 뭔가 큰일이 벌어지는 것 같다고 하더구나. 그때 1층에 뭔가 움직이는 기척이 보여서 창 너머로 들여다보니, 저놈들이 널 묶어놓고는 일을 벌이려던 참이었지. 그때 네 주인이 일부러 큰 소리를 내며 안으로 들어가더구나. 네 주인이 늘 어놓은 거짓말에 속은 저자들이 당당히 자백하는 걸 듣고 체포한 거다. 무서웠을 텐데, 고생이 많았다."

멋쩍게 대답한 뒤 박 순사부장이 기묘한 표정을 지었습니다. 웃는 게 분명하지만, 틀림없이 누군가를 해칠 때 지을 무서운 표정이었습니다. 이어진 말로 이유를 알 수 있었습니다.

"드디어 미우라 놈의 실책을 잡아냈다. 고집만 센 놈이 윗자리에 앉아서 거들먹거리는 게 눈꼴사나웠는데, 모가지를 날릴 수 있게 되었어."

순사부장이 다른 순사들에게 지시하는 사이 마님이 부축해줘서 입분은 몸을 일으켰습니다. 온몸이 쑤시고 아팠습니다. 온통 흙이 잔뜩 묻고 지저분해서 평소 같으면 마님의 옷을 더럽힐지 모른다고 걱정했을 텐데도, 그조차 매달고 있을 수 없었습니다.

마님의 허리를 꼭 끌어안은 채 입분은 비틀거리며 계단을 올랐습니다. 202호와 204호, 히로타 교수님과 감독이 쓰던 집으로 들어가는 순사들의 모습과 거기서 나오는 시끄러운 소리가 신경 쓰였지만 눈여겨볼 정신이 없었습니다.

301호에 도착한 뒤 입분은 마님에게 이끌려 마님의 방으로 갔습니다. 푹신한 침대 위에 입분을 눕히고 마님이 머리를 쓰다듬어주었습니다.

"너도 궁금한 게 많을 거다. 일단은 좀 자고, 내일 이야기하자꾸나."

마님이 속삭였습니다.

아니에요, 제가 마님 침대에서 잘 수는 없어요. 전 지금 무척 더러운걸요. 게다가 마님은 어디서 주무시려고요. 저는 창고에서 자면 되니까…….

그렇게 말하고 싶었습니다. 하지만 말을 꺼내기도 전에 눈이 스르르 감겼습니다.

"엄마……."

완전히 잠들기 전 그렇게 중얼거린 것도 같았습니다.

에필로그

1939년 8월

어둠과 빛

다음 날 입분은 계속 침대에 누워 있어야 했습니다. 늦게 눈을 뜬 것도 평소와 달랐지만, 무엇보다도 몸을 일으킬 수 없었습니다. 몸이 뻐근하고 무겁고, 열도 끓어올랐습니다.

"가엾게도."

입분의 옆에 앉은 마님이 중얼거렸습니다. 그날 입분은 마님이 끓인 맛없는 죽과 약 따위를 먹으며 잠들었다 깨기를 반복했습니다.

"네 친구가 가져왔더구나."

한번은 깨어났더니 마님이 침대 옆을 가리켰습니다. 윤기가 꺾어 온 보잘것없는 여름 들꽃이 화병 대신 빈 포도주병에 꽂혀 있었습니다. 그걸 보다가 입분은 다시 스르르 잠들었습니다.

입분이 겨우 정신을 차린 건 하루를 꼬박 앓고 난 뒤였습니다. 그사이 많은 게 정리되었다는 것을, 거실에 마주 앉았을 때 마님이 해준 말로 알게 되었습니다.

작가와 감독이 잡혀가면서 덩달아 204호의 조감독과 배우 사토도 붙잡혔습니다. 그때 영화 촬영 준비를 거들러 왔던 다른 사람들이 모두 거짓으로 꾸민 사람이었는지는 알 수 없었습니다. 앞으로 경찰이 조사할 일이라고 말하는 마님의 말에 동정심은 느껴지지 않았습니다. 202호의 히로타 교수님도 경찰에 끌려갔습니다. 그가 우에다 씨를 죽여달라고 의뢰했다는 의혹을 조사하기 위해서였습니다. 교수님은 끌려가는 내내 마구 발버둥 치며 울어댔다고 했습니다.

그 모든 소란의 마지막에야 미우라 경부가 깨어났다고 합니다. 경부는 자신이 잠든 사이 벌어진 일에 놀라고 화냈지만, 범인들을 제대로 잡지 않고 활개 치도록 놔둔 이유를 물으니 제대로 대꾸하지 못했습니다. 박 순사부장이 경부가 그들과 공범이라는 트집을 잡았다고 했습니다.

"물론 경부는 범인이 아니겠지. 그는 그저 몇 번 무능하게 움직였을 뿐이다. 하지만 책임을 피할 도리는 없지. 취조실에서 혹독하게 조사받고 앞날도 위태로워질 것이다."

선풍기 바람을 쐬며 마님은 그렇게 말을 마쳤습니다. 입분은 문득 알아차렸습니다. 이제 명성아파트에 남은 건 마님과 입분, 둘뿐이었습니다.

"그러면 마님이 여길 떠나지 않아도 되는 건가요? 이제 남은 건 우리뿐이니……."

"그렇지 않다. 박 순사부장에게 들으니, 명성아파트는 나라에서 관리하게 되었지만 허물기로 한 계획은 물리지 않을 것 같다고 하더구나. 그들이 아파트 아래 묻힌 금을 탐색하려는 건지 다른 이유에서인지는 모르겠지만 말이다. 그러니 우리가 나가야 할 날 또한 크게 달라지지 않았다."

"마님, 저를 데려가주세요."

입분은 간절히 청했습니다.

"그럴 수 없다."

마님의 대답은 변함없었습니다. 떨림을 애써 감춘 채 입분은 말을 이었습니다.

"저를 데려가주세요. 그렇게 해주신다면 저도 마님이 숨긴 걸 입 다물게요. 누가 물어봐도 절대로 대답하지 않겠어요."

더운 공기가 흔들렸습니다. 선풍기 바람이 마님과 입분에게 고루 날아왔습니다. 서늘한 기운은 선풍기 때문인지 마님의 차가운 눈길 때문인지 알 수 없었습니다. 마님이 물었습니다.

"내가 숨긴 거라니?"

"201호 벽에 '一ㅇ二'라고 쓴 건 마님이었지요?"

마님은 대답하지 않았습니다. 작가와 감독이 자기를 보던 눈이 떠올랐습니다. 그들은 비밀을 아는 입분을 거두지 않고 죽이려 했습니다. 어쩌면 마님도 그럴지도 몰랐습니다.

하지만 더는 물러설 수 없었습니다. 마님에게 버림받건 마님의 손에 죽건, 결국 비참하게 홀로 끝나는 건 마찬가지였습니다. 그렇게 되느니 마지막까지 발버둥 치기로 했습니다.

"윤기가 이상한 이야기를 했었어요. 명성아파트 주위에 수상한 남자가 얼씬거린다고요. 도둑인가 싶었지만, 남자는 아파트 뒤편 어떤 장소에 서서 아파트 어딘가를 한참 바라보기만 할 뿐이라고 했어요. 저도 거기 가봤었지만, 제 눈에 보이는 건 없었어요."

"그랬구나."

"그런데 문득, 수상한 남자가 키가 크다는 말을 떠올렸어요. 키 작은 제 눈에 보이는 것은 남자가 본 것과 다를 수도 있겠다 싶었어요. 유진 언니의 굽 높은 신을 신어봤을 때 눈높이가 다르니 보이는 게 달리 느껴졌으니까요. 그래서 저는 윤기에게 목말을 태워달라고 했어요."

"그 아이가 고생했겠구나. 너와 덩치가 엇비슷하던데."

"윤기의 어깨 위에 올라타자 201호의 천장이 아니라 안쪽 벽이 눈에 들어왔는데, 붉은 글씨로 적힌 '大韓獨立' 네 글자가 보였어요. 하지만 글자 중 일부는 색이 바랜 채였어요. 그래서 저는 201호에 가보았고, 글자를 더더욱 똑똑히 보았어요. 거기 숨겨진 '一ㅇ二'라는 글자도요. 남자는 그 글자를 보려던 거였겠지요."

마님은 고개를 끄덕였습니다. 입분은 말을 이었습니다.

"작가님은 우에다 씨를 죽인 뒤, 침입자가 창문으로 넘어온 것처럼 꾸미려고 벽에 걸린 거울을 치웠다가, 뜻밖에 그걸 보고 만 거예요. 작가님은 당황했지만, 곧바로 새로운 거짓말을 떠올렸고 이미 적힌 글자에 획을 덧붙여 전혀 다른 글자를 만들어내었어요. 그런데 누가, 왜 '一ㅇ二'라고 쓴 걸까요? 저는 곧바로 102호를 떠올렸어요."

"아파트 바깥에 있는 별관 말이로구나."

입분은 고개를 끄덕였습니다.

"마님은 그곳을 102호라고 알고 계시지요. 하지만 그거 아세요? 사실 102호는 1층의 구덩이가 파인 창고라는 것을요."

마님의 표정이 굳었습니다.

"마님이 102호라고 아는 곳은 사실 103호였어요. 예전에 문짝이 날아가 102호의 문을 떼서 달았던 것뿐이라고 우에다 씨가 말했어요. 그리고 102호가 어디인지는 유진 언니나 작가님도 알고 있었어요. 마님만 그 사실을 몰랐을 뿐이에요. 그걸 알게 된 뒤, 저는 얼마 전 벌어진 사건을 떠올렸어요."

선풍기 바람을 맞으며 입분은 말을 이었습니다.

"마님도 기억하시죠? 우에다 씨가 열쇠를 잃어버려서 103호를 열심히 뒤졌고, 유진 언니도 101호에 놔둔 팔찌를 잃어버려 곤란해했었잖아요. 다음 날 저는 101호 냉장기 안에서 열쇠와 팔찌를 찾았어요. 누군가 일부러 거기 갖다놓은 게 분명했지요. 그래서 열쇠와 팔찌는 같은 사람이 훔쳤다는 걸 알 수 있었어요."

"같은 사람이라."

"유진 언니가 다음 날에도 팔찌를 찾지 못하면 경찰에 신고하겠다고 했으니 거기 돌려놓았겠지요. 경찰이 아파트를 수색하는 일이 벌어질지도 몰랐으니까요. 그런데 그 소동에서도 이상한 게 있었어요. 유진 언니가 팔찌가 사라졌다고 하면서 제게 보인 상자는 예쁘게 다듬어져 있었지만 평범한 상자였어요. 닫혀 있으면 그 안에 뭐가 들어 있을지 전혀 알 수 없는 상자였어요. 그래서 저는 두 물건을 훔친 사람이 보석과 장신구에 무척 익숙한 사람이라고 생각했어요. 상자만 보고도 그게 백화점에서 귀중품을 담을 때 쓴다는 걸 아는, 그 안에 무엇이 담겼을지 눈치챌 수 있는 사람이라고요."

입분은 마님을 마주 보며 말을 이었습니다.

"그날의 소동을 말씀드리며 마님의 생각을 듣고 싶다고 했지요? 그때 마님은 팔찌를 훔쳤을 만한 사람이 작가님과 히로타 교수님, 미우라 경부님, 우에다 씨와 유진 언니라고 대답하셨어요. 팔찌가 사라진 시간에 아파트에 있었으니까요. 하지만 마님도 그때 아파트에 계셨죠. 외출을 나갔다가 저보다 먼저 돌아오셨으니까요. 아파트에 들어오다가 101호에 놓인 상자를 보고 그 안의 물건을 가져갈 수 있으셨겠지요. 하지만 마님은 그건 전혀 말하지 않으셨어요."

"......"

"다음 날 경찰이 오면 곤란하니 훔친 물건들이 다시 발견되어야 했지요. 하지만 그게 왜 다시 나타났는지 그럴듯한 이유가 붙지 않으면 의심은 사라지지 않을 거잖아요? 마님이 제게 각주구검 이야기를 해주신 것도 그 때문이에요. 그날 밤, 제가 잠든 후 마님은 1층에 내려가 열쇠와 팔찌를 돌려놓으셨어요. 그때 전 마님이 바깥에 나가시는 소리를 들었고요. 그런데 이상하죠? 팔찌는 값나가는 물건이니 경찰이 뒤질 게 분명해요. 하지만 열쇠는 왜 훔치신 걸까요? 그리고 왜 선뜻 되돌려놓으신 걸까요?"

마님의 긴 침묵을 바라보며 입분은 목이 말랐습니다. 하지만 아직 해야 할 이야기는 남아 있었습니다.

"열쇠를 복사하신 거지요? 마님은 102호라고 아는 그곳, 103호를 언제든 마님이 원할 때마다 열 수 있도록 하려고요. 103호는 아파트 바깥에 홀로 떨어져 있어서 주민들의 눈길을 덜 끌어요. 거기서 소리를 내도 웬만큼 시끄럽게 하지 않는다면 주민들이 관심을 가질 일도 없고요. 한밤중에 103호를 열어두면, 거기서 몰래 여러 일을 할 수 있지 않을까요?"

입분은 일부러 뜸을 들였다가 말했습니다.

"이를테면 누군가 훔친 귀한 보석이며 장신구 따위를 건네고 돈을 받을 수 있다거나."

마님의 얼굴에 드디어 표정이 사라졌습니다. 차가운 눈만이 남아 입분을 보았습니다.

"팔찌와 함께 열쇠도 돌려놓으신 건 그 때문이었어요. 열쇠가 몽땅 사라지면 도둑이 그랬을 거라고 우에다 씨가 의심했을 거고, 경찰을 부르는 것은 물론이고 아파트의 모든 집 열쇠를 바꾸었겠죠. 그걸 바라지 않았기에 열쇠도 도로 가져다 놓으셨어요. 103호와 201호 열쇠는 이미 복사했을 거고요. 그러고 나서 마님은 201호 거울 뒤 벽에 '一○二'라고 쓰셨어요. 준비가 끝났다는 사실과 앞으로 몰래 만날 장소를 동시에 알리는 신호지요? 명성아파트 주위를 맴돌던 남자는 매일 201호를 올려다보며 신호가 드러났는지를 확인했고요. 둘이 직접 만나지 않고도 계획한 일을 해낼 수 있는 방법이지요. 제 생각이 이상한가요?"

엉뚱한 생각이라고 무시할까? 내가 거짓말한다고 트집 잡을까?

입분은 대답을 기다렸습니다.

"작년 겨울, 야마자키 부인의 집 앞에서 너를 거뒀을 때가 생각나는구나."

그런데 마님은 뜻밖의 말을 꺼냈습니다. 입분을 보며 마님이 나직이 말을 이었습니다.

"그날 너는 내게 양갱 대신 캐러멜을 주었다. 내가 단 음식을 싫어하는 것 같아서 그나마 덜 단 캐러멜을 내었다고 했지. 하지만 내가 정말로 단 걸 싫어한다면 전병처럼 단맛이 없는 과자를 골랐겠지. 손님 대접에 공을 들이는 집에 전병이 없을 리 없었을 테니까. 너는 그때부터 나를 의심하고 있었지?"

"맞아요."

놀란 걸 감추려 애쓰며 입분이 대답했습니다.

"근방에서 귀중품이 도둑맞는 일이 여러 차례 벌어졌어요. 그런 일을 겪은 다른 집 식모들이 이야기해줬는데, 도둑이 다녀가기 며칠 전 갑작스러운 방문객이 있었대요. 그때 처음 보는 마님이 야마자키 씨 집으로 찾아왔지요. 저는 절 지켜야 했어요."

"너를 지키다니?"

"귀중품이 사라진 집에서는 곧바로 식모를 도둑으로 의심해서 내쫓았어요. 그렇게 쫓겨난 식모가 다른 집에서 식모 일을 하는 건 어려워요. 마님이 도둑이거나 그런 사람과 엮인 사람일 수도 있어서, 마님이 누구인지를 알아낼 방법을 남겨야 했어요. 사람들 손가락에는 지문이라는 게 있대요. 그건 사람마다 제각각 달라서 그걸로 누가 어떤 일을 저질렀는지를 찾을 수 있다고 했어요."

"그래서 내 접시에 캐러멜을 내놓았구나. 그것도 유산지로 낱개 포장된 걸 그대로. 캐러멜을 먹으려 포장을 풀면 유산지에 지문이 남을 테니까."

"맞아요. 마님은 계속 검은 장갑을 끼신 채였지요. 음식을 먹을 때 장갑을 계속 끼고 있으신 게 이상해 보였어요. 하지만 장갑을 낀 채로 젓가락을 놀릴 수는 있어도 미루쿠의 포장을 풀기는 어려울 테니, 결국 벗으셔야만 했을 거예요. 혹시라도 야마자키 씨 댁에 도둑이 들면 지문이 남은 미루쿠 종이를 경찰에게 건넬 생각이었어요. 만약 마님이 손 하나 대지 않으셨다면 저는 더욱 조심해서 집에 도둑이 들지 않게 살폈을 거고요."

"하지만 그러다가 오히려 억울하게 쫓겨나고 말았던 거로구나."

입분은 고개를 끄덕였습니다. 의심을 받지 않으려 한 일 때문에 쫓겨나게 된 막막한 기억이 다시금 떠올랐습니다. 세상에 혼자 남겨지고 난 뒤로 억울한 일을 많이 겪었습니다. 그럴 때 마주하는 어둡고 무거운 감정에는 도저히 무뎌지지 않왔습니다.

"재미있구나."

그렇게 중얼거린 뒤 마님은 입분을 바라볼 뿐이었습니다.
아직도 할 말은 남아 있었습니다.

"저를 거두신 뒤에도 마님의 행동은 수상했어요. 이 집에
찾아오는 사람들이 수상쩍어 보였던 것도, 그들을 맞이할 때
마님이 항상 이상한 모자를 쓰셨던 것도요. 그 모자, 마님의
얼굴을 기억하기 어렵게 하시려던 거지요? 눈에 띄는 모자를
쓰면 거기에 눈이 가서 정작 얼굴을 잘 보지 못하니까요."

"그럴 수도 있겠구나."

"우에다 씨가 죽고 아무도 집에서 나가지 못할 때, 마님이
갑자기 바이올린을 켜셨어요. 몇 번인가 길고 짧은 소리를 냈
을 때, 밖에서 새 우는 소리가 들렸지요. 늦은 밤에 갑자기
새 우는 소리가 나다니, 이상했어요. 마님이 바이올린을 켜셨
던 건 바깥에 보내는 신호였지요? 어떻게 하는 건지는 몰라
도 바깥 사람에게 마님의 상황을 알렸고, 바깥에서 기다리
던 사람은 알아들었다는 신호로 새소리를 냈어요. 밖에서 마
님의 바이올린 소리를 듣던 건, 아파트를 늘 지켜본다던 키
큰 남자였겠지요. 그는 경찰서로 거짓 투서를 보냈고, 마님은
자유롭게 되었지요."

마님이 책상을 손가락으로 두드려서 입분은 말을 멈췄습니

다. 때로는 길게, 때로는 짧게 두드리는 손가락의 움직임을 지켜보았습니다. 손가락을 멈추고 마님이 나른하게 말했습니다.

"모스 부호라는 것이다. 소리의 길고 짧음에 규칙을 넣어서 남들이 알지 못하게 뜻을 전하는 방법이지. 바이올린을 길고 짧게 켜는 걸로 응용했다."

입분은 몸을 떨었습니다. 처음으로 마님이 입분의 생각이 옳다고 해주어서였습니다. 하지만 그 이유는 여전히 알 수 없었습니다. 아직도 할 말은 남아 있었습니다.

"작가님과 감독님이 저와 마님을 죽이려 했을 때, 그 둘을 제압한 사람들은 마님 사람들이지요? 마님은 저를 구하면서 '골치 아픈 일에 매듭을 지을 수 있었다'라고 하셨어요. 매듭을 지을 일은 과연 무엇이었을까요? 명성아파트에서 벌어지는 살인 사건? 아니에요. 마님은 경부님의 의심에서 벗어날 길을 찾으셨던 거예요."

"계속해보렴."

"심문받을 때 경부님은 마님을 의심했어요. 사건의 범인이 아니라고 해도 마님이 뭔가 의심적은 사람이라는 듯 굴었지요. 작가님은 경부님이 경찰도 아닌 자가 사건 조사에 간섭하려 드는 걸 싫어하기 때문이라고 생각한 것 같았어요. 하지만 경부님은 그분이 조사하던 보석 연쇄 도난 사건 현장에 마님이 자주 모습을 보였다는 걸 기억했기에 의심했겠지요.

의심을 떨쳐내고 싶으셨던 마님은 박 순사부장님의 적개심을 이용했어요. 경부님은 살인자와 같은 아파트에 살면서도 범인을 잡지 못했기에 벌을 받을 테고, 적어도 당분간 마님을 귀찮게 하지 못할 거예요. 게다가 작가님이 '범죄 계획을 짜주는 사람'처럼 굴었잖아요? 그러니 마님이 손님을 맞이하면서 정말로 한 일 또한 그분에게 덮어씌우실 수 있었고요."

마지막에 한 말은 짐작이었지만, 마님은 고개를 끄덕였습니다.

"마님은 탐정이 아니었어요. 마님은 악당이었어요."

입분은 드디어 모든 이야기를 끝냈습니다. 뺨이 얼얼했습니다. 선풍기에서 부는 바람을 오래 맞아 얼굴이 당기는 것 같았습니다. 마님이 고개를 옆으로 살짝 기울였습니다. 처음 야마자키 씨 집 대문 앞에서 입분의 이야기를 듣고 보였던 동작이었습니다. 입분은 이어질 말을 기다렸습니다.

"그래, 나는 악당이다."

마님이 말했습니다.

"네 짐작대로 나는 경찰과 적대하는 이들을 만나서, 그들이 하려는 일의 구체적인 계획을 만들어주고, 때로는 그들의 일을 거들기도 한다. 야마자키 부인을 찾아갔을 때는 집의 구조를 엿보았다. 며칠 후 다른 사람들이 잠입하여 물건을 훔칠 수 있도록."

"역시, 그랬군요."

"명성아파트의 102호, 아니, 네 말대로라면 103호였지. 그
곳을 사람들이 몰래 만나는 장소로 쓸 계획도 세웠다. 이 아
파트는 적당히 외지고 한밤중에는 사람의 눈길도 끌지 않아.
103호를 우에다 씨가 밤에는 비워두니 마음대로 쓰기 좋았
다. 하지만 아파트가 허물어지게 되면서 기껏 훔친 열쇠가 아
무 소용이 없어졌지."

"그랬군요."

"나는 악당이 분명하다. 경찰이 잡으려는 자들을 돕고 나
쁜 짓도 저지르니까."

마님의 목소리에 씁쓸해하는 기색이 섞였습니다. 하지만
이어진 말은 다시 평온하게 들렸습니다.

"그런데 너는 내가 악당인 걸 알고서도, 내게 너를 거둬달
라고 말하는구나. 내가 악당인 걸 말하지 않겠다는 조건을
내걸고서. 나를 협박하는 것이냐?"

"맞아요."

"감히 악당을 협박하다니, 우습구나. 그러는 너야말로 악
당이 아니냐?"

"맞아요."

입분은 대답했습니다. 그제야 마님이 입꼬리를 올렸습니다.

"이 흉악한 세상에서 살아남으려면 악당이 되어야지."

마님이 손을 내밀었습니다. 악수를 청하는 동작이라는 걸 뒤늦게 알아차렸습니다. 입분은 주저하다가 손을 맞잡았습니다.

햇빛이 비쳤습니다. 무척 밝고 눈이 아픈 빛이었습니다. 그 빛에 가려서 마님은 새카만 어둠에 뒤덮였습니다. 어둡게 빛나는 마님이 말했습니다.

"당분간 나와 함께 가자꾸나."

입분은 애써 웃었습니다. 듣고 싶었던 말이었습니다. 하지만 막상 두렵기도 했습니다. '당분간'이라는 말이 언제까지 이어질지는 생각하지 않기로 했습니다. 마구 뛰는 가슴을 진정시키려 애쓰며 입분은 마지막으로 궁금했던 걸 입에 올렸습니다.

"작가님과 감독님에게 마님이 하는 일을 뒤집어씌우려 하신 건 알겠어요. 하지만 마님은 그들과 손잡고 일하실 수도 있었어요. 그런데 대체 왜 그들을 벌하신 건가요?"

"그들은 신성한 네 글자를 모욕했다. 그저 자기들이 의심받지 않겠다는 얄팍한 이유만으로. 그런 자들은 벌해야 마땅하다. 내가 아무리 나쁜 짓을 해도 두고 볼 수 없는 일이었다."

마님이 나직이 대답했습니다. 입분은 더는 묻지 않기로 했습니다.

그 뒤 며칠 동안 두 사람은 이삿짐을 싸느라 분주했습니다. 마님이 괜히 아파트 바깥을 어슬렁거리던 윤기를 불러서 짐

싸는 걸 돕게 했습니다. 윤기가 뭔가 말하고 싶어 하는 눈치였지만 입분은 모른 척했습니다.

일주일 뒤, 마님과 입분은 명성아파트를 나갔습니다. 아파트 앞에 짐들을 옮겨놓은 채 두 사람과 윤기는 짐차가 오길 기다렸습니다. 짐차를 기다리며 고무신을 괜히 바닥에 문지르는데, 옆에 멀거니 서 있던 윤기가 말했습니다.

"너, 이제 어디로 가냐?"

"몰라."

대답을 들은 윤기가 얼굴을 찌푸렸습니다. 하지만 입분은 정말로 이사 갈 곳을 몰랐습니다. 어디로 가게 될지는 중요한 게 아니었습니다. 마님을 따라갈 수만 있다면 그걸로 족했습니다.

"너, 여기서 가까운 곳으로 가면 가끔 여기도 놀러 와라."

'여기에 뭐 볼 게 있다고?'라고 퉁명스레 대꾸하려다가, 입분은 윤기를 보았습니다. 왜인지 눈물까지 글썽거리는 녀석의 얼굴을 빤히 보다가 입분은 고개를 돌렸습니다.

"그럴게."

"약속이다?"

윤기의 목소리가 밝아졌습니다.

그때 요란한 소리가 들리더니 곧 짐차 한 대가 왔습니다. 차에서 내린 키 큰 남자가 마님에게 고개 숙여 인사했습니다.

"이 짐을 다 실어주면 됩니다."

"알겠습니다, 가야마 여사님."

마님의 지시를 들은 남자는 재빠르게 짐을 옮겼습니다. 보따리를 차로 옮기려다가 입분은 윤기가 꼼짝도 하지 않는 걸 알아차렸습니다.

"왜 그래?"

"저 남자야. 아파트를 보던 수상한 남자!"

윤기가 급히 귓속말했습니다. 입분은 짐을 옮기는 남자를 보았습니다. 그러고 나서 자기를 바라보는 마님을 흘끗 본 뒤, 일부러 큰 목소리로 윤기에게 말했습니다.

"네가 잘못 안 거야."

더는 혼자가 되지 않으려고 마님과 한편이 되기로 했습니다. 하지만 악당은 입분만으로 충분했습니다. 아무것도 모르는 윤기까지 악당이 될 필요는 없었습니다. 그래서 더욱 큰 목소리로 거짓말했습니다.

해가 눈부셨습니다. 등 뒤에 우뚝 선 명성아파트의 회색 벽이 햇빛을 받아 번들거렸습니다. 빛 너머로 드리워진 아파트의 짙은 그림자는 더욱 새카맸습니다. 어두운 그늘로 숨고 싶은 마음을 애써 꾹 누르며 입분은 짐차에 짐을 마저 실었습니다.

작가의 말

2024년 초여름, 부산에서 뜻밖의 제안을 받았습니다. 지금까지 제가 선보인 것과는 다른 새로운 이야기를 써달라는 부탁이었습니다.

마땅한 이야기가 없어 망설이는데, 문득 예전에 상상한 세 가지 소재가 떠올랐습니다. '일제강점기에 남의 집에서 일하게 된 고아의 분투', '1930년대 이후 우후죽순으로 건설된 아파트', 그리고 '순사 복장을 한 사람이 죽고 대한독립(大韓獨立)이라는 글자가 벽에 쓰인 장면'. 이 셋이 섞이면서 여러분이 읽은 바로 이 소설, 입분이 명성아파트에서 겪는 괴상한 사건이 불쑥 튀어나왔습니다.

입분의 이야기를 쓰면서 즐거웠습니다. 역사적인 고증에

집착하여 하나하나 따지던 고질을 놓고 편안하게 썼습니다. 열두 살 아이의 눈으로 보는 이야기라서 어렵고 드문 단어 대신 쉽고 평범한 말로 풀어보려고 시도한 것 또한 재미있었습니다. 오랜만에 온전히 새로운 소재로 장편을 쓰는 경험 역시 힘들지만 뿌듯했습니다. 작가로서 다양한 즐거움을 누렸습니다. 제가 느낀 이 이야기의 재미가 독자 여러분에게도 전해졌으면 합니다.

소설의 배경이 되는 1939년 7월과 8월은 제2차 세계대전이 발발하기 직전이었습니다. 그런데 이때의 삶은 뜻밖에 지금 우리의 삶과 크게 다르지 않았습니다. 기사로 접한 국제 정세와 국내 문제에 걱정하고, 술과 유행가로 근심을 잊고, 재미있는 영상에 가슴 두근거리는 삶은 그때에도 마찬가지였습니다. 인간의 선하고도 악한 양면성 또한 예나 지금이나 비슷했을 겁니다. 그래서 저는 지금의 일들을 보고 듣고 겪으며 거기서 느낀 감정을 역사미스터리의 형식으로 녹였습니다. 역사미스터리는 낯설고 신기한 과거를 그리지만 현재의 고민 또한 담고 있는 장르니까요.

감사드려야 할 분들이 참 많습니다. 우선 래빗홀 출판사, 특히 처음 제안을 주시고 수많은 고민을 들어주신 최지인 편집자님과 작품 편집에 커다란 노력과 정성을 기울여주신 김수현 편집자님께 감사드립니다. 멋진 표지 일러스트를 그려주신 최지수 작가님께 감사드립니다. 훌륭한 추천사를 남겨주신 김홍, 박서련, 송시우 작가님께 감사드립니다. 오래 신세를 진 부산 북구 화명동의 복합문화공간 무사이 관계자분께 감사드립니다. 특히 손형선 매니저님의 도움으로 글쓰기에 온전히 집중할 수 있었습니다. 감사합니다. 이 작품을 읽고 입분을 응원해주신 이지유 작가님께 감사드립니다. 작품을 날카롭고 적확하게 평가해주신 진보라 작가님께 감사드립니다. 늘 제 작가 행보를 응원해주는 김명희, 서재성, 이소희, 황선영 님께 감사드립니다. 한국추리작가협회와 괴이학회의 선배와 동료 작가님들께 감사드립니다. 마지막으로 작품에 실명을 사용하는 걸 기꺼이 허락하고 작중 인물의 운명까지 전적으로 작가의 재량에 맡겨주신 이유진 님께 감사드립니다.

독자분들이 이 작품을 재미있고 좋은 이야기로 읽어주셨으면 합니다. 이후에 입분이 마님과 함께 어디서 어떤 일을 겪게 될지는 모릅니다. 하지만 독자분들이 이 이야기를 좋아해주신다면, 이어지는 이야기 또한 언젠가 들려드릴 수 있을 겁니다. 부디 그때 다시 인사드릴 수 있기를 바랍니다.

부산의 차가운 바닷바람을 맞으며
2026년 새해
무경

추천의 말

1939년 경성의 삶이 조립된 아파트는 갖은 사람의 욕망을 밟고 서 있다. 이 소설은 빠르고, 예측 불허하고, 통쾌하다. 그리고 재밌다! 퍼즐을 맞춰가는 유희적 즐거움을 넘어서 시간 여행자의 설렘을 느끼게 한다. 손에 잡힐 듯한 일제강점기의 생활상 속에서 입분의 시선을 따라가다 보면 경성의 산책자가 된 당신을 발견하게 된다. 선과 악의 빗금 사이로 미끄러져가는 범죄스릴러!

— 김홍(소설가)

'과연, 그 시절 경성에도 없는 것 빼고 다 있었군.' '현대와 비교해도 빠질 것 없겠군.' 명성아파트 입주민들의 면면을 보노라면 이런 감탄이 절로 나온다. 세련된 독신자아파트를 배경으로 영화를 찍는 사람들의 군상극이니 모던함의 극치일 수밖에. 게다가 명성아파트는 현대인들이 감히 넘보거나 탐내지 못할 것을 둘이나 더 품었다. 하나는 우리의 주인공 입분, 또 하나는 괴이쩍고 으스스한 살인 사건. 믿을 사람 하나 없는 1939년 명성아파트를 마주하면 오싹한 소름이 돋지만, 부지런히 그에 맞서는 입분을 보면 이 아이와 함께 진상을 끝까지 추적해야겠다는 용기가 솟는다. 어리숙한 듯 슬기롭고 저도 모르게 사랑스러워버리는 묘한 주인공, 꼭 한번 만나보시기를 권하고 싶다.

— **박서련(소설가)**

무경은 일제강점기 조선을 추리소설의 형식으로 그럴듯하게 재현해내는 독보적인 작가다. 납작한 반일 감정이나 애국주의로 일변하지 않고, 저 시대 우리가 살았더라면 정말 저랬을 것 같다는 공감을 하게끔 만든다. 독자를 속여 넘기는 기술도 더욱 능청스러워졌다. 이 소설은 추리물이라고 선언이라도 하듯 시작부터 명성아파트의 평면도를 제시하는데, 비현실적으로 복잡하지도, 그렇다고 만만하지도 않은 트릭의 실현 도구가 된다.

— 송시우(소설가)

1939년 명성아파트
무경 장편소설

초판 1쇄 2026년 2월 11일
초판 4쇄 2026년 4월 13일

지은이 무경

발행인 문태진
본부장 서금선
책임편집 김수현 래빗홀 최지인 이은지

기획편집팀 한성수 임은선 임선아 허문선 강유정 이준환 송은하 김광연 송현경 이예림 원지연
마케팅팀 김동준 이재성 박병국 문무현 김은지 이지현 전지혜 조용환 김화정 천윤정
저작권팀 정선주 김하림
디자인팀 김현철 강재준 황주미
경영지원팀 노강희 윤현성 정현준 조샘 이지연 조희연 김기현
강연팀 장진항 조은빛 신유리 김수연 송해인

펴낸곳 ㈜인플루엔셜
출판신고 2012년 5월 18일 제300-2012-1043호
주소 (06619) 서울특별시 서초구 서초대로 398 그레이츠강남 11층
전화 02)720-1034(기획편집) 02)720-1024(마케팅) 02)720-1042(강연섭외)
팩스 02)720-1043
전자우편 books@influential.co.kr
홈페이지 www.influential.co.kr

ⓒ 무경, 2026

ISBN 979-11-6834-355-9 (03810)